BRUXAS

TIFFANY CALLIGARIS

BRUXAS

LAÇOS DE MAGIA

Tradução
Isabela Gaia

OUTRO Planeta

Título original: *Witches – Lazos de magia*

Preparação: Luiza del Monaco
Revisão: Renata Lopes Del Nero e Malu Poleti
Diagramação: Abreu's System
Capa: Luiz Sanches Junior
Imagens de capa: iconstock/Shutterstock e fotoduki/Shutterstock

CIP-BRASIL. CATALOGAÇÃO NA PUBLICAÇÃO
SINDICATO NACIONAL DOS EDITORES DE LIVROS, RJ

C162b
Calligaris, Tiffany
Bruxas: laços de magia / Tiffany Calligaris ; tradução Isabela Gaia. – 1. ed. – São Paulo: Planeta, 2017.

Tradução de: Witches: lazos de magia
ISBN: 978-85-4221-042-2

1. Fantasia. 2. Infantojuvenil. 3. Ficção argentina.

17-41598 CDD: 868.99323
CDU: 821.134.2(82)-3

2017

EDITORA PLANETA DO BRASIL LTDA.
Rua Padre João Manuel, 100 – 21º andar
Ed. Horsa II – Cerqueira César
01411-000 – São Paulo-SP
www.planetadelivros.com.br
atendimento@editoraplaneta.com.br

Aos meus pais, Lis e Elvio, e ao meu irmão Anthony, por seu carinho e apoio incondicional. A Joaquín, por me incentivar sempre a dar o melhor de mim e por me acompanhar durante esta caminhada.

A Shiku, por alegrar cada um dos meus dias. Aos meus leitores, os que me acompanham desde Lesath e os que chegam agora. Sem vocês, eu não estaria começando esta nova aventura.

O primeiro encontro

O despertador tocou pela terceira vez e finalmente resolvi levantar. Alcancei o criado-mudo e desliguei o celular, livrando-me daquele apito torturante que avisava que era hora de abandonar a cama. O quarto ao meu redor era pouco familiar, afinal, eu havia me mudado no dia anterior. Havia caixas no chão e roupas espalhadas por todos os cantos. O quarto era menor que o que eu tinha na casa dos meus pais, mas era melhor do que o alojamento estudantil. Aquele era o meu segundo ano na Universidade Van Tassel, em Boston, Massachusetts, e eu havia alugado um pequeno apartamento com a minha melhor amiga, Lucy Darlin.

Foi difícil sair da cama, mas em algum momento eu consegui. Não queria chegar atrasada no primeiro dia. Com os olhos ainda entreabertos, caminhei até o banheiro. Lá também reinava a bagunça e as minhas coisas e as de Lucy estavam todas misturadas.

Ao me olhar no espelho, uma garota me olhou de volta. Seus cabelos lisos eram escuros, quase pretos, e caíam despenteados sobre seus ombros, até a metade das costas. Seus olhos azuis encontraram os meus. Seu rosto era feminino e familiar. Observei meu reflexo por mais alguns segundos, molhei o rosto e me penteei. Se eu não tivesse me planejado, não saberia o que vestir, mas felizmente havia escolhido uma roupa na noite anterior. Fazer isso me poupava tempo todas as manhãs.

A maior parte das roupas ainda estava na mala, mas eu havia separado um par de calças jeans, um suéter e uma jaqueta preta. Minha bolsa já estava preparada e à minha espera na cadeira em frente à escrivaninha. A bolsa azul perfeita que havia ganhado no meu aniversário de vinte anos, há algumas semanas atrás.

Ouvi o barulho do liquidificador e o aroma doce de waffles frescos, sinal de que Lucy já estava acordada e preparando o café da manhã. Algo me dizia que eu iria adorar morar com ela. Além de ser uma ótima cozinheira, nós gostávamos das mesmas comidas. Principalmente de waffles.

Eu, em compensação, era incapaz de cozinhar qualquer coisa sem queimá-la ou estragá-la de algum jeito.

O apartamento era confortável e tinha espaço suficiente para nós: dois quartos, um banheiro e uma sala-cozinha.

Lucy Darlin, minha melhor amiga desde os seis anos de idade, estava saboreando seu prato. Seus lindos cabelos ruivos acobreados estavam amarrados em um rabo de cavalo, como de costume. Ela era uma mês mais nova do que eu, embora aparentasse ser ainda mais jovem, talvez devido à expressão de inocência em seu rosto e ao seu corpo miúdo.

— Eu fiz waffles — ela anunciou contente.

— Deu pra sentir lá do quarto — respondi com um sorriso. — Eu posso me acostumar com cafés da manhã assim.

Ela me passou um prato e nos sentamos à mesa.

— Você acha que a gente deveria chamar o Marcus? — perguntou Lucy.

Dava para ver suas bochechas ficando rosadas conforme dizia aquelas palavras. Era fácil notar qualquer alteração naquela pele tão branca.

— Se ele souber dos waffles, vai vir aqui todas as manhãs — respondi.

Nós havíamos conhecido Marcus Delan no primeiro ano. Ele estudava design gráfico como eu e havia frequentado várias aulas com Lucy. Apesar de ela estudar biologia, todos os cursos tinham algumas disciplinas em comum nos primeiros anos.

Marcus era o tipo de cara que saía com várias garotas ao mesmo tempo. Por algum motivo ele não me via por esse ângulo e acabamos nos tornando grandes amigos. Devia ser porque nossa relação era fácil e divertida. Para que estragar isso sabendo que Marcus não conseguia sair com uma mesma pessoa por mais de algumas semanas? Além disso, eu não tinha por ele nenhum sentimento além da amizade.

— Mais cedo ou mais tarde ele vai descobrir — disse Lucy.

Eu suspeitava que ela gostava dele, embora nunca tivesse conseguido arrancar uma confissão. Nós três passávamos muito tempo juntos e não foi por coincidência que Marcus alugou o apartamento em frente ao nosso. Estávamos a apenas um corredor de distância.

Depois de terminar o café, ajudei Lucy a limpar tudo e nos preparamos para sair. Olhei-me uma última vez no espelho para ter certeza de que estava bonita. Naquele dia, eu veria o meu namorado depois de ter passado as férias inteiras longe dele. E não era só isso, eu estava com uma sensação estranha. Como se alguma coisa inesperada estivesse para acontecer. A ansiedade tinha tomado conta de mim desde o dia anterior, sem qualquer explicação.

Peguei minhas coisas e segui Lucy até o lado de fora do apartamento. Depois de trancar a porta, ela me entregou uma das chaves e, ao ver o chaveiro, soltei uma risada: a coruja branca dos livros do Harry Potter se dependurava entre as chaves com um envelope no bico. A Lucy era fascinada por livros de fantasia.

— Madison Ashford e Lucy Darlin — disse uma voz atrás de mim. — Minhas novas vizinhas.

Virei para trás sorrindo, eu conhecia aquela voz. Marcus Delan estava no corredor, olhando para nós. Seus cabelos eram uma bagunça castanha, passavam a sensação de que não eram penteados há dias. Tinha algumas sardas no nariz e os olhos também castanhos. Ele era bonito, mas não de um jeito óbvio. Algo em seu sorriso o tornava atraente e definitivamente era o seu carisma que o tornava verdadeiramente charmoso.

— Como foi o seu verão? — perguntei enquanto o cumprimentava com um abraço.

— Ótimo. Videogames, pizza, bares. O que mais eu poderia querer? — respondeu.

Balancei a cabeça fingindo desaprovação. Não me espantava que ele tivesse passado as férias inteiras assim.

— E você, Ashford? — ele me perguntou.

— Foi legal, eu fui esquiar com a minha família — respondi. — E consegui não cair nem uma vez.

Aquilo era algo que me deixava orgulhosa, já que eu quase nunca conseguia me manter em pé no esqui por muito tempo.

Marcus me ofereceu a palma da mão em um *high five* e eu correspondi.

— E você, Lucy? Como foi seu verão? — ele perguntou.

Cumprimentou-a com um grande abraço, levantando-a contra o peito. Era um hábito que ele havia adquirido no ano anterior. Acho que ele gostava de levantar Lucy porque ela era pequena e não devia pesar nada para ele.

— Foi divertido — respondeu Lucy.

Suas bochechas estavam coradas de novo, mas Marcus não pareceu notar. Para falar a verdade, ele nunca notava nada. Ele colocou Lucy no chão e virou-se para trancar a porta de seu apartamento. Cheguei mais perto para ver lá dentro, mas ele atravessou o braço à minha frente e não me deixou olhar.

— Você não quer ver o caos que está aí dentro — disse.

— Você chegou ontem. Quão bagunçado isso pode estar? — perguntei surpresa. Mas só de ver sua cara, eu soube a resposta. Marcus não era uma pessoa que poderia ser considerada organizada.

— Meus pais vão passar para se despedir mais tarde. Depois da aula, preciso que vocês me ajudem a comprar umas coisas e arrumar a casa: — Ele fez uma pausa e olhou para nós com um sorriso esperançoso. — Por favor...

Esperei um pouco antes de dar a minha resposta. Eu queria ajudá-lo, mas não queria que aquilo se tornasse um hábito. Eu tinha que deixar claro que o ajudaríamos só desta vez. Já teríamos muito trabalho limpando o nosso próprio apartamento.

— Mas é claro que sim! — respondeu Lucy. — Nós também temos que comprar umas coisas. Eu posso assar biscoitos enquanto a Madi faz a limpeza, assim você prepara uma bela despedida para eles.

Olhei para a Lucy horrorizada. De onde ela tirou a ideia de que eu ia limpar tudo sozinha?

— Vocês são demais — disse Marcus, colocando um braço ao redor de cada uma de nós.

— Mas vamos ajudar só desta vez — apressei-me em dizer. — Nós não vamos te ajudar com a faxina toda semana.

— Claro — ele respondeu.

Mas a expressão em seu rosto me dizia que ele não estava levando minhas palavras a sério.

— Não vamos mesmo, Marc — eu disse. — Estou falando sério!

Ele fez que sim com a cabeça e eu soube que aquela seria uma discussão inútil. A Universidade Van Tassel ficava a poucas quadras dali. Nós havíamos decidido morar nas redondezas para poder ir caminhando para as aulas. Também havia um shopping e um supermercado pela região, era a localização perfeita.

Eu havia crescido em Nova York e era lá que a minha família morava, mas ainda assim, eu tinha que admitir que gostava mais de Boston. Ali havia mais espaços verdes e eu não me sentia sufocada como na cidade grande.

Eu já estava com saudades da minha família, mas tinha me acostumado a não vê-los todos os dias desde o ano passado. Era obrigatório morar no campus da universidade no primeiro ano para nos integrarmos melhor, mas a regra não valia para o segundo. Lucy e eu vínhamos sonhando com a ideia de morar juntas há meses.

Ainda havia muito o que fazer: ajeitar os quartos e, principalmente, terminar de decorar o apartamento para criar um ambiente mais acolhedor. O quarto de Lucy era lilás e o meu, azul-claro, e as paredes ainda estavam sem nenhum enfeite. Tínhamos que comprar quadros ou pôsteres para personalizá-las um pouco.

Levantei os olhos e vi surgir um grande edifício na esquina seguinte. Tinha um estilo meio gótico que o diferenciava dos outros, com portas e janelas em forma de arco e uma torre alta com um relógio. Não parecia tão antigo quanto realmente era, estava muito bem conservado. O escudo da Universidade Van Tassel tornou-se visível, o V e o T no centro e um cisne de cada lado. À medida que nos aproximávamos, comecei a ver rostos familiares entre a multidão, gente com quem eu havia frequentado aulas ou já tinha cruzado nos corredores. Era bom estar de volta. Eu gostava da minha vida ali.

Como havíamos chegado cedo, resolvemos passar pela lanchonete. Eu gostava de tomar uma bebida quente de manhã e, pela cara do Marcus, ele com certeza não tinha comido nada desde a noite anterior. Era provável que nem tivesse comida em sua geladeira.

Uma garota veio em nossa direção e nos cumprimentou amistosamente. Ou melhor, cumprimentou a mim e a Lucy com um sorriso e virou-se para Marcus com um olhar sério e distante. Marcus já havia saído com Katelyn Spence, mas as coisas não terminaram bem. Provavelmente porque o fim veio justo quando Katelyn começou a se referir a ele como seu namorado.

Ela era simpática, embora às vezes pudesse ser sufocante. Eu não conhecia ninguém com notas melhores que as dela, e isso se refletia em seu jeito elegante de se vestir, sempre com uma faixa em seus cabelos loiros impecáveis. Uma faixa que ela normalmente combinava com um blazer. E isso me fazia pensar que ela tinha faixas e blazers de todas as cores. Uma vez Lucy e eu tentamos descobrir quantos conjuntos eram, mas acabamos perdendo a conta.

— Nós vamos estar juntos na primeira aula. História da Arte, com a Sarah Tacher — informou Katelyn. — Alguém já começou a ler o conteúdo?

Marcus e eu negamos com a cabeça.

— Eu li as primeiras páginas do livro ontem à noite — respondeu Lucy.

Na noite anterior eu a vi lendo um livro no sofá, mas tinha certeza de que não era nada sobre arte, já que havia um vampiro estampado na capa.

Katelyn olhou para nós horrorizada, como se fosse inconcebível ir a uma aula sem ter lido alguma coisa.

— Bom, vejo vocês daqui a pouco — disse, despedindo-se.

Eu esperei até ela estar longe o suficiente e me virei para Lucy.

— Eu não sabia que a gente ia estudar vampiros em História da Arte — disse.

— Eu não queria passar uma má impressão — ela respondeu defensiva.

— E qual seria a boa? — interferiu Marcus.

Ambas olhamos para ele.

— A Lucy e eu temos boas notas, só não lemos nada ainda porque estávamos ocupadas com a mudança — rebati.

Lucy concordou.

— E vampiros são criaturas intelectuais e sofisticadas — acrescentou.

Nós três trocamos olhares e começamos a rir. Eu gostava de vampiros, principalmente os de Anne Rice.

Marcus e Lucy foram indo para a sala de aula, e eu disse que me encontraria com eles em alguns minutos. Antes, precisava passar pela administração e entregar alguns formulários. O escritório ficava na outra ponta da universidade, mas consegui ir e voltar rápido. Olhei no relógio e ainda faltavam cinco minutos para a aula começar.

Havia poucas pessoas nos corredores, a maioria já devia estar nas salas de aula. Uma menina passou correndo por mim, esbarrando a mochila no meu ombro. Virei para trás num impulso e ela me pediu desculpas sem parar de correr.

Levei a mão ao ombro e, quando virei para a frente outra vez, topei com outra pessoa. Levantei os olhos para pedir desculpas, mas as palavras me abandonaram. O garoto à minha frente parecia... saído de um sonho.

Seus olhos azuis encontraram os meus e contemplei seu rosto maravilhada. Os cabelos eram claros, da cor da areia, grossos e um pouco ondulados, e chegavam até os ombros. E havia algo tão sensual no formato de seus lábios que chegava a ser inquietante. Tentei dizer alguma coisa, mas era como se eu tivesse esquecido como falar. Seu olhar se tornou mais intenso. Parecia estar estudando cada detalhe de mim, assim como eu estava fazendo com ele. Um forte estalo soou sobre nós, arrancando-me daquele transe. Olhei para cima ao mesmo tempo em que pequenos cacos de vidro caíam na minha cabeça e o corredor ficou escuro. Uma das lâmpadas do teto havia estourado.

— Você está bem? — ele me perguntou.

Assenti conforme tirava os vidros dos cabelos. Eu não fazia ideia do que havia acontecido. O garoto aproximou sua mão para me ajudar e nossos olhos se encontraram de novo. Eu não me lembrava de alguma vez já ter visto olhos daquela cor, um azul tão tempestuoso e intenso. Eram como o céu antes da chuva. Roçou sua mão no meu rosto em uma carícia sutil ao mesmo tempo em que explodia o resto das lâmpadas do corredor. Instintivamente, me cobri com os braços. Eu podia sentir os pedacinhos contra a minha pele. Ouvia o ruído do vidro encontrando o chão.

— O que está acontecendo?! — gritei.

Quando o barulho parou, eu abri os olhos. Meu coração batia acelerado contra o peito. Estava tudo escuro, mas dava para ver a silhueta dele ao meu lado.

— Você se cortou? — perguntou.

— Não, acho que não — respondi. — E você?

Ele ficou de pé e me pegou pela jaqueta para me ajudar a levantar. Era estranho estar no escuro e ter as mãos daquele garoto em volta de mim. Mais estranho ainda é que eu me sentia atraída por ele. E, por algum motivo, desejei que ele me puxasse e me beijasse. Era um desejo irracional, um impulso sem explicação. Ficamos ali parados por um momento rodeados pelo silêncio e pela escuridão.

— Eu vou atrás de alguém da manutenção.

Depois dessas palavras, ele me soltou e se afastou.

— Espere...

Ele não esperou. Repassei na memória tudo o que havia acabado de acontecer. Era irreal. Em um momento eu estava andando e no outro me vi perdida nos olhos dele enquanto uma chuva de vidro caía sobre nossas cabeças.

Quem era ele? O que havia acontecido? E por que eu agora estava em um corredor sem luz?

Segui, então, em direção à sala onde teria a minha primeira aula. Dei algumas voltas, ainda desorientada e com a cabeça naquele estranho incidente.

Quando consegui encontrar a sala certa, parei para ver quem estava em frente à porta. Era Derek Collins, meu namorado.

As irmãs Westwood

— Madison!

Derek veio até mim com um sorriso largo no rosto. Antes mesmo de poder reagir, eu já estava em seus braços e ele estava me beijando. Aquilo quebrou finalmente o transe em que eu me encontrava e me trouxe de volta à realidade, como se alguém tivesse me jogado um balde de água fria.

— Derek — eu disse, devolvendo o abraço.

Ele se afastou um pouco para poder me ver direito. Eu sempre havia gostado de seus olhos verdes, mas, naquele momento, senti que faltava alguma coisa neles.

— Senti saudade de você nas férias — disse ele. — Você está linda.

— Eu também — respondi. — Ontem nós terminamos de arrumar as coisas tão tarde, que acabei pegando no sono. Eu juro que ia te ligar.

— É bom saber que a minha namorada tem seu próprio apartamento — disse, beijando-me de novo. — Eu demorei demais para começar a procurar e, quando fui ver, já estava tudo alugado. Então vou ter que ficar mais um ano na universidade, eles me deram o mesmo quarto do ano passado.

— Mas agora você pode me visitar quando quiser — eu disse sorrindo.

Derek pegou a minha mão e me levou para dentro. Procuramos Lucy e Marcus e nos sentamos com eles. Os dois tinham guardado lugares para todos nós no canto da sala.

Coloquei a minha bolsa em cima da mesa e me sentei ao lado de Lucy, enquanto Derek se sentou do outro lado. Eu estava feliz em vê-lo, mas a cena que tinha acabado de acontecer no corredor continuava se repetindo na minha cabeça como se fosse um filme.

Derek e eu tínhamos começado a sair há alguns meses. Havia nele certo encanto que me atraiu desde o começo. E não foi só pela sua beleza, ele também era engraçado e tinha um bom caráter.

— Vocês acham que a Katelyn continua brava comigo? — perguntou Marc.

Lucy e eu nos entreolhamos.

— Provavelmente — respondemos em uníssono.

— Que pena — ele disse olhando para ela.

Katelyn estava sentada na primeira fileira com o laptop aberto à sua frente. Era difícil ver alguém sentado ao lado dela, suas coisas ocupavam pelo menos outros dois lugares.

Lucy olhou para ela pensativa e eu me perguntei se aquilo teria alguma coisa a ver com o fato de Marcus gostar dela.

Eu estava prestes a dizer algo para distraí-la quando boa parte dos alunos ao nosso redor se virou para a porta e começou a murmurar. A professora devia estar chegando. Abri minha bolsa e tirei um caderno. Eu preferia fazer minhas anotações à mão, porque digitava devagar e, quando usava meu laptop nas aulas, acabava me perdendo a cada cinco minutos.

— Pensando bem, a Katelyn é coisa do passado — concluiu Marcus.

Acompanhei o olhar dele em direção à porta. Duas meninas que eu nunca tinha visto antes estavam ali paradas, procurando lugares livres. Eu entendi, então, por que todos os olhares se dirigiam à entrada da sala, elas realmente eram muito chamativas. Uma tinha os cabelos longos e castanhos, com um leve movimento nas pontas, o tipo de efeito que só um secador era capaz de criar. Notei também uma mecha lilás escondida em meio aos fios mais escuros. Seus olhos, também castanhos, tinham um formato amendoado e estavam perfeitamente delineados. E sua roupa era um tanto reveladora: jeans apertados, uma blusinha regata preta e um blazer branco acinturado. A garota era muito bonita, e todos os meninos estavam olhando para ela.

A outra, ao seu lado, tinha feições parecidas, mas ao mesmo tempo era muito diferente. Seus cabelos eram loiros e caíam em ondas perfeitas, que pareciam naturais, emoldurando seu rosto. Uma mecha de cabelo rosa se ressaltava no visual. Seus olhos também tinham formato amendoado, mas em vez de castanhos eram azuis. Sua maquiagem era mais suave e a sua roupa, mais chique: um vestido, um suéter azul-claro e botas.

— Não sei dizer com qual das duas eu quero sair primeiro.

— Marc! — eu disse, chamando sua atenção.

Lucy voltou a olhar para os livros.

— A loira com a mecha rosa é bonita — disse ela em tom descontraído.

A expressão em seu rosto, porém, era um pouco triste. Apesar de ela saber dissimular bem, eu a conhecia. Marcus, por sua vez, continuava com toda a sua atenção voltada para as alunas novas.

— É, mas a da mecha lilás é muito linda, parece modelo ou alguma coisa do tipo — ele respondeu.

— Concordo com o Marcus — disse Derek, virando-se para mim. — Mas você é definitivamente mais bonita.

— Definitivamente — concordei, olhando para ele contendo o riso.

Por fim, elas se sentaram na fileira bem em frente à nossa. As meninas atrás de mim cochichavam. Aparentemente, ambas cogitavam a possibilidade de fazer uma mecha lilás nos cabelos.

A professora entrou na sala e todos fizeram silêncio. Ela se sentou à mesa e, depois de se apresentar como Sarah Tacher e fazer uma introdução dos tópicos que seriam estudados na disciplina, sacou a lista de chamada.

— Madison Rose Ashford.

Levantei a mão num sobressalto ao ouvir o meu nome. Havia esquecido que, em geral, eu era a primeira da lista.

Tacher olhou para mim e tomou nota. Ela só fazia chamada no primeiro dia, para se familiarizar com os rostos dos alunos. Pelo menos, havia sido assim no ano passado.

— Eu tinha esquecido que você tem um segundo nome, Rosy — disse Marcus em tom brincalhão.

Nos entreolhamos e eu acabei rindo.

— Derek Collins.

— Alexis Crasler.

— Lucy Darlin.

Lucy levantou a mão alegremente.

— Michael Darmoon.

Peguei a minha caneta, abri o caderno na primeira folha e anotei o nome da disciplina.

— Michael Darmoon — ela repetiu.

Mais uma vez, ninguém respondeu. Era a primeira vez que eu ouvia aquele nome, provavelmente nunca tinha frequentado uma aula com ele.

— Marcus Delan.

Marc abriu-lhe um grande sorriso ao levantar a mão. Ele sempre tentava usar seu charme com os professores, achava que assim teriam uma melhor impressão dele.

— Nós deveríamos comprar flores ou pelo menos uma planta para decorar a casa — disse Lucy, pensativa.

— Uma planta que não precise ser regada todos os dias, caso a gente se esqueça de fazer isso — respondi.

Lucy balançou a cabeça, rindo.

— Como assim se esquecer de regar a planta? — ela cochichou.

Ouvi a professora chamar Katelyn, que já estava a postos, com a mão levantada.

— Eu já matei mais de uma planta acidentalmente — confessei.

— Eu sempre achei que seria legal ter um papagaio — Marcus entrou na conversa.

Lucy e eu olhamos para ele. Eu realmente esperava que ele não estivesse cogitando comprar um, temia pelo coitado do bicho.

— Eu gosto de papagaios — disse Lucy.

— Wendolyn Westwood.

A menina de cabelos castanhos e mecha lilás ficou de pé em vez de levantar a mão.

— É Lyn Westwood — a garota corrigiu.

Todos os olhares se voltaram para ela. Tacher encarou-a de maneira cínica e tomou nota sem dizer nada.

— Maisy Westwood.

A menina loira que estava sentada ao lado dela levantou a mão.

— Alguma preferência, senhorita Westwood? — perguntou a professora com os olhos nas duas.

— Maisy está bom — respondeu ela.

Continuei olhando para elas, as duas pareciam muito seguras de si. Eu nunca as tinha visto antes, deviam ser novas na universidade, e ainda assim isso não parecia intimidá-las.

— São irmãs! — disse Marcus.

Ele parecia, ao mesmo tempo, surpreso e um pouco decepcionado. Lyn se virou para trás e o encarou.

— Sim, nós somos irmãs — disse.

Ele levou alguns segundos para responder, o que nunca acontecia com Marcus, que sempre tinha uma resposta na ponta da língua para tudo.

— Sejam bem-vindas a Van Tassel — disse ele, finalmente encontrando sua voz. — Já era hora de termos meninas bonitas nesta sala de aula.

Olhei para ele indignada. Lucy cravou os olhos na folha à sua frente.

— Obrigada, Marc — eu disse.

Lyn sorriu para ele e virou-se para a frente sem prestar atenção em mim. Marcus me pediu desculpas com um gesto ligeiro e Derek beijou minha bochecha para me descontrair. Marc era meu amigo e eu o amava, mas às vezes ele sabia se comportar como um idiota.

Depois disso, a aula transcorreu tranquilamente. Troquei poucas palavras com Lucy, pois nós tínhamos muita coisa para anotar e Tacher não nos deu um segundo de descanso até o final. Eu queria, ou melhor, eu precisava contar a ela sobre o ocorrido no corredor minutos antes da aula. Se eu contasse a alguém, talvez deixasse de me perguntar se aquilo realmente tinha acontecido.

Ao sair da sala, passei os olhos pelo corredor esperando encontrar o garoto estranho que havia me segurado em seus braços. Nada. Tentei esquecê-lo e voltar minha atenção a Derek. Afinal, era nele que eu tinha que pensar, não em uma pessoa qualquer que eu nem conhecia.

— Marc, Lucy e eu vamos comprar umas coisas para o apartamento. Você quer vir com a gente? — perguntei entrelaçando nossos dedos.

— Meus pais estão vindo trazer umas coisas que eu esqueci em casa — Derek respondeu, mantendo-me junto a ele. — Mas eu posso passar na sua casa mais tarde para jantarmos juntos.

Eu fiz que sim e demos um beijo de despedida. Fui ao encontro de Marcus e Lucy e, sem querer, olhei para o corredor uma última vez.

Quando já estávamos longe o suficiente da universidade e não havia mais risco de algum conhecido me ouvir, contei a eles o que havia acontecido. Eu queria esconder o quanto aquilo tinha me afetado, mas não consegui. Eu sei que me excitei quando comecei a descrever detalhadamente como as lâmpadas tinham estourado sobre a minha cabeça e a daquele garoto inquietante e misterioso.

Lucy olhou para mim deslumbrada, seus olhos castanhos estavam arregalados. Havia certa alegria em seu rosto, como se eu estivesse lhes contando uma fantasia qualquer e não algo que realmente havia acontecido comigo há algumas horas.

A expressão de Marcus era mais comedida. Estava torcendo ligeiramente a boca, como sempre fazia quando achava graça de alguma coisa.

— Isso é inacreditável! — exclamou Lucy. — Todas as lâmpadas estouraram ao mesmo tempo?

— Sim, foi tudo muito estranho — eu disse, revivendo a cena. — Era como... como se a intensidade dos nossos olhares...

Tivesse causado a explosão das lâmpadas. Eu não podia dizer isso em voz alta. Soava estúpido, para não dizer impossível.

— Parece romântico — disse Lucy.

— O que caiu na cabeça dela foi vidro, não pétalas de rosa — interveio Marcus.

— A Madison estava em perigo e um menino misterioso a protegeu envolvendo-a em seus braços — insistiu Lucy ainda em tom de alegria.

— Não foi isso que eu disse — corrigi. — Ele só me ajudou a levantar.

— Sua noção de romantismo é bem estranha, Lucy — disse Marcus.

Ao ver o modo como Lucy havia transformado a situação em algo perigoso e romântico, me perguntei se, na minha cabeça, eu não havia feito o mesmo.

— Não sei, foi... inesperado. E mágico.

— Tenho certeza de que o Derek vai adorar ouvir a sua história — comentou Marc.

Dava para ouvir o sarcasmo na voz dele.

— Você contou para ele? — perguntou Lucy.

— Não — respondi.

— E nem vai contar — completou Marcus. — A menos que você esteja a fim de discutir ou de lidar com uma crise de ciúme do seu namorado.

Olhei para Marcus. Ele tinha razão, eu não queria discutir nem gerar conflitos por alguém que eu provavelmente não veria nunca mais.

Foi uma longa jornada até encontrarmos um supermercado que vendesse alguns artigos de decoração. Fiz um grande esforço para me livrar dos meus pensamentos. Eu estava com meus melhores amigos comprando coisas para decorar o meu novo apartamento, queria curtir esse momento.

Passamos um bom tempo na loja escolhendo o que queríamos comprar. Marcus levou pôsteres de seus filmes preferidos, a maioria da Marvel. Poucas coisas lhe agradavam mais do que um personagem super-herói. E ele ficou especialmente satisfeito quando encontrou uma caneca do *Sin City*.

Lucy acabou por comprar uma coleção de cachorros de porcelana que era uma gracinha. Um basset hound com um lenço vermelho no pescoço, um poodle com um laço em cada orelha, um bulldog com um cachimbo e um jack russell terrier com um chapéu de detetive.

Já as minhas escolhas foram: caixas de som, uma luminária para o meu criado-mudo, algumas almofadas e um pôster do filme *Orgulho e preconceito*, da versão com a Keira Knightley e o Matthew Macfadyen. Eu adorava aquele romance tempestuoso que se escondia atrás de cada olhar e de cada toque.

Por fim, saímos da seção de decoração e seguimos para a seção de alimentos. Quando morávamos na universidade, a comida não era um problema, mas morar sozinha significava cozinhar. Marc e eu mal sabíamos tostar um pão. Se não fosse por Lucy, estaríamos perdidos. Felizmente sua mãe era chef e ela havia herdado suas habilidades na cozinha.

Eu ia empurrando o carrinho conforme Marcus o enchia com todo tipo de comida congelada, que era devidamente devolvido para a geladeira por Lucy, quando ele não estava olhando. Quando chegamos no caixa, de todos os congelados, só havia restado uma caixa de pizza.

Na volta para casa, os dois discutiram sobre o que cada um considerava comida saudável. Não era comum ouvir Lucy contrariando Marc. Mas havia dois assuntos sobre os quais ela não cedia, não importava com quem discutisse: comida e livros.

Quando chegamos ao nosso novo lar, ajudei Lucy a guardar as coisas e depois me deixei cair na cama, exausta. Havia sido um longo dia e, depois de ter carregado todas aquelas compras, eu mal sentia meus braços.

Mas, assim que fechei os olhos o corredor voltou à minha mente, era como se eu estivesse lá de novo, olhando para aquele desconhecido. Eu quase conseguia sentir o vidro caindo sobre mim. As mãos dele me levantando…

— Madi.

O corredor evaporou, como se aquela voz o tivesse afugentado.

— Madi, já são sete horas.

Girei a cabeça em direção à porta. Lucy estava ali, olhando para o meu novo quarto.

— Sete?

— É, você disse que ia jantar com o Derek — ela respondeu.

Sentei na cama, tentando me livrar do sono, e estendi o braço para pegar o celular. Havia uma nova mensagem.

Derek, 18h35

Vou passar pra te buscar às 20h. Qual é o endereço?

— Você vai contar pra ele o que aconteceu? — perguntou Lucy.

Eu fiz que não com a cabeça enquanto respondia a mensagem.

— Não, o Marc tem razão. Faz semanas que a gente não se vê, eu não quero brigar — respondi. — Quero esquecer o que aconteceu e aproveitar meu tempo com ele.

Lucy assentiu e veio se sentar na cama.

— E o que você vai vestir para o jantar? — perguntou sorrindo.

— É uma boa pergunta.

Levantei da cama e comecei a considerar minhas opções, vasculhando o meu recém-organizado armário.

— Você deveria convidar o Marcus para comer aqui — sugeri. — Senão o jantar dele vai ser pizza congelada.

Levantei um cabide com uma blusa preta fina, mas o guardei de volta. Estava um pouco frio.

— Você acha que eu devo convidá-lo?

— Sim. Vocês podem assistir a um filme — insisti.

Antes que Lucy pudesse responder, a campainha tocou. Olhei no relógio, era cedo demais para ser Derek.

— Ou você pode esperar ele se convidar sozinho — eu disse abrindo um sorriso.

Fui abrir a porta e, quando voltei, já com o Marc atrás de mim, Lucy estava sentada de um jeito todo feminino, não mais jogada na cama como alguns minutos antes.

— Espero que eu não tenha interrompido o momento "que roupa eu ponho?" — disse ele.

Nós duas rimos.

Marcus se sentou ao lado de Lucy e passou o braço em volta do ombro dela.

— Parece que seremos só você e eu, Darlin. O que você quer fazer?

Lucy olhou para baixo, evitando encará-lo.

— Que tal um frango assado — ela titubeou — ... e um filme?

Marc trouxe Lucy para perto e a abraçou.

— Você é demais — disse ele. — Deveria aprender com ela, Mads.

— A assar um frango? Acho difícil — respondi. — Eu acabaria incendiando a casa.

Indecisa, pendurei de volta outro cabide.

— Quem vem te buscar hoje à noite? Derek ou o garoto misterioso do corredor? — Marcus perguntou.

Lancei a ele um olhar sombrio.

— A gente poderia fazer um experimento para ver se as lâmpadas daqui também estouram — ele continuou.

Lucy deixou escapar uma risada. Ela parecia contente com o braço de Marc em volta de seu ombro.

— Você acha que vai vê-lo de novo? — perguntou Lucy.

— Não — respondi.

Havia centenas de pessoas em Van Tassel, e eu nem sabia se ele estudava lá.

— Você quer vê-lo de novo? — perguntou Marc.

Não havia sarcasmo em sua voz. Dessa vez, ele estava falando sério.

— Não.

Lucy acreditou em mim, Marcus sabia que eu estava mentindo. Olhou para mim com cumplicidade e não disse mais nada sobre o assunto.

Acabei escolhendo uma camiseta vinho de mangas compridas e fui ao banheiro me trocar.

Derek me levou ao Tony's, um restaurante italiano que costumávamos frequentar quando começamos a sair juntos.

Enquanto contava sobre suas férias, ele segurava a minha mão sobre a mesa. Havíamos falado por telefone pelo menos duas ou três vezes por semana, mas ele sempre estava ocupado com alguma atividade familiar. Assim como seus irmãos, ele era do time de hóquei no gelo e passava muito tempo treinando. Mais de uma vez, um dos irmãos havia atendido o telefone dizendo que Derek não podia falar porque "estava sendo derrotado".

O jantar passou rápido, entre beijos e conversas. Era fácil estar com ele, sempre tínhamos sobre o que falar e, quando esgotávamos os assuntos, encontrávamos outras formas de passar o tempo.

Dividimos uma sobremesa e continuamos de mãos dadas olhando pela janela. Nós sempre sentávamos no mesmo lugar, uma mesa pequena de canto, ao lado da janela.

Era uma noite tranquila, um grupo de amigos com os quais eu havia estudado no ano anterior passou caminhando por nós e um deles acenou para mim. Devolvi o gesto e, quando eles se afastaram, uma coisa me chamou a atenção. Na esquina, na rua da frente, havia duas silhuetas. Uma delas parecia ser a de um homem e, ao lado dele, sentado, estava um cachorro. Eu mal podia discerni-los, estava escuro, mas pareciam estar olhando na minha direção. Havia algo peculiar naquela cena, ambos estavam quietos, à espera de alguma coisa.

Derek disse alguma coisa e a minha atenção se voltou para ele, que levantou o celular e me mostrou a tela. Um de seus irmãos tinha enviado uma imagem.

Sorri ao ver o que parecia ser uma foto dele e dos irmãos usando os tacos de hóquei como espadas, mas logo virei de volta para a janela. O homem e o cachorro continuavam ali.

Derek me mostrou mais fotos de suas férias e, então, nos preparamos para ir embora. Fechei um pouco a jaqueta, prevendo o frio da rua. Eu ia sugerir tomarmos um táxi. O homem e seu cachorro misterioso estavam me amedrontando. Mas, quando saímos, não havia mais sinal da dupla sinistra.

Caminhamos em silêncio, de mãos dadas, até a minha casa. Uma inquietude havia tomado conta do meu corpo. Eu sentia sombras atrás de nós, como se estivéssemos sendo seguidos. Mas eu não podia vê-las. Olhei para trás algumas vezes, mas a rua estava deserta.

Quando chegamos em casa, chamei Derek para subir. Se Marc e Lucy estivessem acordados, poderíamos jogar cartas ou simplesmente jogar conversa fora com eles. E, se não, poderíamos ficar um pouco a sós.

Derek fez uma cara triste e disse que tinha treino na manhã seguinte, o que implicava acordar cedo.

Aproximou-se de mim e se despediu com um beijo. Seus lábios eram suaves e delicados. Para um jogador de um esporte agressivo, ele era incrivelmente cuidadoso. Beijei-o mais uma vez e depois ele foi se afastando. Procurei as chaves na bolsa e olhei para trás uma última vez.

Lá estava o cachorro preto, aproximando-se silenciosamente como um predador. Fiquei parada onde estava, sem saber o que fazer. Ele não avançou. Sentou e ali ficou apenas me observando.

Dia de chuva

Ao entrar no apartamento, encontrei Marcus e Lucy no sofá assistindo televisão. Ou melhor, Marc assistia televisão enquanto Lucy dormia usando o ombro dele como almofada.

Era uma cena fofa, me perguntei por que Marc não podia parar de sair com meninas por quem não sentia quase nada e começar a prestar atenção em Lucy.

Ele fez um gesto me chamando para sentar ao seu lado e me deixei cair no sofá. Ainda sentia calafrios ao me lembrar do grande cachorro preto. Estava tentada a olhar pela janela para ver se ele ainda estava lá, mas tive que lutar contra esse impulso. Não conseguiria dormir se o visse outra vez.

— Eu achei que você ia tentar trazer o Derek pra cá — disse Marc.

— Ele tem treino amanhã cedo. — Fiz uma pausa e emendei — Assim como você.

Eu já estava esquecendo que Marcus também era do time.

— Não está tão tarde assim.

— O que vocês estavam assistindo? — perguntei sem reconhecer o que estava passando na televisão.

— Uma comédia romântica que a Lucy escolheu — disse ele, olhando com carinho para o ombro onde ela dormia. — Mas ela apagou na metade.

— Vocês estão lindos assim — disse como quem não quer nada.

— Nós somos pessoas muito atraentes — respondeu sorrindo. — Deveríamos procurar um namorado para a Lucy.

Assenti. Pobre Lucy, o único menino que lhe interessava estava sentado ao seu lado falando sobre arranjar um namorado para ela. Dava vontade de dar um safanão na cabeça dele e fazê-lo entender que era dele que ela gostava.

— E o que você conta de novo? — perguntei, mudando de assunto.

— Sabe a aluna nova, Lyn Westwood? Definitivamente vou me concentrar nela — respondeu Marcus.

Girei os olhos irritada, mas não disse nada. Afinal, eu nem conhecia a garota, não podia dizer que não gostava dela. E mesmo se eu dissesse não teria nenhum fundamento válido para me justificar. Lyn Westwood poderia ser uma ótima pessoa. Embora eu tivesse minhas dúvidas sobre isso.

— Eu vou me concentrar em Derek — disse.

— É o seu namorado, você deveria fazer isso — respondeu Marcus. — A menos que você queira organizar uma brigada para ir atrás do menino do corredor.

— Não seja bobo — eu disse, batendo o meu ombro contra o dele.

— Foi só uma ideia...

Levantei-me e fui até a cozinha. Eu havia comido bastante no jantar, mas não seria nada mau tomar um café com um docinho antes de me deitar. Lucy tinha comprado muitas coisas saudáveis, mas encontrei alguns biscoitos de baunilha com gotas de chocolate.

Marc apoiou Lucy cuidadosamente sobre a almofada do sofá e surgiu ao meu lado antes mesmo de eu abrir o pacote.

No semestre anterior nós havíamos passado várias noites comendo, vendo seriados e conversando até tarde. Era gostoso ter um amigo como ele, com quem eu tivesse tanta afinidade. Lucy era a minha melhor amiga, mas nós não tínhamos tantas coisas em comum. Pelo menos, não como eu tinha com Marc.

— Acho que vou entrar para uma banda — ele anunciou.

Olhei para ele surpresa.

— Eu toco bem guitarra e minha voz até que é boa.

Ele olhou para mim confiante.

— Eu sei, sua voz é mais do que "até que boa". Só fiquei surpresa com a notícia — disse.

Comi um biscoito e olhei para ele interessada, esperando que me contasse mais sobre o assunto.

— O Stuart tem uma banda e perdeu dois guitarristas. Acho que um mudou de faculdade e o outro se formou. — Fez uma pausa, pensativo. — Enfim, ele me propôs substituir um deles.

— Você é bom e adora ter a atenção das meninas. Acho que isso vai te fazer bem — disse. — Qual é o nome da banda?

— Duas Noites.

— Por que duas? Por que não uma ou três? — perguntei, depois de ter avaliado o nome.

— Por que não Cinco Noites? — respondeu Marcus em tom sarcástico. — Não sei. É um bom nome. Já ouvi piores.

Procurei outro biscoito, mas aparentemente nós já tínhamos terminado com o pacote.

— Estou cansada, acho que vou dormir — disse.

— Eu também, senão amanhã vou levar uma surra no gelo.

Marc beijou minha cabeça, desejou boa noite e atravessou o corredor em direção ao seu apartamento. Lutei contra o impulso de ir até a janela e fui buscar uma manta para cobrir Lucy. Ela estava embalada em um sono tão tranquilo que não quis acordá-la.

Já no meu quarto, separei a roupa que iria colocar no dia seguinte e fui para a cama. O sono não veio fácil, havia muitas coisas passando pela minha cabeça. Mas quando finalmente ele tomou conta de mim, abri um sorriso para recebê-lo.

No dia seguinte, Marcus saiu bem mais cedo e Lucy e eu também não fomos juntas para a universidade, uma vez que teríamos aulas diferentes. Ela e eu frequentaríamos apenas duas aulas por semana juntas durante todo o semestre: História da Arte e História da Civilização. Ambas disciplinas eram comuns a vários cursos.

Tive um bom almoço com Derek e depois das aulas da tarde Lucy e eu fomos ao shopping. Era uma tradição nossa desde pequenas: toda quarta-feira íamos olhar vitrines e tomar sorvete.

Lucy tinha um estilo mais feminino. Preferia saias e vestidos, dificilmente eu a via usando calças jeans. No inverno, ela sempre usava saias com meias pretas e botinhas, era uma espécie de uniforme.

Passeamos pelas lojas e, quando anoiteceu, Marcus veio nos encontrar para jantar. Mandei uma mensagem a Derek perguntando se ele também queria vir, mas ele respondeu que estava estudando. Ele estudava Direito e, assim como era com Lucy, fazíamos apenas duas disciplinas juntos.

O barulho do liquidificador me assustou. Entreabri os olhos tentando ver a hora no celular. Faltavam dois minutos para o meu alarme tocar, mas Lucy havia acordado mais cedo.

Depois de enrolar um pouco, finalmente saí da cama e fui até a cozinha. Lucy estava de pijama cortando frutas, com seus cabelos ruivos presos em um rabo perfeito, como sempre.

— Ainda é muito cedo — resmunguei.

Lucy se virou para mim com alguns morangos na mão.

— Tive um pesadelo, não conseguia mais dormir — ela disse. — Não queria ter te acordado, me desculpe.

— Você teve aquele sonho de novo? — perguntei. — Com um estranho perseguindo você pelo bosque?

— E tudo em volta pegando fogo — completou Lucy.

Seu semblante entristeceu-se. Ela tinha esse mesmo pesadelo desde que nós éramos pequenas. Era estranho ver que ela continuava se assustando mesmo depois de todo esse tempo. Eu não entendia de onde vinha aquilo, ela nunca havia estado em um incêndio nem havia sido perseguida por alguém. Certamente, não era fruto de uma experiência traumática.

— É só um sonho, Lucy. Nada daquilo é real.

— Eu sei — respondeu.

Ela, então, sacudiu a cabeça como se estivesse espantando a lembrança daquela cena, e continuou preparando a vitamina.

— Pelo menos hoje vamos chegar cedo para a aula — disse, voltando ao quarto para me trocar.

Era um dia chuvoso, eu já tinha ouvido as gotas batendo contra a janela de madrugada. Eu gostava de chuva quando podia ficar enfiada na cama sem ter que sair, não quando tinha que ir à universidade.

A única coisa boa de um dia assim era poder usar as minhas galochas. Era gostoso caminhar pisando nas poças como se eu fosse criança outra vez. Arrumei meu cabelo debaixo do capuz de um moletom e vesti um casaco mais pesado. Aquele prometia ser um dia frio e molhado. Lucy pegou seu impermeável e seu guarda-chuva e nos preparamos para enfrentar a água.

Marc veio conosco, então demos um jeito de fazer caber os três debaixo do guarda-chuva, e assim fomos caminhando até Van Tassel. Ele era o mais alto, então ficou no meio, levando o guarda-chuva. Lucy e eu fomos uma de cada lado, de braços dados com ele. Eu tinha que me lembrar de comprar um guarda-chuva para mim, sempre me esquecia disso. Algumas quadras antes de chegarmos pensei ter visto o cachorro preto outra vez, do outro lado da rua. O capuz e o guarda-chuva obstruíam a minha visão, mas, quando consegui olhar para trás, ele já não estava mais lá. Com certeza não era o mesmo, devia haver centenas de cachorros pretos por ali.

Quando chegamos à universidade, passamos pela lanchonete para buscar alguma coisa para beber e seguimos para a sala de aula. Por algum motivo, Marcus considerava suco de maçã uma bebida reconfortante. Nem chá, nem café, nem chocolate quente, a escolha dele era suco de maçã. Lucy e eu estávamos rindo dele quando dobramos o corredor e topamos com a porta da sala de aula. O copo de plástico escorregou da minha mão e quase caiu. Consegui pegá-lo antes de derramar o café inteiro.

— Cuidado, Mads — disse Marcus, ajudando-me a segurar o copo.

As três pessoas paradas em frente à porta olharam para nós. Uma delas era o garoto do corredor, que estava acompanhado por Lyn e Maisy Westwood.

Nossos olhos se encontraram. Ele era exatamente como eu me lembrava, um rosto lindo e intrigantes olhos azul-escuros. Sem perceber, sorri aliviada. Eu não havia sonhado, ele existia e estava bem ali na minha frente.

— Você se queimou? — perguntou Lucy.

Levei alguns segundos para entender o que ela estava falando.

— Que sorte que está de galochas — observou Maisy. — Muito conveniente.

— É — respondi sem saber o que mais dizer. Ela tinha razão, graças às galochas eu não tinha me queimado.

— Você parece ser meio atrapalhada — comentou Lyn.

Ela vestia calças jeans apertadas e um suéter curto que marcava sua silhueta. Seus cabelos estavam perfeitos, como se fossem imunes à umidade, e suas mãos estavam pousadas no braço do garoto ao lado. O garoto do corredor. Pelo menos agora eu tinha um motivo para não gostar dela.

— Não, dificilmente a Ashford deixa alguma coisa cair — disse Marcus passando o braço pelo meu ombro.

Olhei para ele agradecida, recuperando minha compostura. Lyn chegou perto dele e sorriu sedutora. Seus lábios estavam impecavelmente desenhados com um gloss labial.

— Seu nome é Marcus, não é?

— Isso mesmo, Lyn Westwood — respondeu com seu sorriso também sedutor.

Eu não sabia o que fazer e não conseguia pensar com o olhar intenso daquele garoto sobre mim. Por que ele me olhava daquele jeito?

Virei para o lado e recomecei a andar, passando ao lado dos três. A sala de aula estava vazia, nós éramos os primeiros a chegar. Sentei em uma das cadeiras sem prestar muita atenção se era um bom lugar e apoiei o café na mesa. Eu precisava processar o que havia acontecido.

Alguém se aproximou por trás de mim e deduzi que era a Lucy, ela provavelmente tinha me seguido.

— Aqui está bom? — perguntei.

Abri a bolsa e tirei um caderno, simplesmente porque precisava me ocupar de alguma forma.

— É um bom lugar — respondeu uma voz não muito familiar.

Era ele. Parou atrás de mim com uma expressão descontraída.

— Eu não me apresentei direito naquele dia — disse. — Eu sou o Michael Darmoon.

Darmoon, eu já tinha escutado aquele nome, mas não sabia onde. E é claro que "direito" era só um modo de dizer, no nosso encontro anterior ele havia desaparecido sem nem me dizer nada.

— Madison Ashford — eu disse.

— Madison Rose Ashford — ele me corrigiu. — Um lindo nome.

Mexi a mão sem saber direito o que eu estava fazendo e bati sem querer no copo de café. Num rápido reflexo, Michael avançou e pegou o copo antes que caísse na mesa.

Como ele sabia o meu segundo nome? Até Marc, que me conhecia há um ano, tinha esquecido que eu tinha um segundo nome.

— Parece que não é um bom dia para você tomar café — disse Michael me oferecendo o copo. — Se eu fosse você, terminaria isso logo.

Mas eu não tomei. Fiquei quieta, olhando para ele.

— Como você sabe o meu nome? — perguntei.

Os outros se aproximaram, interrompendo-nos. Lucy e Marcus vieram para o meu lado e Maisy passou reto e sentou duas fileiras à nossa frente.

— Você vai sentar com a gente, Mic? — perguntou Lyn, pestanejando com cara de cachorro abandonado.

Se fosse para deixar o café cair pela terceira vez, queria que caísse em cima dela. Ou melhor, em cima dos sapatos de salto dela. Quem usa salto alto na chuva? E para ir a uma aula de História da Civilização!

— Ou... você pode sentar aqui comigo — ofereceu Marcus, imitando a carinha de carente dela.

Lyn riu e continuou andando até a fileira onde estava a irmã.

— Quem sabe outro dia — respondeu.

Michael pousou o café à minha frente. Seus lábios esboçavam algo que parecia um sorriso, mas não chegava a sê-lo. Achei o gesto inquietante e atraente. Seus olhos abandonaram os meus e ele foi atrás de Lyn.

— Você conhece ele? — sussurrou Lucy.

Virei para ela, surpresa de ver que estava ali.

— Esse é o garoto de quem eu falei pra vocês, o que estava comigo quando as lâmpadas estouraram.

Marcus, que estava ao lado dela, amontoou-se num impulso para chegar mais perto.

— Esse é ele? — perguntou.

Balancei a cabeça, mantendo os olhos no caderno.

— Ele é lindo — disse Lucy.

— Camiseta preta, jaqueta de couro, é como se ele tivesse saído de algum filme — disse Marcus, observando-o. — Coitado, o Derek está encrencado.

Derek. Olhei em volta, mas ele não estava ali. A sala já estava ficando cheia. Estranho, ele morava na universidade e nunca se atrasava.

— Do que vocês estavam falando? — perguntou Lucy.

Ela estava com a cabeça apoiada nas mãos e me lançava olhares risonhos, como se eu estivesse prestes a contar um conto de fadas.

— Ele sabia o meu nome, o meu nome completo — murmurei. — Como é possível?

— Ele sabia que o seu segundo nome é Rosalyn? — Marcus me provocou.

— É Rose — retruquei.

Marcus riu e me olhou como quem pede desculpa.

— Certo.

— Como ele sabe? Nós te chamamos de Madison, ninguém além de nós sabe. — Lucy fez uma pausa olhando para Marcus. — Ninguém além de nós e dos seus pais...

— Até a minha irmã esquece que eu tenho um segundo nome — respondi.

O professor entrou na sala e todos fizeram silêncio. Katelyn Spence estava logo atrás dele, ajudando-o a carregar seu material. Não era de se estranhar, Katelyn costumava se apresentar aos professores antes mesmo de as aulas começarem.

Tomei o resto do café num gole só, abri o caderno e comecei a ler o programa da aula. Quando cheguei ao último item, eu reparei que não tinha ideia de nada do que havia lido.

Levantei os olhos. Só dava para ver as costas e os cabelos dele, mas era o suficiente para me distrair. Michael estava conversando com Lyn e Maisy. Me perguntei de onde ele as conhecia, parecia confortável ao lado delas.

— Ashford.

Lucy chamou a minha atenção e levantei a mão. O professor olhou para mim e seguiu com a lista. Ele já havia escrito seu nome na lousa: Hector Howard.

— Darmoon — continuou ele.

Michael levantou a mão. A lista, é claro! Tacher havia dito o sobrenome dele na aula de História da Arte, foi lá que eu escutei. Havia sido logo depois do acidente no corredor e ele tinha faltado na aula.

Senti alguma coisa vibrar na minha bolsa e revirei as coisas à procura do celular.

Derek: 9h06

Não estou me sentindo bem, estou a caminho da enfermaria.

Eu: 9h06

O que você tem? Quer que eu vá te encontrar?

Eu desejei que não fosse nada grave, duvidava que Howard teria uma boa impressão de mim se eu abandonasse sua aula nos primeiros cinco minutos.

Derek: 9h07

Estou com dor no ombro, me machuquei ontem no treino. Eu vou ficar bem. Te procuro depois da aula.

— É o Derek? — perguntou Lucy.

— É, ele está indo para a enfermaria, com dor no ombro — respondi.

Lucy olhou para mim preocupada.

— Eu posso te acompanhar até lá quando a aula acabar — ofereceu.

— Ontem ele se machucou feio, um dos meninos confundiu o ombro dele com o disco — disse Marcus.

Olhei para ele sem entender.

— Bateram no ombro dele com o taco de hóquei — explicou.

— Eu não entendo por que vocês são tão agressivos — respondi.

Lucy concordou horrorizada.

— Foi engraçadíssimo — comentou Marcus. — O time todo passou mal de rir.

Howard começou a aula e foquei meu olhar nele, tentando prestar atenção. Eu não queria pensar no Derek, nem no Michael, nem em como ele agora estava rindo de alguma coisa que Lyn disse.

A aula era interessante, eu sempre gostei da história do Império Romano, mesmo sem tê-la estudado com profundidade. Anotei algumas coisas e marquei os capítulos do livro que se referiam a esse assunto. Como era um tópico longo, o professor disse que iria nos dividir em grupos para estudar os diferentes imperadores. Eu estava torcendo para ficar com Lucy e Marcus, porque não conhecia quase nenhum dos outros alunos. E cair no mesmo grupo da Katelyn seria um pesadelo, ela iria fazer das nossas vidas um inferno.

Eu estava fazendo uma marcação no índice do livro quando o estrondo de um trovão irrompeu com tamanha força que por pouco não pulei da cadeira. O que era para ser um pequeno xis, acabou virando um borrão enorme de tinta na página.

Marcus e Lucy olharam pra mim e deixei escapar uma risada envergonhada. Michael tinha virado pra trás e estava me observando. Seus olhos procuraram os meus, mas eu os evitei, voltando o meu olhar para o livro.

— Medrosa — Marc sussurrou brincando comigo.

— Não gosto de trovão — me defendi.

Lucy olhou para a janela, o dia estava cinza e grandes gotas salpicavam o vidro.

— Madison Ashford, Lucy Darlin, Maisy Westwood e Wendolyn Westwood, vocês farão uma apresentação sobre César Augusto — disse o professor em voz alta. — Michael Darmoon, Marcus Delan, Katelyn Spence e Nadia Tamzin, vocês...

Lyn e Maisy viraram-se para trás e nós quatro trocamos olhares. Lyn não estava nada feliz, Maisy parecia não se importar.

Marcus soltou um palavrão, ele queria estar no nosso grupo. Olhou para o lugar onde Katelyn estava sentada com uma cara de preocupação.

— Você precisa trocar comigo, Mads — implorou. — A Kate vai querer se vingar de mim me fazendo ler um daqueles livros gigantes que ela carrega.

Lucy e eu rimos da cara de horror que ele fez.

— Por favor, assim eu fico com a Lyn e você, com o Michael — disse, tentando me persuadir. — Nós dois estaremos felizes.

— Eu não quero ficar com o Michael — respondi. — Além disso, eu duvido que o Howard nos deixe trocar de grupo.

Marcus olhou para mim resignado e deitou a cabeça na carteira lamentando.

Escutei o nome dos integrantes do grupo de Derek e anotei para passar para ele depois. Eram todos meninos simpáticos, com quem eu já havia falado em alguma ocasião.

Lyn veio até nós e entregou um papel a Lucy.

— É melhor terminarmos isso rápido, eu tenho coisas para fazer no fim de semana — disse. — Esse é o nosso endereço, vocês podem passar lá amanhã à tarde. Depois das quatro está ótimo para nós.

Olhei para ela embasbacada.

— Como você sabe se a Lucy e eu não estaremos ocupadas amanhã à tarde? — perguntei.

— Eu não sei nem me importo — ela respondeu.

Olhou para o Marcus.

— Seria melhor ter você como colega de grupo, que pena que o Howard não pensa assim — disse.

Em seguida, despediu-se dele com um beijo na bochecha e saiu andando em direção à porta.

— Vejo vocês amanhã — disse Maisy. — Madison, gostei das suas galochas.

Ela alcançou Lyn e foram embora.

— Sou só eu ou vocês também querem atirar alguma coisa na cara dessa menina? — perguntei.

Lyn era descarada, além de mal-educada.

— Não, o que eu quero é me atirar nela — disse Marc em tom de brincadeira.

Olhei para ele balançando a cabeça negativamente. Recuperada do meu desconcerto, peguei o celular para ver se havia alguma mensagem.

Derek: 11h53

Continuo na enfermaria. Você pode vir me ver?

Eu: 12h02

Estou indo.

Saí rápido da sala, evitando Michael, e Lucy me acompanhou à enfermaria. Nenhuma de nós duas havia estado lá antes, levamos um tempo até encontrarmos o local. Van Tassel era uma bagunça de corredores e os andares que não tinham salas de aula eram um mistério, pelo menos para mim.

Derek estava recostado em uma maca, seus olhos pareciam um pouco desorientados e uma bolsa de água quente cobria um de seus ombros.

Lucy ficou um pouco conosco e depois foi para o ensaio do coral. Ela tinha uma voz linda e adorava cantar. Anos atrás, ela também havia feito parte do coral do nosso colégio.

Aproximei minha cadeira da maca e peguei na mão de Derek.

— Você quer que eu te acompanhe até o seu quarto? — perguntei.

— O médico disse que é melhor eu ficar aqui. Eles estão esperando os resultados de uns exames e o anti-inflamatório que ele me deu é bem forte.

Isso explica por que ele parecia estar quase dormindo, esses medicamentos deixam a pessoa sonolenta.

— Não acredito que o Daniel bateu em você com um taco de hóquei — eu disse.

— Foi um acidente — ele garantiu.

Acariciei seus cabelos castanhos e lhe dei um beijo suave nos lábios. Ele estava tão fofo ali deitado, com os olhos entreabertos e uma expressão relaxada. Com certeza isso também era culpa do anti-inflamatório.

— Seu beijo faz com que eu me sinta melhor, você deveria me dar outro — disse ele.

Sorri e beijei-o mais uma vez. Fiquei ao lado de Derek até seus olhos fecharem-se completamente e ele cair em um sono profundo. Escrevi um bilhete pedindo para ele me ligar quando estivesse se sentindo melhor e dei para o médico entregar quando ele acordasse.

Liguei para o Marcus para ver se ainda estava na universidade, mas ele respondeu que havia saído com alguns amigos. Olhei no relógio, Lucy ainda tinha pelo menos mais uma hora de coral, o que significava que eu teria que voltar sozinha para casa debaixo da chuva.

Eu poderia ir correndo, eu era rápida e gostava de correr. Mas pensei melhor e concluí que não estava a fim de ficar encharcada, isso se não escorregasse e terminasse estatelada em uma poça. Não me restava outra opção. Fui até a lojinha da universidade e comprei um guarda-chuva. Escolhi um azul com o escudo da universidade em preto. Era bonito e, mais importante do que isso, iria me manter seca.

Ao sair do prédio, comprovei que o dilúvio continuava. O céu estava cinza e escuro, como se fosse despencar a qualquer momento. Ou pelo menos era essa a sensação que eu tinha.

Andei devagar, perdida em meus pensamentos. Eu não queria ir à casa de Lyn no dia seguinte, muito menos passar a tarde toda com ela. Eu tinha certeza de que ela não seria de grande ajuda no trabalho. E por que Michael me olhava daquele jeito? Por que eu estava pensando nele em vez de pensar no Derek?

Eu só havia percorrido duas quadras quando um vento forte soprou de repente contra mim. O guarda-chuva dobrou para trás e escutei um "cleck", que me dizia que alguma coisa tinha quebrado. Tentei consertá-lo, mas estava emperrado e não abria de jeito nenhum.

Duas quadras, essa foi a distância que durou o meu guarda-chuva novo. As gotas d'água batiam furiosamente contra o meu rosto. Coloquei o capuz e me preparei para correr.

— Madison.

Virei para trás e o encontrei a um passo de mim. Michael.

Ele avançou na minha direção, acabando com a pequena distância que nos separava, e me protegeu com seu guarda-

-chuva. Seus cabelos estavam um pouco molhados, o que o deixava incrivelmente lindo.

O vento começou a soprar com menos força, até cessar por completo.

— Posso te acompanhar até a sua casa?

Tudo dentro de mim gritava "sim", porém consegui controlar o impulso.

— Como você sabia o meu nome?

Mantive uma expressão séria. Se eu não recebesse uma resposta sincera, correria até o apartamento. Mesmo que depois eu me arrependesse muito disso.

Ele olhou para mim por um instante antes de voltar a falar. Seus olhos me estudavam com muita atenção, a ponto de quase me deixar vermelha.

— Depois que as luzes daquele corredor se apagaram, eu fui atrás de alguém da manutenção e, depois, para a sala de História da Arte. A aula já tinha começado e eu estava pensando se deveria ou não entrar enquanto a professora fazia a chamada. Ouvi seu nome, vi você levantando a mão e não pude evitar me lembrar da garota do corredor — disse.

— Por que você não entrou? — perguntei.

— Acho difícil que um atraso na primeira aula cause uma boa impressão — ele respondeu.

— E uma falta causa o quê?

Ele olhou para mim despreocupado, um sorriso leve nos lábios.

A chuva começou a cair mais forte e um relâmpago irrompeu à distância. Preparei-me para escutar o estrondo, desejando que não fosse muito forte.

Michael me ofereceu seu braço ao mesmo tempo em que o trovão estourava no céu, o que fez não só com que eu o aceitasse, como também que me espremesse contra ele.

— Onde você mora? — perguntou.

— Aqui pertinho, a umas três quadras.

Ele assentiu e começamos a andar. Ele mantinha o guarda-chuva um pouco mais para o meu lado, para ter certeza de que eu não me molharia. Michael parecia ser um cavalheiro.

— Como você conhece a Lyn?

A pergunta escapou da minha boca antes de poder segurá-la.

— E a Maisy? — emendei rápido.

Uma menina passou correndo ao nosso lado, espirrando água em nossos pés. Por um momento achei que fosse Lucy, ela também era ruiva, mas concluí que não era depois que vi sua roupa. Lucy jamais usaria um moletom, ela detestava roupas de ginástica. Provavelmente porque não gostava de fazer exercícios. Aliás, ela não gostava de nenhum esporte.

— Elas são minhas primas.

— O quê?

Olhei para ele sem saber se havia ouvido direito.

— Lyn e Maisy são minhas primas — disse. — Nós três nos mudamos para cá juntos.

Lyn era prima de Michael, então não poderia estar saindo com ele. Senti vergonha do alívio enorme que tomou conta de mim. Eu não devia me importar se ele tinha namorada ou se estava saindo com alguém, não se eu estava com Derek. Mas estando ali, tão perto dele, eu não podia evitar.

— Vocês moram juntos?

"São primos", repeti na minha cabeça, não fazia diferença se eles moravam juntos ou não.

— Não, meus pais têm uma casa nos arredores da cidade e eu estou morando lá sozinho.

O vento soprou os cabelos dele na minha direção e eu me vi envolvida pelo inebriante aroma de seu perfume. Era masculino, fresco e, de um modo quase imperceptível, doce.

— E você?

— Eu moro com a minha amiga Lucy — disse. — E o nosso amigo Marcus vive no apartamento em frente. A gente se mudou há poucos dias.

Michael fechou um pouco o braço em que a minha mão estava apoiada, atraindo-me para perto dele. Parecia irreal, nós dois caminhando juntos debaixo da chuva. Senti seu olhar sobre mim, aquilo não me deixava pensar com clareza. Sequer me deixava pensar.

— Meu namorado mora na universidade — disse.

Essa foi a minha forma, pouco sutil, de acabar com a atmosfera romântica que estava se criando entre nós. Só que não acabou. Michael não me soltou e os sentimentos que estavam crescendo em mim não desapareceram.

— Ouvi dizer que os dormitórios são pequenos.

Esse foi o único sinal de que ele havia escutado o que eu disse. Continuamos andando sem dizer nada e pouco depois estávamos em frente ao meu prédio.

— Chegamos — eu disse e parei de andar.

Soltei a minha mão de seu braço e virei de frente para ele. Havia algo tão cativante e letal em seu olhar que eu não sabia como faria para me afastar dali.

— Obrigada por me acompanhar — disse.

— Sempre que você quiser — respondeu.

Ele se inclinou e senti seus lábios quentes sobre o meu rosto. Eu estava molhada e com frio, mas aquele beijo foi mais eficaz do que uma xícara de chocolate quente. Senti um calor se apoderar de mim. Ficamos assim por alguns instantes e logo ele se afastou um pouco. Senti a chuva molhar o meu rosto e isso foi suficiente para me fazer reagir.

Fui até a porta e entrei no prédio sem olhar para trás, precisava me distanciar o máximo possível de Michael Darmoon.

Dois gatos pretos

Eu estava encolhida no sofá da sala quando ouvi a porta se abrir. Lucy tirou a capa de chuva e a pendurou no cabideiro com o guarda-chuva. Sua pele estava mais branca do que o normal e seu lábios, pálidos.

Ela disse que iria tomar um banho quente e correu para o banheiro. Eu tinha feito o mesmo ao chegar: banho quente, pijama e café.

Isso havia sido há uma hora. Na sequência, me acomodei no sofá com o meu livro de Teoria da Publicidade com a intenção de resumir os primeiros capítulos. Mas não foi o que aconteceu.

A folha à minha frente não continha nenhuma informação sobre publicidade, sequer tinha alguma letra. Havia ali apenas um desenho de duas pessoas caminhando debaixo da chuva. Era assim que nós estávamos, ele levando o guarda-chuva, eu ao seu lado, de braços dados. Ele alto e bonito, com sua jaqueta de couro, eu mais baixa, com minha jaqueta preferida e minhas galochas.

Pensei em Derek e por pouco não rabisquei todo aquele desenho. Mas não consegui, era um retrato perfeito daquele momento. Fui para o meu quarto e o pendurei em um quadro de cortiça que havia comprado no shopping com Lucy. Ali havia uma foto com meus pais e minha irmã, uma com Lucy, de alguns anos atrás, e outra com ela e Marc. Contemplei o desenho e, apesar de saber que era uma péssima ideia, decidi deixá-lo ali.

Claro que aquilo era uma bobagem, eu mal conhecia o Michael. Mas era como se eu fosse uma garota vivendo a sua primeira paixão. E sentia aquilo pelo garoto lindo que eu não conseguia tirar da cabeça e que fazia meu coração disparar como ninguém nunca havia feito.

Voltei para o sofá, decidida a avançar com o meu resumo e esperar Lucy para decidir o que iríamos comer. Eu havia escrito exatamente quatro linhas quando bateram à porta.

Fechei o livro resignada. Com certeza era o Marcus e não seria nada fácil estudar com a presença dele em casa. Ele sempre encontrava uma forma de me distrair.

— Ashford — ele disse me abraçando.

— Você está molhado — resmunguei, afastando-o.

Ele estava encharcado e suas mãos estavam um gelo.

— Por que você está aqui e não na sua casa vestindo uma roupa seca? — perguntei.

— Eu não encontro minhas chaves e não sei onde está o porteiro. Deixei uma cópia com ele caso acontecesse isso, mas ele não está lá embaixo — disse.

— Deixe o seu casaco com o impermeável da Lucy, ou você vai molhar todo o chão — repreendi. — Os tênis também.

— Não precisa ser autoritária — disse ele fazendo uma careta. — Você tem alguma camiseta que eu possa vestir?

Nos entreolhamos e deixei escapar uma risada. Eu achava difícil que alguma das minhas camisetas servissem nele, Marcus era um pouco mais alto do que eu e suas costas eram o dobro das minhas. O treinador o fazia manter a forma.

— A dos Puffins que eu te dei ano passado — sugeriu Marcus.

— É mesmo.

Os Puffins era o nome do time de hóquei no gelo da universidade, Os Puffins de Van Tassel. Marcus havia dado uma camiseta para mim e outra para Lucy em seu primeiro jogo, para que fôssemos torcer por ele. Mesmo o menor tamanho era grande para nós. Eu só a usava quando ia ver Derek e ele jogarem e, de vez em quando, para dormir.

Revirei a estante do armário onde ficavam as camisetas e a encontrei. Ela era branca e tinha o desenho de um papagaio-do-mar, o animal que representava o time, com um gorro de lã na cabeça, o escudo da universidade, e um taco de hóquei entre as asas.

Entreguei a camiseta a ele e fui para a cozinha fazer café. Pouco depois, Lucy entrou na sala e parou horrorizada diante de Marcus. Ela estava com um roupão lilás, pantufas cor-de-rosa e seus cabelos caíam molhados e soltos até a cintura. Ela ficava linda com os cabelos soltos, eles eram invejáveis. Eu não entendia por que Lucy insistia em prendê-los.

Marc pousou a xícara e conteve uma risada.

— Eu não sabia que você estava aqui — disse Lucy envergonhada. — Não escutei vocês.

— Lucy, você está adorável — respondeu Marcus. — Você parece um daqueles ursinhos de pelúcia que todo mundo quer abraçar.

Foi inevitável sorrir diante daquela escolha de palavras, provavelmente porque ele tinha razão, "adorável" era o adjetivo certo. Lucy foi se trocar e voltou com o cabelo preso numa trança. Coloquei a mesa enquanto ela preparava um macarrão e nos sentamos para comer.

Chequei o celular, esperando encontrar uma mensagem de Derek. Eu pretendia ligar para ele mais tarde, queria saber se seu ombro estava melhor.

— Amanhã eu tenho ensaio da banda — anunciou Marc contente. — Se tudo correr bem, vamos tocar naquele bar da esquina, Loxi, daqui a umas semanas.

— Que bom! — respondi. — Lucy e eu estaremos lá, você sabe, para jogar coisas em você, sapatos...

— Hahaha. Pode rir, Mads, até o final da noite eu terei uma fila de *groupies.* — Ele fez uma pausa para comer mais espaguete e acrescentou — De preferência, lideradas pela Lyn.

Neguei com a cabeça.

— Ela e o seu garoto parecem se conhecer bem — disse ele olhando para mim.

— O Michael não é o meu garoto — apressei-me em dizer.

— Eu não tenho medo de um pouco de concorrência, mas achei o cara um pouco intimidante — continuou.

Mantive meus olhos no prato e continuei enrolando espaguetes no garfo. E ele ainda nem havia sentido seu perfume, aquele aroma doce e inebriante.

— Eles são primos — eu disse. — Lyn e Maisy são primas dele, os três se mudaram juntos para cá.

— É mesmo?

Fiz que sim.

— Um brinde a essa nova informação!

Marc levantou o copo na minha direção e deixei escapar uma risada enquanto lutava para não bater meu copo no dele e nem comemorar.

— A Madi já tem o Derek — interveio Lucy.

Olhei para ela, que havia estado calada até agora e remexia a comida como se estivesse incomodada com alguma coisa.

— A Lucy tem razão — eu disse. — E não acho que a Lyn seja o tipo de menina que deveria te atrair, ela não parece nada legal e se veste como se esperasse que todos os caras da sala corressem atrás dela.

Um ligeiro sorriso se formou nos lábios de Lucy.

— E desde quando meus gostos são discutíveis? — Marcus se defendeu.

— Só estou dizendo o que eu penso — respondi, levantando as mãos como num gesto de quem não tem culpa.

Meu celular fez um barulho e fui olhar o que era.

Derek: 20h47

Estou me sentindo melhor. A gente se vê amanhã. Estou com saudade.

Eu queria responder que eu também estava com saudade, mas não parecia certo, eu tinha passado o dia todo pensando em Michael. Achei melhor então não usar palavras.

Eu: 20h49

☺

— A comida está ótima, Lucy. Você deveria reconsiderar os estudos em Biologia e abrir o seu próprio restaurante: Lucy's — disse Marcus.

Isso pareceu alegrá-la um pouco.

— Eu gosto de cozinhar, mas prefiro fazer alguma coisa pelos animais e pela natureza — respondeu. — Quero ajudar de alguma forma.

— Tenho certeza que você vai conseguir — respondeu Marc. — Você já pode me considerar uma das suas obras de caridade. Se não fosse por você eu com certeza morreria de fome ou intoxicado.

Terminamos de comer e, surpreendentemente, Marcus se ofereceu para ajudar Lucy com a louça, um fato inédito.

A manhã seguinte trouxe um dia ensolarado. A aula de Lucy começava mais tarde, então fui para a universidade com Marcus. Nós dois tínhamos o mesmo cronograma de aulas. Ele estava com seu caderno de folhas lisas debaixo do braço, o que significava que andava desenhando. Ele tinha talento para a coisa, seu sonho era trabalhar para a Marvel ou para a DC Comics. E provavelmente iria conseguir. Ele era criativo, carismático e perseverante, além de ser apaixonado por histórias em quadrinhos.

Eu, por outro lado, esperava trabalhar para alguma agência de publicidade desenvolvendo comerciais. Era o que o meu pai fazia e eu sempre tive vontade de seguir esse caminho. Sentia que havia algo poderoso em provocar emoções com uma imagem.

A aula transcorreu normalmente e Derek veio me buscar quando terminou. Fomos almoçar juntos e depois fizemos hora no dormitório dele. A sensação de beijá-lo era a mesma de sempre, pelo menos isso o Michael não tinha estragado. No entanto, era como se faltasse alguma coisa no nosso namoro e só agora eu começasse a perceber.

Teria sido um ótimo dia não fosse o fato de ter que encontrar Lucy para irmos juntas à casa de Lyn. Sentei na escadaria da entrada da universidade para esperar por ela e desejei que surgisse alguma eventualidade e não pudéssemos ir.

Infelizmente, ela chegou cinco minutos depois e nós tomamos um táxi. A rua anotada no papel não me era familiar e nós não sabíamos quão longe era da universidade.

Era um bairro afastado do centro onde havia mais casas do que prédios. O lugar era lindo, com muito verde e jardins bem cuidados. A casa em frente à qual paramos era singular, não dava para negar. Era térrea, no jardim da entrada havia todo tipo de arranjos florais e a grama estava impecável, o que me pareceu estranho, porque não imaginava Lyn fazendo trabalhos de jardinagem de salto alto.

— Olha só essas flores, são lindas — disse Lucy.

Ela agachou junto a umas roseiras e as cheirou. Um gato saiu de trás do canteiro e parou diante dela, pegando-a de surpresa. Ele era todo preto e tinha os olhos amarelos.

— Oi, pequenino — disse Lucy.

O gato miou, estático e atento.

— Esse é o Hollín.

Era a voz de Maisy, ela estava parada à porta esperando por nós. O gato correu rapidamente até ela e roçou a cabeça em suas pernas.

Depois de nos cumprimentarmos, ela nos guiou para o interior da casa, Hollín seguia contente ao seu lado. A sala de jantar era espaçosa e bem iluminada devido a uma grande janela por onde entrava o sol. Havia uma mesa com cadeiras de braço no centro e uma estante de livros em um dos cantos. Vários quadros decoravam as paredes, a maioria antigos e com pinturas de natureza morta.

Cheguei perto da estante para vê-la melhor. Algumas prateleiras continham apenas livros, exemplares velhos, enquanto outras continham estatuetas de animais, caixinhas de madeira e fotos. Peguei um porta-retratos com uma foto de um grande grupo. Michael estava ali, junto de Maisy e Lyn. Havia outros três jovens e alguns adultos.

Michael estava bonito, vestindo um casaco preto. Ao olhar para ele reparei em uma coisa estranha. Havia um espaço entre ele e Maisy, como se houvesse outra pessoa no meio dos dois, mas não havia ninguém. Olhei com mais cuidado, para tentar entender, mas aquilo continuou sendo muito esquisito.

— Sua casa é linda, adorei o jardim.

— Obrigada — Maisy vacilou por um instante. — Lucy, certo?

Fui até o sofá e encontrei um gato preto deitado sobre as almofadas bege. Pensei que era Hollín, mas logo o vi nos braços de Maisy. Olhei outra vez, este era maior, tinha olhos verdes em vez de amarelos e uma fita rosa pendurada no pescoço.

Estiquei a mão para acariciá-lo e ele miou agressivo, mostrando as garras.

— Essa é a Missinda, ou Missi — disse Lyn. — E ela não gostou de você.

Dei um passo atrás, afastando-me do sofá.

— Missinda? Que tipo de nome é esse? — perguntei.

A gata abaixou as orelhas para o lado, espreitando-me com seus olhos verdes.

— Como nos doze contos da bruxa Missinda! — exclamou Lucy.

Olhei para ela sem saber do que estava falando.

— Só três dos contos são reais — disse Lyn.

Isso me confundiu ainda mais.

— Quê?

Lucy também se voltou para ela.

— É brincadeira — interveio Maisy.

— Você não tem senso de humor, Madison — disse Lyn.

A superioridade com que ela olhou para mim acabou com a minha paciência.

— Tenho, sim. Acho o seu desespero para chamar a atenção dos homens algo particularmente engraçado — retruquei.

Isso a pegou desprevenida, ela se aproximou de mim recompondo sua expressão.

— São eles que querem a minha atenção, como no caso do seu amigo Marcus — disse. — É meu charme natural.

— Você quis dizer excesso de produtos para o cabelo e maquiagem — respondi.

— Para você eles seriam bem úteis.

Ela me olhou de cima a baixo conforme dizia isso, tive que conter o ímpeto de empurrá-la. Eu gostava de usar maquiagem, mas não me retocava de cinco em cinco minutos como ela. Trocamos olhares furiosos, esperando que uma das duas dissesse alguma coisa.

— Essa discussão não faz nenhum sentido — disse Maisy. — Lucy, vamos usar melhor o nosso tempo e começar o trabalho?

Com uma expressão confusa no rosto, Lucy assentiu e seguiu Maisy por uma porta à nossa esquerda. A gata saltou do sofá, sentou-se ao lado de Lyn e continuou me encarando.

Eu gostava de gatos, mesmo só tendo tido cachorros. Eu ainda tinha um, mas ele vivia na casa dos meus pais. Me perguntei se os gatos também atacavam para defender seu dono.

Lyn enroscou o dedo em uma mecha de cabelo, seus sapatos de salto a deixavam mais alta do que eu.

— Nós não precisamos ser amigas, só temos que fazer o trabalho — eu disse, tentando ser racional.

— Certo — ela disse e fez uma pausa. — Já que estamos sendo civilizadas, eu gostei da cor do seu batom.

Em seguida, me deu as costas e saiu da sala.

Maisy e Lucy estavam sentadas à mesa da cozinha, em frente a um laptop. Nos juntamos a elas e começamos a organizar a informação que tínhamos. As quatro tinham diferentes ideias de como a apresentação deveria ser feita e levamos um tempo até chegar a um acordo.

Trabalhamos por uma hora e, então, paramos para tomar alguma coisa. Peguei o celular e enviei uma mensagem ao Marcus.

Eu: 19h10
Como vai o ensaio da banda?

Marcus: 19h13
Somos estrelas do rock.

Sorri e larguei o celular. Me perguntei onde eles estariam ensaiando, imaginava-os no porão de algum bar.

— Com quem você estava falando? — perguntou Lyn, com olhos curiosos.

Se eu dissesse que era o Marcus ela com certeza faria algum comentário bobo que incomodaria Lucy.

— Com Derek, meu namorado — respondi.

Lyn olhou para mim como se eu tivesse dito algo que lhe interessava.

— Você tem namorado? — perguntou Maisy, parecendo surpresa.

Ela estava junto à geladeira, servindo-nos suco.

— Tenho.

Achei um pouco ofensivo o fato de ela se surpreender. Olhei à minha volta, tentando me distrair. A cozinha era grande e bem equipada. Havia todo tipo de utensílios e pequenos frascos contendo o que pareciam ser ervas e especiarias. Uma das janelas dava ao pátio traseiro e ali notei uma grande tenda branca.

— O que há ali? — perguntei apontando.

— A estufa.

Lyn disse como se fosse absolutamente comum ter uma estufa no quintal. Deve ter se dado conta de que não era quando viu a cara de espanto que eu fiz para ela.

— A Maisy gosta de botânica — acrescentou.

Estranho, mas eu não disse nada.

— Eu também — replicou Lucy, parecendo entusiasmada.

Maisy olhou para ela intrigada. Apesar de não se vestir de forma tão extravagante quanto Lyn, ela também chamava atenção. E eu gostava de seu cabelo, seus longos cachos loiros estavam perfeitamente penteados e ela havia feito uma trança com uma presilha cor-de-rosa.

— Você precisa soltar o cabelo e colocar um pouco de maquiagem, Lucy. Você não aparenta ter mais de dezesseis anos — disse Lyn abruptamente.

Olhou para ela como se acabara de notar sua presença ali.

— Um pouco de lápis ressaltaria esses olhos castanhos e a sua saia podia ter alguns centímetros a menos — continuou Lyn. — Você também devia usar saltos, não sei se já te disseram, mas você não é muito alta.

Fiquei me perguntando se aquilo era provocação ou se ela realmente acreditava no que estava dizendo. Lucy olhou para ela como se não soubesse o que a surpreendia mais: o fato de Lyn estar lhe dirigindo a palavra ou as coisas que ela dizia.

— Lyn, existe uma coisa chamada tato — disse Maisy.

— Eu estou tentando ajudá-la — protestou Lyn.

Hollín saltou para a mesa, assustando-me, e se sentou, voltando os olhos para Lyn. Tinha o mesmo olhar de reprovação que Maisy. Era como se ele entendesse o que estava acontecendo.

— Obrigada pelos conselhos, mas me sinto bem da maneira que eu sou — respondeu Lucy amavelmente.

As irmãs Westwood lançaram um olhar de estranhamento para ela. Lucy dava a impressão de ser uma pessoa vulnerável, porém era mais forte do que aparentava e sempre mantinha bons modos.

Comemos alguns biscoitos que Maisy nos ofereceu e continuamos trabalhando. Já estávamos na metade da apresentação quando o celular de Lyn tocou. Ela se afastou um pouco antes de atender e depois de uma conversa animada que durou alguns minutos, voltou para a mesa.

— O Michael está trazendo pizza — anunciou.

Eu não sabia se ela estava falando com a Maisy ou com a gente. Mantive uma expressão neutra, como se aquilo não fizesse nenhuma diferença.

— Você o lembrou de pedir uma só de queijo e mais nada?

— O Mic sabe como é a sua pizza, Maisy — respondeu Lyn.

Eu não sabia se devia pedir licença e ir embora, se ficava ali, ou se simplesmente arrumava meu cabelo.

— Já volto — disse Lyn.

Lucy e eu nos entreolhamos, tentando decidir o que fazer. Hollín se aproximou de Lucy, farejando-a, e soltou um miado. Devia estar dizendo que gostava dela, já que depois disso roçou a cabeça em seu ombro.

— Vocês deveriam ficar para jantar — disse Maisy.

Antes que pudéssemos responder, ela entregou um jogo americano para cada uma, tomando ela mesma a decisão. Lucy se ofereceu para ajudá-la e em questão de segundos a mesa estava posta.

— Preciso ir ao banheiro — eu disse.

— Fica na primeira porta à esquerda, no fim do corredor — indicou Maisy.

Peguei a minha bolsa e fui na direção apontada por ela. Aquele devia ser o banheiro de visitas, não havia coisas pessoais, só um sabonete e uma toalha rosa. Procurei meu estojinho de maquiagem e peguei meu batom. Eu me sentia meio boba fazendo isso depois de dizer que Lyn retocava demais sua maquiagem.

Olhei-me no espelho. Meu cabelo estava bonito. Penteei-o para o lado, deixando-o cair sobre o ombro. O bom de ter cabelos lisos era que não se embaraçavam tanto, a não ser nos dias de muito vento.

Eu estava com uma camisa azul-clara que ressaltava bem os meus olhos, então não precisei aplicar muito lápis.

Quando saí do banheiro dei de cara com Lyn, que havia trocado seus jeans por uma saia. Era esquisito pensar que ela tinha trocado de roupa para o primo, para não dizer perturbador.

— Você se arrumou um pouquinho para receber o Michael? — perguntou-me, com um olhar desconfiado.

— Não, só estava usando o banheiro — respondi.

Tratei de voltar logo para a cozinha antes que ela dissesse mais alguma coisa. Fizemos mais alguns avanços na apresentação até sermos interrompidas pela campainha. Maisy se levantou para abrir a porta e Hollín foi caminhando ao lado dela.

Lyn continuou sentada, lendo uma revista. Acomodada sossegadamente em seu colo, a gata preta levantou a cabeça como um periscópio, olhando em direção à porta.

Ambos os gatos tinham um comportamento peculiar, estavam muito atentos a tudo o que acontecia.

Maisy voltou seguida por Michael e, para minha surpresa, Marcus.

— O que você está fazendo aqui? Achei que você estava ensaiando com a banda — eu disse.

— E estava, quando nós terminamos de ensaiar o Michael mencionou que vinha para cá e eu sabia que vocês duas estavam aqui — respondeu.

Era difícil acreditar que ele tivesse vindo por nós e não por Lyn. Principalmente pela expressão de cumplicidade em seu rosto.

— Você também faz parte da banda? — perguntou Lucy.

— Faço, eu substituí a guitarra que faltava — respondeu Michael.

Olhei para Marc e ele abriu um grande sorriso para mim antes de cumprimentar as outras meninas. Abraçou Lucy afetuosamente e depois parou em frente a Lyn fazendo uma espécie de reverência.

— Lyn, você está tão encantadora quanto as flores do seu jardim — ele disse.

Desviei os olhos deles, não sabia se queria rir ou vomitar. Fui até a bancada da cozinha fingindo procurar guardanapos. Pobre Lucy, ela não precisava presenciar o que estava acontecendo entre aqueles dois.

A coleção de frasquinhos no canto da bancada chamou a minha atenção. Cada um tinha uma etiqueta com um nome que eu mal conseguiria pronunciar e alguns continham folhas de aparência incomum. Eu não tinha muita experiência na cozinha, mas algo me dizia que aquelas coisas não serviam para cozinhar.

— Madison, que bom te ver.

Um dos frascos quase escorregou da minha mão. Michael estava ao meu lado, debruçando-se na bancada. Usava uma camiseta cinza e seus cabelos caíam sobre o rosto.

— Agora você é músico? — perguntei.

— Parece que sim — respondeu.

Ele se inclinou um pouco, chegando perto do meu rosto. Por que ele estava fazendo aquilo? Ele tinha esquecido a parte em que eu disse que tinha namorado?

— Você se interessa por músicos? — perguntou.

A forma como ele disse aquilo me fez sentir um formigamento. Fez uma cara inocente, mas isso não escondeu suas intenções, ele sabia o que estava fazendo.

— Não particularmente.

Olhei para ele como se eu fosse imune ao seu charme e voltei para a mesa onde estavam os outros. Sentei-me ao lado de Lucy, eu sabia que estaria segura perto dela. Marcus começou a abrir as caixas de pizza, colocando-as em fila.

— Esta é minha.

Maisy pegou uma das caixas e colocou à sua frente.

— Essa aí só de queijo é minha — esclareceu Marc.

Tentou pegar uma fatia, mas Maisy fechou a caixa antes que ele conseguisse. A expressão no rosto de Marcus foi impagável.

— O que faz você pensar que pode comer a minha pizza? — perguntou Maisy. — E não me venha com esse papo de que estou tão bonita quanto as flores do jardim. Flores cuidadas por mim, aliás.

— Os seus cabelos são como raios de sol, iluminando seu lindo rosto — ofereceu Marcus.

Abafei o riso e até Lucy parecia tentada a gargalhar. Maisy olhou para ele como se não acreditasse que ele fosse capaz de dizer tantas bobagens e afastou dele a caixa de pizza.

Michael sentou-se ao meu lado e Marcus foi para perto de Maisy, tentando convencê-la a dividir com ele a pizza só de queijo.

O jantar foi divertido, conversamos um pouco e Lyn nos contou que eles eram de um povoado chamado Danvers. Não haviam gostado da universidade local e por isso decidiram mudar para Boston.

Quando terminamos, Lucy e eu ajudamos Maisy a limpar, enquanto Marcus cantava para Lyn uma das músicas da banda. Lucy agiu como se não se sentisse afetada, mas eu a conhecia o suficiente para saber que ela estava fingindo.

Por pouco ela não arrancou a guitarra da mão dele e a usou como taco de beisebol. Lyn parecia lisonjeada, embora não estivesse prestando muita atenção. E sua gata, Missi, olhava para ele de forma ameaçadora, mostrando suas garras.

Michael roçou sua mão na minha. Virei o rosto para encará-lo, mas ele agiu como se tivesse sido por acaso, sem intenção.

— Está tarde, deveríamos ir embora — eu disse.

Lucy concordou.

— O Mic pode levar vocês — disse Maisy.

Pensei em alguma desculpa. "Não precisa", "Prefiro caminhar trinta quadras", "Meu namorado vem me buscar". Mas antes que eu pudesse dizer qualquer coisa, Michael se levantou da mesa e concordou em nos levar, com uma expressão satisfeita no rosto.

Marcus foi para perto de Maisy com a guitarra e, para a minha surpresa, começou a cantar para ela.

Maisy, seus olhos são como a visão do céu
E eu continuo pensando nos seus cabelos
Obrigado por ser tão compreensiva
E não me fazer voltar à pizzaria.

Todo mundo riu, menos Maisy.

— Espero que a banda não dependa de você para compor as músicas — disse ela.

— Só estou agradecendo pelas duas fatias que você me cedeu — replicou Marc.

Ele parecia um pouco surpreso de ver que ela não caía em seus encantos.

— Você devia voltar a cantar para Lyn — disse Maisy.

Depois disso, continuou lavando a louça, sem voltar a prestar atenção nele. Nos despedimos delas e Michael nos levou até seu carro. Abriu a porta do passageiro e olhou para mim, sugerindo que eu me sentasse ao seu lado. Esperei, imaginando que, quando Lucy e Marcus me vissem ali, um deles tomaria o meu lugar, mas ambos se sentaram no banco traseiro.

A viagem foi silenciosa, todos pareciam estar perdidos em seus pensamentos. Michael ligou o rádio e se concentrou no caminho, olhando de vez em quando para mim. Sua mão roçou na minha quando ele mudou de marcha e uma corrente elétrica percorreu a minha pele.

Continuei olhando pela janela, fingindo que não havia notado, mas aquele formigamento onde nossas mãos haviam se tocado persistiu por um bom tempo.

Se estivéssemos ali sozinhos teria parecido algo mais íntimo, mas com Marcus e Lucy no banco de trás eu me sentia mais tranquila.

Quando chegamos em casa, coloquei o pijama e peguei meu laptop. Digitei "Danvers" no buscador e logo apareceu com um ponto vermelho no mapa. Ficava relativamente perto de Boston, bem ao lado de Salém.

Salém, aquele povoado que ficou marcado por sua história sombria. Muitos associavam o lugar às bruxas por causa dos julgamentos de mulheres que aconteceram na região.

Lembrei que em 1692, naquele povoado, dezenove pessoas haviam sido acusadas de praticar bruxaria e sentenciadas à morte.

Eu nunca tinha ido lá, mas sabia que eles usavam a história das bruxas como um atrativo para turistas. Isso explicava os gatos pretos e as ervas estranhas. Lyn e Maisy deviam ter uma obsessão por bruxaria por terem crescido perto de Salém. Devia ser alguma espécie de culto que elas tinham adotado.

O fato de alguém como Lyn acreditar nesse tipo de coisa me surpreendia. Eu estava digitando "julgamentos de Salém" no buscador quando o meu celular tocou e desviou minha atenção.

617 954 3444: 22h05

Durma bem.

Michael

Olhei para a tela e reli a mensagem. Onde ele tinha conseguido meu número de celular? Eu não podia negar que as palavras dele me fizeram sorrir. Eu podia imaginá-lo em seu carro, com um olhar confiante enquanto me enviava a mensagem. Sua segurança era oitenta por cento atraente e vinte por cento irritante.

Eu: 22h07

Você também. Obrigada por nos trazer.

Quem tinha dado o meu número a ele? Parei para pensar, ele não havia me perguntado e eu duvidava que ele mesmo tivesse pegado quando eu não estava olhando. Não foi difícil encontrar a resposta, era simples e óbvia.

Fui até o apartamento da frente e bati à porta. Pouco depois, Marcus apareceu.

— Ashford... — disse, um pouco surpreso. — Vamos fazer uma festa do pijama?

Continuei séria, ignorando o fato de estar de pijama.

— Você passou o meu número para o Michael?

Sua expressão o entregou antes mesmo de ele dizer alguma coisa.

— Marcus! — censurei-o. — Eu estou tentando não pensar nele, mas fica difícil se ele me manda mensagens de texto me desejando boa noite.

— Eu troquei o seu número pelo da Lyn.

Ele olhou para mim com aquele sorriso adorável que sempre estampava seu rosto quando estava brava com ele. Virei para voltar para casa e ele me pegou pelo braço num gesto delicado.

— Mads, eu duvido que ignorá-lo vá te ajudar de algum jeito.

Brincando com fogo

As semanas seguintes passaram rápido. Eu me esforcei para me concentrar em Derek, ainda que as coisas não andassem muito bem. Em parte porque ele estava sempre ocupado com alguma coisa: treinos, estudos ou seus amigos. Assim, sobrava pouco tempo para nós dois.

Eu não lembrava se tinha sido assim também no semestre anterior e eu não percebia ou se isso era algo recente. Quando estávamos juntos, ele era carinhoso e nos divertíamos, porém, eu não conseguia me livrar daquela sensação de que faltava alguma coisa.

E além de tudo tinha o Michael. Apesar dos meus esforços para evitá-lo, sempre acabávamos nos encontrando. E o que é pior, a cada dia eu oferecia menos resistência às suas investidas. Cada dia que passava eu perdia um pouco mais da minha determinação, enquanto a minha atração por ele se tornava cada vez mais forte.

Era como um veneno que ia tomando conta da minha cabeça, tornando impossível pensar em outra coisa que não fosse ele.

As aulas corriam bem, eu havia estudado bastante nos últimos dias e, então, estava conseguindo um bom resultado.

Lyn, como Marcus logo descobriu, tinha o hábito de flertar com todos os garotos com quem ela conversava. Por isso, ele não ficou surpreso quando ela começou a sair com Alexi, um menino que fazia História da Arte com a gente. O romance durou só dois dias e, na sequência, ela começou a sair com outro menino, chamado Kevin. Ela continuava com ele, mas Marcus garantia que o casal não duraria muito.

O aniversário de Lucy se aproximava e tínhamos organizado uma festa em seu bar preferido, o Milu's. Levei um tempo para escolher um bom presente, mas acabei encontrando um par de botas que ficaria perfeito com as saias que ela usava. Ofereci ajuda a Marc para comprar o dele, mas ele respondeu que já tinha o presente perfeito. Era difícil acreditar, mas diante daquela expressão triunfante, não o questionei.

Era uma manhã de sábado e eu acordei cedo para surpreender Lucy com um café da manhã. Ela sempre cozinhava para mim e Marcus, então eu estava decidida a mimá-la em seu aniversário.

Havia encomendado alguns muffins decorados com flores e estava voltando com eles para casa quando encontrei Marcus entrando no prédio. Ele carregava uma grande caixa, cheia de buraquinhos e um laço mal-ajambrado.

— O que você tem aí?!

Tentei chegar perto, mas ele afastou a caixa.

— O presente perfeito para Lucy — respondeu.

— Esses buracos sugerem que o que está aí dentro precisa de ar, então duvido que seja algo material... — eu disse em tom de suspeita. — É um animal, um...

— Nada mal, Sherlock — ele me interrompeu.

Ele balançou um pouco a caixa e ouvimos um barulho vindo de dentro dela, um ganido.

— É um cachorro! — Marcus exclamou feliz.

Olhei para ele sem saber se continuava perplexa ou se comemorava com ele.

— Notei que a Lucy anda um pouco amuada, queria dar alguma coisa que a deixasse feliz. E esse pequenino vai fazer isso — disse, levantando a caixa. — Adotei ele no abrigo de animais.

Era difícil acreditar que ele fizera um gesto tão doce. Marcus tinha um bom coração, mas costumava ser um pouco sacana com as mulheres.

— O veterinário me garantiu que ele não vai crescer muito — foi logo dizendo quando notou o meu silêncio.

— Marc, isso é incrivelmente fofo — eu disse.

— A Lucy e você são as minhas melhores amigas. Se eu não for atencioso com vocês, com quem eu vou ser?

Fazia sentido. Eu sabia que isso não significava que ele sentisse alguma coisa por ela, mas mostrava o quanto ela era importante para ele, mesmo que fosse como amiga. E eu sabia que isso deixaria Lucy feliz. Isso e o cachorrinho dentro da caixa.

— Eu quero ver — eu disse.

— Não, é para a aniversariante — respondeu.

Fomos até o elevador e tive que me segurar para não espiar dentro da caixa.

— Você perguntou se aceitam animais no prédio?

Olhou para mim atônito, como se nunca tivesse lhe ocorrido tal coisa. Eu já ia me irritar quando um grande sorriso surgiu em seu rosto.

— Mas é claro que sim, Ashford. Foi a primeira coisa que eu fiz — respondeu.

Olhei para ele desconfiada.

— Bom, foi a segunda — admitiu. — Primeiro eu fui visitar o abrigo.

Abri a porta silenciosamente, e dei de cara com Lucy na cozinha. Ela estava de camisola e com cara de sono, devia ter acabado de acordar.

Olhou para nós sem entender o que estava acontecendo. Lucy era sempre a primeira a acordar nos fins de semana, enquanto Marcus e eu dormíamos até mais tarde. Encontrar-nos de pé e sem estar vestindo pijamas às dez da manhã de um sábado devia ser um grande choque para ela.

— Feliz aniversário! — explodimos.

Apoiei os muffins sobre a bancada e corri para ela, envolvendo-a em um forte abraço.

— Obrigada, Madi!

Quando nos separamos, Marc avançou sobre ela, colocando a caixa em suas mãos. O coitado do cachorro devia estar incomodado lá dentro.

— Prometo que você vai adorar — disse Marcus.

Lucy olhou para ele perplexa, surpresa demais para dizer alguma coisa. Marc a levou até o sofá e, depois de colocá-la sentada, insistiu para que abrisse a caixa.

Lucy desfez o laço e, no mesmo instante, uma cabecinha empurrou a tampa. Desesperado para sair dali, o filhote praticamente se atirou e caiu no colo dela. Era realmente adorável, branco, com manchas marrons e orelhas caídas.

O rosto de Lucy se iluminou e ela o segurou em suas mãos, olhando para o cachorrinho com a felicidade de uma criança.

— Achei que essa coisinha poderia ser um bom companheiro — disse Marcus. — Feliz aniversário, Lucy.

Lucy estava atordoada demais para dizer alguma coisa e levou alguns segundos para recuperar a voz. Ficou de pé e abraçou Marcus, apoiando a cabeça contra seu peito.

— É o melhor presente que eu já ganhei na vida. Obrigada.

Marcus a envolveu em seus braços.

— Você é a minha melhor amiga, Lucy Darlin. Só quero te ver feliz.

O momento era tão lindo que eu me senti tentada a tirar uma foto deles com o celular. De fato, não era uma má ideia.

Tirei algumas fotos e voltei à bancada da cozinha para colocar uma vela em um dos muffins.

Depois de cantarmos parabéns e de ela fazer seu desejo, comemos e nos sentamos para brincar com o novo integrante da turma.

— Certamente ele deveria se chamar Whisky — disse Marcus.

— Certamente não, porque Lucy não é alcoólatra — respondi.

— E eu por acaso sou? — rebateu Marc, fingindo-se machucado.

Nos entreolhamos e ele não pôde evitar cair na risada.

— Acho que Whisky não combina, não é muito feminino — disse Lucy.

Marc olhou para ela confuso.

— Feminino?

— Sim, é uma cachorrinha — respondeu Lucy.

— Não, é macho — rebateu Marcus.

— Foi o veterinário que te disse isso? — perguntou.

— Na verdade, não... eu é que achei que fosse. Ele tem cara de macho — disse apontando.

Lucy levantou o filhote com cuidado, mostrando-nos a barriguinha. Sem dúvida era uma fêmea.

— Tem razão. — disse Marcus. Ele, então, fez uma pausa. — Agora pensando bem, acho que uma cachorrinha é melhor. É feminina como você.

O filhote se desvencilhou dos braços de Lucy e começou a passear pela sala, inspecionando tudo.

— Se não vai ser Whisky, pode ser... — Marc ficou pensativo — Margarita!

Lucy olhou para ele sem se convencer.

— Ela não vai ter nome de drinque — eu disse.

Depois de discutirmos alguns nomes, Lucy acabou chamando-a de Titânia. Ela nos explicou que aquele era o nome da rainha das fadas em *Sonho de uma noite de verão*, de Shakespeare. Fomos juntos à veterinária para que a examinasse e depois compramos algumas coisas para ela. Titânia ficou adorável com sua nova coleira lilás e dentro da cestinha que Lucy comprou.

Passamos o resto do dia tentando ensiná-la a fazer xixi no jornal e, quando anoiteceu, começamos a nos preparar para a festa no Milu's.

Lucy havia convidado Lyn e Maisy, por isso eu tinha certeza que Michael também iria. Coloquei o vestido vinho que havia comprado enquanto procurava o presente de Lucy e botas pretas.

Estava terminando de me maquiar quando Lucy entrou no banheiro. Ela estava com um vestido branco um pouco mais longo que o meu e seus cabelos estavam perfeitamente presos.

O lugar estava quase cheio, havia um bar, algumas mesas e um espaço amplo no fundo para dançar. Reconheci alguns de nossos colegas e fomos ao encontro deles. A maioria já estava com uma bebida na mão e dançava ou tentava conversar por cima da música.

Alyssa Roslyn foi a primeira a nos ver. Ela correu na nossa direção e cumprimentou Lucy animada. Ela tinha cabelos curtos e castanhos, com cachinhos delicados que, por algum motivo, sempre me remetiam a uma fada. Era pequena como Lucy e se movimentava de um jeito gracioso.

Nos juntamos a eles e Marc não demorou para aparecer com bebidas. Era a primeira vez que eu saía desde as férias, tinha esquecido o quanto era barulhento tanta gente gritando por cima da música.

Eu não sabia exatamente o que Marcus havia me dado para beber, mas era gostoso e não tinha muito álcool. Com certeza não tomávamos o mesmo drinque, porque ele já parecia mais alegre do que o normal.

Derek chegou pouco tempo depois e eu o peguei pela mão para nos afastarmos um pouco do resto das pessoas. Não sei se era o ambiente de música e penumbra ou o fato de não vê-lo há alguns dias, mas eu queria ficar a sós com ele.

Dançamos um pouco e puxei-o para perto, aproximando meu rosto do seu. Nos beijamos por alguns instantes e, então, Derek se afastou um pouco.

— Estou meio cansado, vamos nos sentar.

Suas palavras foram um balde de água fria. Olhei para ele fazendo esforço para esconder a minha decepção e assenti sem dizer nada.

Encontramos dois lugares livres no balcão do bar e pedi outra bebida. Tentei prestar atenção no que Derek me dizia, mas estava distraída com meus próprios pensamentos. Eu estava bonita, estávamos juntos em um bar e o ambiente era ideal para nos perdermos na multidão e nos beijarmos em algum canto. Mas eu me sentia rejeitada. Minha tentativa de reavivar aquela chama romântica que existia entre nós havia fracassado completamente.

— Ashford!

Marcus apareceu atrás de mim e me agarrou em seus braços. Soltei depressa o copo no balcão para não acabar derrubando-o.

— Vejo que alguém está se divertindo — eu disse.

— Euuu — ele cantou alegre.

Bateu nas costas de Derek, cumprimentando-o.

— Aos Puffins! — disse Marc, levantando o copo em um brinde.

— Puffins — respondeu Derek menos animado, levantando sua garrafa de cerveja.

— Ao aniversário da Lucy — eu disse levantando meu copo.

Marc olhou para mim como se tivesse se lembrado de alguma coisa.

— A isso também! — respondeu.

Derek pegou na minha mão e sorri para ele de maneira pouco convincente.

— Você também parece cansada, Madi.

Por sorte Lyn e Maisy nos interromperam, salvando-me de ter que dar a ele uma resposta. Olhei para Lyn e tomei outro gole do meu drinque. Se ela se vestia de maneira provocante para ir à universidade, eu devia ter imaginado como se vestiria para ir a um bar à noite.

— Maisy — disse Marcus tomando sua mão e beijando-a galanteador.

— O álcool te transformou em um cavalheiro? — perguntou ela recolhendo a mão.

— Parece que sim, espero não me transformar em uma abóbora depois da meia-noite — respondeu Marcus.

Maisy sorriu levemente e continuou andando para onde Lucy estava.

— Lyn, você está... — Marcus fez uma pausa sem terminar a frase. — Cadê o Kevin?

— Eu terminei com ele. Digamos que ele é menos interessante do que parece — respondeu Lyn.

— Sinto muito por isso — respondeu Marcus com um sorriso que dizia o contrário.

Lyn pediu uma cerveja e voltou sua atenção a Derek.

— Eu não tinha percebido como o seu namorado é bonito, Madison — disse com os olhos grudados nele.

Derek sorriu e ofereceu seu lugar. Terminei de tomar o que havia no meu copo; a última coisa que eu precisava naquele momento era lidar com Lyn. Felizmente, ela não quis se sentar.

— Vou cumprimentar a aniversariante — disse ela se afastando.

Acompanhei-a com os olhos, Lucy estava conversando animadamente com Alyssa e Maisy, e isso melhorou um pouco o meu humor. Era seu aniversário e eu queria que ela aproveitasse.

— Mads, você está bem? — perguntou Marcus em voz baixa.

Assenti, mas seu olhar me dizia que ele não acreditava em mim.

— Se você precisar de mim, eu estarei conversando com aquela menina ali.

Marcus apontou para alguém na multidão, deu um beijo na minha cabeça e foi embora. Derek e eu ficamos conversando um pouco mais e, quando eu falei em voltar para perto dos outros, ele me respondeu que preferia voltar para a universidade, porque estava cansado.

— Você quer que eu te acompanhe até a sua casa? — perguntou ele. — Eu não quero que você volte sozinha.

— Eu vou ficar bem, vou voltar com a Lucy e o Marc.

Ele olhou pra mim por um momento.

— Vem comigo, eu posso dormir na sua casa — disse Derek.

Sua cara de sono era uma confirmação de que ele cairia no sono assim que visse uma cama.

— É o aniversário da Lucy — lembrei-o.

— Você está certa. Então, a gente se vê amanhã.

Ele me deu um beijo de despedida, disse "te amo" e foi em direção à saída. Pedi outra bebida, ignorando o bom senso, e comecei a abrir caminho procurando o resto das pessoas. Eu não costumava beber muito, mas os drinques estavam excepcionalmente gostosos. Além disso, me ajudavam a aliviar a sensação de incômodo que eu estava sentindo em relação ao Derek.

Fiquei na ponta dos pés para procurar Lucy. Eu me sentia um pouco desorientada, e ver todo mundo dançando à minha volta não ajudava nada.

— Perdida?

Virei para trás tão rápido que a tontura piorou e me fez cambalear. Michael me pegou pelo braço e me ajudou a recuperar o equilíbrio. O jeito dele de me olhar, de me segurar, parecia piorar o efeito do álcool.

— Você está se sentindo bem? — perguntou, afastando uma mecha de cabelo do meu rosto.

— Acho que sim — respondi sorrindo.

Ele colocou a mão na minha cintura, me puxou mais para perto e, antes que eu pudesse perceber, começamos a dançar. Estávamos nos movendo lentamente, seu corpo roçando no meu, seguindo o ritmo da música.

Eu não sabia direito o que estava acontecendo nem se era certo fazer aquilo, a única coisa que importava era que suas mãos eram uma chama quente sobre a minha pele.

Ele me girou lentamente, colocou-me de costas para ele e me cercou com os braços. Cada movimento tinha uma intensidade que eu jamais havia experimentado. Ele então afastou meu cabelo e seus lábios beijaram o meu rosto, e continuaram até pararem perto da minha boca. A espera estava me matando. Eu queria que ele me beijasse, desejava-o tão profundamente que senti que morreria se ele não continuasse.

— Ashford! Derek!

Marcus estava dançando a poucos passos de nós. Ao ver que aquele era Michael e não Derek, ele ficou nos olhando sem saber o que dizer.

— Cadê o seu namorado, Madison?

Lyn exibia um sorriso malvado e parecia estar se deliciando com a situação.

— Acho que você precisa de um pouco de ar — interveio Marcus.

Passou o braço ao redor do meu ombro de forma protetora e me levou a um lugar onde havia pouca gente. Seus cabelos lisos tinham virado uma bagunça maior do que a de costume e grudavam no suor da testa. Sua expressão estava mais sóbria do que antes. Ele pediu para que eu esperasse ali e, passados alguns minutos, voltou com uma garrafa de água.

— Como você está se sentindo?

— Bem, só um pouco tonta — respondi.

Temi a próxima pergunta, mas ele não disse mais nada. Um olhar compreensivo em seu rosto indicava que ele não iria me interrogar sobre o assunto.

— Madi!

Lucy veio até nós e se sentou ao meu lado. Ela parecia contente e um pouco cansada, seu penteado tinha até se desmanchado de tanto que ela dançou.

— Você se divertiu? — perguntou Marcus.

— Este é o melhor aniversário que já tive! — respondeu Lucy feliz. — Mas acho que vou voltar, quero ver como a Tani está.

Esse era o apelido que ela tinha colocado na Titânia.

— Vou com você — repliquei.

Marcus disse que iria se despedir e voltar conosco. Esperamos por ele na mesa e logo nos dirigimos para a saída. O ar fresco da noite me fez bem, vesti a jaqueta e fiquei quieta, tentando me livrar da leve sensação de tontura.

A porta do bar se abriu atrás de nós e Michael saiu dali com uma expressão preocupada.

— Madison.

Ele se tranquilizou ao me ver.

— Queria saber se você está bem — disse.

— Estou, estamos voltando pra casa.

Olhou para Marcus e Lucy como se quisesse comprovar que eu iria com eles.

— Parabéns, Lucy. Não tive a oportunidade de dizer isso antes — emendou Michael. — Espero que tenha sido um bom aniversário.

— O melhor! — ela respondeu. — O Marcus me deu uma cachorrinha de presente, ela se chama Titânia. É a coisa mais linda que eu já vi, e a Madi me deu um par de botas.

Levantou o pé para mostrar. Aparentemente eu não era a única que tinha bebido demais. Marc pareceu perceber e a tomou pelo braço para mantê-la perto dele.

— Quer se unir a esta brigada? Pra me ajudar a manter a ordem? — perguntou Marcus apontando para mim e para Lucy.

— Você está insinuando que nós não estamos em condições de voltar pra casa? — perguntei indignada.

— Madi e eu estamos completamente não sóbrias. — Lucy fez uma pausa, reconsiderando o que havia dito. — Sóbrias! Estamos sóbrias.

Deixei escapar uma risada e ela também começou a rir.

— É, acho que é melhor eu ir com vocês — disse Michael trocando olhares com Marcus.

As ruas estavam desertas, não se ouvia nem o barulho dos carros. Me encolhi, fechando a jaqueta o máximo possível. Fazia frio e eu estava suada, sentia que a minha nuca ia congelar.

Michael tirou o celular do bolso e começou a digitar alguma coisa. Cheguei um pouco perto, fazendo-me de dissimulada e tentando ler o que ele escrevia.

> Estou acompanhando Madison e Lucy até a casa delas. Me esperem no mesmo lugar, volto pra buscar vocês.

A mensagem era para Maisy. Era gentil da parte dele levá-las para casa. Michael olhou para mim e desviei o olhar abruptamente. Pela cara satisfeita que fez, ele sabia que eu estava espiando.

Tentei fingir que estava pensando em outra coisa e não percebi que um dos ladrilhos estava desnivelado. Michael me segurou bem na hora e evitou que eu tropeçasse.

Lucy começou a gargalhar e até Marcus parecia tentado a fazer o mesmo. Ignorei os dois e continuei andando um pouco envergonhada. Michael se manteve ao meu lado, encostou sua mão na minha, mas eu a enfiei no bolso da jaqueta para evitar que ele a tomasse. *Derek*. Falei o nome dele na minha cabeça. Não importava o fato de eu estar incomodada com ele, Derek ainda era o meu namorado. Eu não podia andar pela rua de mãos dadas com outra pessoa.

Michael tirou seu cachecol do pescoço e me ofereceu.

— Você parece estar com frio — disse.

Antes que eu pudesse pegá-lo, ele se aproximou e o ajeitou ao redor do meu pescoço. Seu perfume se apoderou de mim e eu fiquei envolvida naquela fragrância doce.

— Obrigada.

— Fica melhor em você que em mim — observou.

Sorri para ele e Derek desapareceu da minha cabeça, fulminado pelo aroma daquele perfume. Meu ombro roçou no dele e continuei mantendo essa pouca distância conforme caminhávamos.

— Marc... — disse Lucy. — Me dá o seu cachecol?

— Não estou usando cachecol — ele respondeu.

Lucy fez um som triste e eu me segurei para não rir. Era o som que os personagens de desenhos animados faziam quando estavam decepcionados.

— Mas eu posso oferecer a minha jaqueta — Marc disse a ela.

— Sim, isso seria ótimo.

Marcus tirou a jaqueta e a colocou sobre os ombros de Lucy. Ficava enorme nela, parecia uma capa ou algo do tipo.

Pouco tempo depois, nós chegamos à casa e Lucy entrou depressa, ansiosa para ver Tani. Eu desejava não encontrar as almofadas em retalhos quando subíssemos.

— Marc, você é incrivelmente fofo com a Lucy — eu disse.

— Espero que isso não me cause uma pneumonia — respondeu. — Você acha que a Lyn continua lá? Não é seguro ela ficar sozinha na rua, não do jeito que ela está vestida.

— Lyn sabe se cuidar sozinha, acredite — replicou Michael. — De qualquer forma, vou voltar para buscar ela e Maisy e deixá-las em casa.

— Que bom, eu estava com medo que ela se metesse em problemas com alguém que tenha bebido demais — disse Marcus.

Michael se despediu de Marcus com um aperto de mão e se voltou para mim. Pensei em devolver o cachecol a ele, mas parte de mim resistia. Eu gostava da ideia de ter uma coisa dele comigo.

Fiquei na ponta dos pés e dei um beijo em seu rosto. Michael apoiou a mão na minha cintura, segurando-me contra ele, e se despediu da mesma forma.

Havia algo no modo como ele me segurava, algo possessivo que me agradava.

Segui Marcus até o elevador e subimos sem dizer nada. Seu olhar era de cumplicidade, como se soubesse o que eu estava pensando.

Ao entrar no apartamento, Lucy estava sentada no chão com a cadelinha bocejando em seus braços. Tudo parecia em ordem, uma agradável surpresa. Fui até a cozinha e comecei a preparar chocolate quente enquanto Marcus se acomodava no sofá.

— Vou dormir, gente, boa noite — disse Lucy.

Marcus e eu nos despedimos dela em uníssono. Eu estava procurando duas canecas quando meu celular fez um barulho.

Michael: 2h04

Você estava linda. Espero que você durma com o meu cachecol esta noite.

Na próxima vez você tem que me dar uma coisa sua.

Afaguei o cachecol que ainda estava no meu pescoço. Ele sabia que eu não tinha me esquecido de devolvê-lo, que tinha ficado com ele para ter algo que fosse seu.

— Ele está mexendo com a minha cabeça.

Marcus olhou para mim sem saber do que eu estava falando.

— O Michael, ele está provocando esses sentimentos em mim e você sabe disso — disse.

— E?

Ele não parecia entender o que eu estava dizendo.

— Ele está fazendo de propósito. Está me tentando — respondi.

Dei uma das canecas para Marc e me sentei ao lado dele.

— Eu já reparei no modo como vocês se olham. Você e o Michael, isso vai ser inevitável — respondeu.

— Não, isso é o que ele quer me fazer acreditar.

Marcus olhou para mim como se eu não estivesse dizendo coisa com coisa.

— Você continua enrolada no cachecol dele e eu vi o desenho no seu quarto — ele disse.

— Até agora a única coisa que eu fiz foi me deixar cair nos encantos dele. Se ele acha que pode tomar conta dos meus pensamentos até que sejam só dele, eu vou lhe devolver esse favor — respondi, teimosa.

— Isso vai ser interessante.

Apoiei a cabeça no ombro dele e terminamos de tomar o chocolate quente. Quando Marcus foi embora, fui para o quarto pronta para dormir. Coloquei o cachecol de Michael no criado-mudo e seu perfume foi me envolvendo conforme eu caía no sono.

Quando acordei no dia seguinte, eu estava determinada. Era hora de resgatar o navio ou deixá-lo afundar de uma vez. Eu precisava fazer alguma coisa que me aproximasse do Derek, definir as coisas entre nós, e tomar uma decisão em relação ao Michael. Eu sabia que não era uma mera atração, eu realmente sentia algo verdadeiro por ele. E apesar de ainda amar Derek, sentia que as coisas estavam fora do lugar. Não dava para entender. Antes eu era feliz com ele, o que será que havia mudado?

Eu não sabia ao certo, mas queria tentar melhorar as coisas com meu namorado. Peguei meu celular e mandei uma mensagem dizendo que passaria para visitá-lo mais tarde. Era domingo e, com exceção dos alunos que moravam lá, como Derek, dificilmente haveria alguém na universidade.

Quando entrei na cozinha, o café da manhã já estava servido e Lucy estava penteando Tani. A cachorrinha parecia feliz nos braços dela e mexia uma das patas quando a escova passava perto da barriga.

Peguei uma torrada e me sentei na cadeira, perdida em meus pensamentos. Eu precisava fazer algum gesto romântico, recriar aquela intimidade que eu costumava ter com o Derek.

Lucy se sentou à minha frente e colocou um prato com waffles na mesa. Ela parecia distraída e acompanhei seu olhar pousando sobre um cartão de aniversário. Reconheci a letra de Marcus. O cartão dizia: "Para minha querida amiga Lucy". As palavras "querida" e "amiga" estavam um pouco mais sombreadas que as outras. Não tinha certeza se havia sido algo consciente, mas a mensagem era clara.

Lucy era muito reservada em relação a seus sentimentos, mesmo quando alguma coisa a incomodava.

— Dormiu bem? — perguntei.

— Sim, a Tani dormiu comigo — respondeu.

Peguei um waffle e levantei para me servir de uma xícara de café. Titânia me seguiu, balançando o rabo, com a esperança de que eu lhe desse algo para comer.

— Eu sei que você sabe que eu gosto do Marcus.

Suas palavras me surpreenderam tanto que quase tropecei na cachorrinha. Lucy estava me olhando com uma expressão séria.

Assenti e voltei para a mesa, oferecendo-lhe um pouco do meu café.

— Está muito na cara? — perguntou.

— Você é a minha melhor amiga, eu te conheço desde que nós tínhamos seis anos. Está na cara para mim, não para o resto das pessoas — respondi.

Era bom o fato de ela estar falando sobre o que sentia, embora eu não soubesse muito bem como ser sincera sem magoá-la.

— Ontem ele foi tão legal comigo, tão fofo, que eu pensei que ia começar a chorar — disse ela olhando para Tani.

— O Marc te ama, muito, só que...

— Como amiga — ela terminou a frase por mim. — Eu sei disso. Ultimamente tem sido muito difícil manter uma cara feliz quando ele está tentando seduzir a Lyn. E ontem ele se esforçou para me mostrar a importância que tenho pra ele e deixar seus sentimentos claros ao mesmo tempo. Isso é um alívio, saber o que ele sente e não alimentar falsas esperanças, mas ao mesmo tempo é triste, porque eu sei que não posso mais me sentir assim, tenho que seguir adiante.

Uma atrás da outra, as lágrimas iam se desprendendo de seus olhos. Fui até ela e a abracei, queria que houvesse alguma coisa que eu pudesse fazer para que ela se sentisse melhor.

— Você é importante pra ele e eu tenho certeza que ele se sente mal por não poder corresponder aos seus sentimentos

— disse. — Você devia ter visto a cara dele quando me contou que havia ido ao abrigo de animais escolher um cachorro pra você. Ele estava feliz por poder te dar alguma coisa que te deixasse contente.

Lucy soluçou e eu passei a mão em suas costas.

— Tudo bem chorar, Lucy. Você não vai deixar de gostar dele de um dia para o outro. Não tente sufocar suas emoções como você sempre faz, senão você nunca vai conseguir transformar esses sentimentos.

Ficamos assim por um tempo, até ela dizer que se sentia melhor. Voltei para a minha cadeira e continuei com a atenção nela, caso precisasse de outro abraço. Tani lambeu sua mão e subiu em seu colo, o que pareceu reconfortá-la.

— Você acha que ele vai vir pra cá? O Marcus? — perguntou Lucy, secando as lágrimas com a manga do pijama.

— Não, acho que ontem ele mencionou um ensaio com a banda.

Mandei uma mensagem para ele, por via das dúvidas, a última coisa que a Lucy precisava era que Marcus entrasse pela porta e a visse assim.

Eu: 11h46
Está vivo?

Servi-me de outro waffle e terminei o que sobrava do café.

— Você quer que a gente passe o dia vendo filmes? Isso pode te distrair um pouco — sugeri.

— A Alyssa vem pra cá daqui a pouco, ela quer conhecer a Tani e nós temos que estudar, eu tenho uma prova na terça — respondeu.

Marcus: 11h49
Sim, tenho ensaio em vinte minutos. E vocês?

Eu: 12h00

Acordamos agora há pouco.

— Quer que eu fique com você até a Alyssa chegar? — perguntei.

— Eu não estou doente, Madi, só um pouco triste — respondeu Lucy. — Vou ficar bem.

Ajudei-a a recolher os pratos, insistindo que eu os lavaria. Lucy se encolheu no sofá e abraçou um de seus livros. Ela sempre fazia isso quando não estava se sentindo bem, pegava um de seus livros favoritos como se fosse um amigo que a ajudaria a se recuperar.

— E você, vai fazer o quê?

Se fosse outra pessoa eu teria mentido, mas eu era sempre sincera com Lucy, mesmo quando achava que estava fazendo algo ruim ou que ela pensaria mal de mim.

— Nos últimos dias eu não tenho conseguido parar de pensar no Michael, e ontem... — Fiz uma pausa e ela me olhou de maneira compreensiva. — Preciso passar um tempo com o Derek, descobrir o que eu realmente quero.

— Eu gosto do Derek, ele é inteligente e gentil. Mas o Michael, a forma como ele olha pra você, eu queria que alguém me olhasse daquele jeito.

Lucy começou a soluçar de novo. Mas quando me aproximei, ela fez um gesto com a mão, indicando que estava tudo bem.

— Lucy, você tem certeza que não quer que eu fique? — perguntei.

Ela negou com a cabeça.

— Você deveria se vestir como a Lyn — Lucy disse, de repente.

O prato escorregou da minha mão e caiu na pia com um baque. Felizmente não chegou a quebrar.

— O quê? — perguntei, virando-me para ela.

— Quando você for ver o Derek, você deveria se vestir como a Lyn — ela se explicou. — Isso vai chamar a atenção dele e você vai saber se as coisas estão bem.

Era difícil acreditar que Lucy estivesse sugerindo algo assim.

— Ele é meu namorado, ele tem de ser atencioso comigo mesmo quando eu estiver de pijama — respondi. — E eu acho que não tenho roupas como as da Lyn.

— Isso é um alívio.

Nós duas rimos. Quando terminei de lavar a louça, fui para o quarto. Lucy veio atrás de mim, sentou-se em minha cama com Tani e me assistiu revirar o guarda-roupa. O dia estava lindo e até fazia um pouco de calor. Vasculhei as roupas até encontrar uma blusa regata roxa que eu usava às vezes quando saíamos para dançar. Marcava bem o meu corpo e era um pouco decotada, mas sem revelar demais. Ficaria boa com umas calças jeans pretas com lycra.

— O que você acha? — perguntei.

— Perfeito. Vai ficar bom com as botas que você colocou outro dia, de cano baixo com salto — respondeu.

Sabia a quais ela se referia. Experimentei-as em frente ao espelho, e elas realmente completavam o look perfeitamente. Maquiei um pouco os olhos e baguncei o cabelo para dar mais movimento.

— Você está muito linda — concluiu Lucy.

Deixei escapar um suspiro enquanto borrifava o perfume.

— Me diz a verdade, você acha que eu estou louca?

— Um pouco. Mas é romântico — respondeu Lucy. — Você e o Derek estão juntos desde o ano passado, mas o Michael te olha como se você fosse a alma gêmea dele.

Lucy começou a chorar de repente e eu corri para o lado dela.

— Desculpa, estou um pouco sensível — disse. — Acaba de se arrumar, eu vou comer uns muffins que sobraram de ontem.

Insisti para ficar um pouco mais em casa, mas ela não quis. Estava saindo do prédio quando cruzei com Alyssa Roslyn, o que era bom, Lucy não estaria sozinha. Nos cumprimentamos rapidamente e segui meu caminho.

Um grupo de garotos passou ao meu lado e dois deles viraram para trás para olhar para mim, o que significava que eu tinha alcançado o objetivo de me vestir como Lyn.

Era estranho estar na universidade em um fim de semana. Os corredores de Van Tassel estavam vazios e a maior parte das luzes, apagadas. Eu já estava perto do dormitório do Derek quando dei de cara com ele no corredor. Sorri ao vê-lo, mas a minha alegria só durou um breve momento. Ele vestia uma camiseta esportiva e parecia estar com pressa, o que não era um bom sinal.

— Mads — ele disse surpreso.

Eu não sabia se sua reação se devia a como eu estava vestida ou ao fato de eu estar ali.

— Eu te mandei uma mensagem, achei que a gente ia passar a tarde juntos — disse.

— Meu irmão me ligou agora há pouco, ele tem entradas para um jogo de basquete. Está vindo me buscar em alguns minutos.

A irritação no meu rosto devia ser evidente porque sua expressão se tornou mais séria.

— Eu posso tentar conseguir outra entrada. — Ao ver que isso não diminuiu em nada a minha raiva, ele emendou — Você está muito, muito linda.

— Nós não estamos passando muito tempo juntos, sinto que as coisas entre nós não estão muito bem...

O toque de seu celular me interrompeu. Derek atendeu e levantou a outra mão me pedindo para esperar, o que fez surgir em mim uma vontade enorme de arrancar o celular de sua mão e desligá-lo.

— Meu irmão está lá fora — disse.

Dava para ver em seus olhos que ele se sentia culpado, mas eu sabia que isso não o impediria de ir embora.

— Está tudo bem entre nós, você não precisa se preocupar.

Ele me beijou e me pegou pela mão, para que eu caminhasse ao seu lado no corredor.

— Vou falar pro meu irmão me deixar na sua casa na volta. Podemos jantar juntos — disse Derek.

Ele caminhava com pressa e sua voz era conciliadora, como se estivesse tentando me acalmar para evitar uma discussão.

— As coisas estão diferentes do ano passado, nas últimas semanas nós não fizemos quase nada juntos — eu disse. — Lembra quando você me levava aos treinos e depois nós ficávamos patinando?

— Nós podemos fazer isso esta semana — garantiu. — Eu vou pedir permissão ao treinador para usar a pista.

Era irritante ver que ele não percebia como eu estava me sentindo, sequer percebia como estávamos distantes.

— Você sente falta de passar mais tempo comigo? — perguntei.

Saímos do prédio e notei uma grande caminhonete preta esperando na entrada. Seu irmão devia estar com pressa, porque buzinou e nem chegou a baixar o vidro para cumprimentar.

— Claro, mas você está se preocupando à toa — disse Derek.

Ele me deu um beijo na boca e foi embora. A caminhonete arrancou rapidamente, assim que ele fechou a porta. Eu me sentia irritada e triste. Pior ainda do que havia me sentido na noite anterior. Pensei em voltar para casa mas não queria incomodar Lucy e Alyssa. E, para falar a verdade, eu não queria voltar. Derek mal tinha prestado atenção em mim, era humilhante. Eu não queria comer o chocolate inteiro que estava na gaveta do meu criado-mudo enquanto Lucy me consolava. Até porque Lucy tinha seus próprios problemas, era eu quem devia fazê-la se sentir melhor, não o contrário.

Procurei meu celular e mandei uma mensagem para o Marcus perguntando onde eles estavam ensaiando. Eu precisava desanuviar a cabeça e ele era uma boa companhia.

Marcus: 14h10
Estamos no Loxi.

Não havia ninguém no bar além da banda. Era um lugar espaçoso, todo decorado com guitarras nas paredes. Havia uma mesa de bilhar em um canto e no outro, um pequeno palco onde os instrumentos estavam montados. Dois meninos que eu conhecia da universidade estavam sentados ali, desembaraçando um emaranhado de fios perto das caixas de som.

Passei os olhos pelo lugar até encontrar Marc sentado em um banco em frente ao balcão. Fui até lá enquanto ia inspecionando o resto do bar, não havia rastros do Michael.

— Ashford.

Marcus olhou para mim, detendo-se na minha roupa. Ele estava afinando a guitarra no colo, tocando lentamente cada corda.

— Eu sabia que este dia chegaria — disse ele sorrindo. — Você veio me seduzir?

Aquilo me fez rir, eu me senti aliviada por estar em sua companhia.

— Isso, me vesti assim pra você — brinquei.

Ele me passou um copo e me serviu o mesmo que estava tomando: suco de maçã.

— E o Derek? — perguntou.

— Foi com o irmão assistir a um jogo de alguma coisa — disse com má vontade.

Ele abriu a boca para responder, mas mudou de ideia ao ver o que quer que tenha visto em meu rosto. Frustração, provavelmente. Raiva e tristeza também eram boas opções.

— Se fosse comigo, estaríamos jogando era na sua cama — disse Marcus.

Suas palavras me surpreenderam tanto que eu não soube direito como reagir.

— Só estou tentando levantar a sua autoestima — esclareceu rindo.

— Funcionou — respondi um pouco envergonhada.

Ele soltou uma risada e tocou uma breve melodia na guitarra, experimentando as cordas.

— Espero que eu não tenha criado imagens estranhas na sua cabeça — disse com um sorriso no canto da boca. — Nós somos amigos, seria esquisito.

Bati no ombro dele como uma advertência, mas abri um sorriso. Eu sempre podia contar com o Marc para me fazer rir quando estava de mau humor.

— E o Michael? — perguntei em voz baixa.

— Está no depósito, procurando um adaptador — levantou a mão e apontou para uma porta. — Por ali, à esquerda.

Levantei do banco e comecei a caminhar naquela direção. Eu estava uma pilha de nervos, uma sensação que eu não experimentava há bastante tempo.

— Você está brincando com fogo, Mads — disse Marcus atrás de mim. — Você vai se queimar.

Halloween

Atravessei o corredor e, à esquerda, encontrei uma escada que levava ao depósito. A madeira era um pouco velha e rangeu debaixo de minhas botas. O lugar estava pouco iluminado, tive que me segurar no corrimão para não tropeçar. Era uma sala grande e tinha caixas para todo lado, a maior parte delas cheias de cervejas. Pisei com cuidado, evitando enfiar os pés em uma das caixas, e olhei para cima. Dava para reconhecer uma silhueta ao fundo, estava de costas para mim, remexendo a gaveta de um grande armário. Ajeitei o cabelo só para fazer alguma coisa com as mãos. Eu estava nervosa, não sabia nem por que estava ali.

Toda a luz do depósito vinha de uma única lâmpada. Meu pé bateu em alguma coisa e uma garrafa rodou pelo chão, fazendo barulho.

Michael voltou-se para mim num sobressalto. A princípio, ele parecia surpreso, como se não tivesse certeza se era realmente eu. Seu olhar percorreu meu corpo até encontrar meus olhos.

— Oi.

Minha voz saiu fraca, como se mal tivesse dito alguma coisa.

— Você é uma miragem? — perguntou Michael. — Um espectro tirando proveito do meu desejo?

Achei que ele estava brincando, mas sua expressão indicava o contrário.

— Não sei do que você está falando — disse conforme me aproximava dele. — Você andou bebendo? Aqui tem cerveja o suficiente para embriagar um exército.

Ele continuou me observando por alguns instantes e, enfim, um sorriso começou a se desenhar em seus lábios.

— Madison — disse meu nome com confiança. — O que você está fazendo aqui?

— Eu vim ver o Marc — respondi. — Ele disse que você estava demorando e me mandou vir aqui embaixo para ver se precisava de ajuda.

Não era exatamente verdade, mas era melhor do que dizer que eu queria vê-lo.

— Marcus teve uma boa ideia, eu mal consigo enxergar com esta luz. Agradeceria a sua ajuda.

Michael me ofereceu sua mão e, quando a tomei, me puxou para perto dele, ajudando-me a esquivar de tudo o que havia no chão.

— Você achou que eu era um fantasma? — perguntei sem poder me conter.

— Um espectro — corrigiu-me.

Abafei o riso.

— Achei que eu estava sendo espreitado pelo espírito de uma linda mulher. Você está... bonita — elogiou Michael.

Suas últimas palavras ofuscaram as primeiras. Não importava se ele acreditava em fantasmas, isso devia ser alguma superstição por ter crescido perto de Salém. O que importava era o modo como ele ia se apoderando de mim. Seus olhos pareciam ainda mais escuros, famintos e intrigantes.

Dei um passo em direção ao armário e comecei a vasculhar a gaveta, sem nem saber o que estava procurando.

— Você veio até aqui sozinha?

Virei e olhei para ele sem poder acreditar.

— Você não devia andar sozinha pela rua, pelo menos não vestida assim — ele disse em voz baixa, em tom suave.

— Eu sei me defender — respondi.

Ele deve ter achado isso engraçado, porque seus lábios abriram um sorriso devastador. Dei um passo em direção a ele, quase sem deixar distância entre nós, e o encarei.

— Você não é tão sedutor quanto pensa — disse.

Tentei me afastar um pouco para o lado, mas ele levantou o braço, prendendo-me onde eu estava, entre ele e o armário.

— E você é ainda mais sedutora do que nos meus sonhos — rebateu.

— Você diz isso a todas? — perguntei cínica.

— Só existe uma nos meus sonhos — respondeu confiante. — Ela tem lindos cabelos pretos e olhos azuis que competem com as estrelas.

Soltei uma risadinha nervosa. Não sabia se me derretia ou se perguntava de que filme ele tinha tirado aquilo.

— Os lábios rosados dela me encontram toda noite — continuou. — Já nos beijamos em muitos sonhos e em diferentes lugares.

Eu sentia meu coração palpitando contra o peito. Era uma sequência lenta de batidas que ia me enchendo de ansiedade.

— Parece que você tem lindos sonhos...

A sensação de controle escorreu como água entre meus dedos.

— Tenho certeza de que a realidade é ainda melhor — ele disse.

Ele se inclinou, tomando-me em seus braços, e me beijou. Seus lábios eram quentes, cheios de vontade e tinham uma avidez sutil. Ele passou a mão na minha bochecha e se deteve em meu queixo, levantando meu rosto em direção ao seu.

Senti minhas pernas fraquejarem e uma sensação febril e maravilhosa percorrer meu corpo.

Nunca ninguém tinha me beijado daquele jeito, com aquela intensidade. Era como se o mundo à nossa volta fosse acabar. Como se ele quisesse me arrastar para o céu ou para o inferno.

Um forte estalo de vidro sendo quebrado me fez voltar a mim e nos separamos um pouco. Uma das garrafas havia estourado, molhando minhas pernas com cerveja.

Afastei-me dele, fitei-o por um momento e corri em direção à escada.

— Cuidado, tem vidro aí — disse Michael.

Ele veio atrás de mim e colocou a mão no meu ombro, guiando-me até os degraus. Meus lábios ainda ardiam, desejando os seus. Sentir sua mão em mim não aliviava em nada essa sensação, só me fazia querê-lo ainda mais.

— Por que quando nós estamos juntos as coisas explodem? — disse, pensando em voz alta. — Primeiro as lâmpadas e agora uma garrafa.

— Se isso não é amor, eu não sei o que é — respondeu Michael para si mesmo.

Suas palavras me impactaram de tal forma que subi correndo pelos degraus para chegar aonde estava o resto das pessoas. Marcus veio até mim e, ao ver a expressão no meu rosto, não disse nada, seus olhos falavam por ele: "Eu te avisei".

— Você tinha razão, eu me queimei.

Me despedi e saí às pressas do bar, certificando-me de que Michael não estava me seguindo. Marcus havia me advertido sobre brincar com fogo e ele tinha razão, eu havia beijado Michael e não tinha como voltar atrás. Eu me sentia aturdida com o que tinha acabado de acontecer, culpada por Derek e desconcertada pela cerveja nas minhas pernas. Amor? Eu não entendia o que isso tinha a ver com vidro quebrado, era provavelmente outra de suas crendices estranhas.

Estava atravessando a rua quando o vi de novo, o grande cachorro negro como ébano. Caminhava pela calçada da frente, as orelhas de pé e atentas, seus olhos grudados em mim.

Continuei andando, tentando ignorá-lo. O cachorro me seguiu até o apartamento e depois desapareceu. Talvez eu estivesse sendo paranoica e aquele fosse o cachorro de algum vizinho, mas meu pressentimento me dizia que ele andava me vigiando.

Alyssa ainda estava em casa quando eu entrei, ela e Lucy estavam sentadas no sofá em meio a uma pilha de livros. Tani dormia profundamente debaixo da mesa.

Dei oi e pedi licença, dizendo que estava cansada. Lucy me olhou ansiosa, esperando saber como havia sido o meu encontro com Derek, mas fiz um gesto a ela dizendo que conversaríamos mais tarde.

Depois disso, o dia passou rápido, usei o resto da tarde para adiantar alguns desenhos para a aula de Teoria da Publicidade e tentar acalmar a confusão de emoções que eu estava sentindo.

Eu sabia o que tinha que fazer, mas isso não fazia com que deixasse de ser doloroso. Eu precisava ter uma conversa sincera com Derek, dizer a verdade sobre o que estava acontecendo. Sobre o que eu sentia.

Soltei um suspiro. Não essa noite, eu não estava em condições de ter esse tipo de conversa. Além do mais, Derek havia me mandado uma mensagem dizendo que era tarde e que ele ia jantar com a família.

Esperava que aquela atitude dele diminuísse a minha culpa, mas isso não aconteceu. Derek havia estado distante, priorizando outras coisas que não eu, mas isso não justificava beijar outra pessoa.

Ao anoitecer, jantei com Lucy e lhe contei o que havia acontecido, eu precisava desabafar e ela me escutou atenta. Nos sentamos no sofá da sala e comemos um bolo que ela tinha assado.

— Ele disse que meus olhos são como estrelas. — Fiz uma pausa lembrando. — Não, disse que eles competem com as estrelas. Sei que é cafona, mas também é romântico.

— Muito — disse Lucy.

— E eu senti como se os olhos dele falassem comigo, confirmando suas palavras. Como quando o senhor Darcy olhava para Elizabeth Bennet, em *Orgulho e preconceito*. Eu senti todo aquele anseio que só um olhar pode transmitir — disse.

— É um dos seus filmes preferidos — respondeu Lucy. — E o livro é maravilhoso.

Assenti.

— E o beijo... As pessoas escrevem poemas e músicas sobre esse tipo de beijo — disse abraçando uma das almofadas. — O Derek é gentil e romântico. O Michael é atrevido, apaixonado, como se estivesse em busca de alguma coisa e não se importasse em se jogar de um precipício para poder encontrá-la. E arrogante. Ele é um pouco arrogante.

Lucy olhou para mim como se estivesse assistindo a uma novela.

— Pareço uma boba falando essas coisas.

Comi uma fatia de bolo, isso me faria calar a boca.

— O que parece é que você gosta muito do Michael — respondeu Lucy. — Beijos que inspiram músicas, alguém que nos faz ver o mundo cor-de-rosa, arriscar e fazer bobagens. Não é isso o que toda mulher procura?

Aquilo me fez sorrir.

— Você sempre foi impulsiva, Madi. Muito mais do que eu. Faz o que você sente que deve fazer. — Lucy fez uma pausa e acrescentou — Se você não pode estar com o Derek sem parar de pensar no Michael, você deveria terminar o namoro.

Aquilo era verdade.

— Eu sei — disse.

Lucy recostou-se contra uma almofada.

— Quem sabe o Michael não tem algum primo para me apresentar — disse pensativa.

Nos entreolhamos e caímos na gargalhada.

* * *

Fiquei me revirando na cama. Não sabia há quanto tempo estava acordada, voltar a dormir estava se tornando uma tarefa impossível. Tentei esvaziar a cabeça, mas como essa tática falhou, tentei pensar em outra coisa, qualquer coisa menos ele. Pensei no desenho que eu tinha começado a fazer para a minha aula de Teoria da Publicidade, pensei na série de TV que havia começado a assistir com Marc, em como tinha terminado e no que aconteceria no próximo episódio. Mas, na verdade, a única coisa em que eu queria pensar era nele, Michael. A cena se repetia na minha cabeça como um filme.

Nós dois nos olhando, seus olhos fixos nos meus como se pudessem me enxergar com uma clareza que ninguém jamais havia tido. Quando dei por mim, seus lábios já tinham tocado os meus e sua mão segurava meu rosto com aqueles dedos aveludados.

Eu tinha sido pega de surpresa. Mas a maior surpresa, no entanto, era o quanto eu tinha gostado daquele beijo.

Tateei o criado-mudo e, ao encontrar meu celular, pressionei o teclado para que eu pudesse ver a hora: 2h30.

Suspirei, seria uma longa noite, eu só queria conseguir dormir.

Não sei quanto tempo havia passado, mas quando finalmente consegui pegar no sono meu celular me acordou. Levei as mãos ao rosto num gesto de frustração, pensando no quanto havia sido difícil pegar no sono. Peguei o celular e, quando a tela acendeu e abri a mensagem, meu coração parou.

Michael: 3h16
Você está acordada?

Uma onda de emoção percorreu o meu corpo e eu abri um largo sorriso. Ele também não estava conseguindo dormir, ou então ele estava em algum bar.

Eu: 3h16

Sim.

Sentei apoiada no travesseiro e esperei ele responder.

Michael: 3h17

Não consegue dormir?

Se eu dissesse que não, ele ia achar que era porque eu estava pensando nele e no que havia acontecido hoje. Por qual outra razão eu estaria acordada às três da manhã de uma segunda-feira? Mas pensando bem, ele também estava acordado e tinha me mandado uma mensagem.

Eu: 3h18

Não. E você?

Esperei sua resposta, mas o celular não emitia som algum, então comecei a ficar ansiosa. O que ele estava esperando para responder? Iluminei a tela: 3h33. Esperei mais um tempo com o olhar perdido no teto do quarto. Levei a mão ao celular de novo, mas me contive antes de pegá-lo, me restavam poucas horas de sono, eu precisava dormir.

Quando o despertador tocou eu me sentia tão cansada que sair da cama foi ainda mais difícil do que normalmente. Desliguei o alarme e chequei a tela, nenhuma mensagem nova. Xinguei Michael. Ele não só havia me acordado como não tinha me respondido.

Eu tinha um tempo livre antes da aula e já há alguns dias vinha pensando em retomar a minha rotina de correr pela manhã. Procurei minha roupa de ginástica e depois de comer alguma coisa rápida avisei Lucy que a veria mais tarde na universidade.

Correr era muito bom, tinha esquecido o quanto eu gostava de sentir o vento no rosto e a música levando meus problemas para longe. Eu estava meio fora de forma, mas se começasse a correr duas vezes por semana, como fazia no semestre passado, logo recuperaria meu condicionamento físico.

O parque não ficava muito longe e era ideal para fazer exercícios. Tinha espaços verdes bonitos e era atravessado por um rio onde sempre havia jovens praticando remo. A maioria pertencia a equipes das diferentes universidades. Eu adorava sentar em uma velha ponte branca e vê-los avançar pela água. Todos se movendo coordenadamente e gritando palavras de entusiasmo. No ano anterior, eu tinha até tentado entrar para a equipe, mas depois descobri que não era a minha praia. Eu gostava de observá-los, remar era outra história.

Cheguei à universidade com o tempo contado para me trocar e buscar um café. A sala estava cheia, Derek levantou a mão para chamar a minha atenção. Ele estava sentado junto a Marc.

Fui até eles e avistei Michael, Maisy e Lyn sentados duas fileiras à frente.

— Madi, me desculpa por não ter ido ontem à noite — disse Derek.

Ele me cumprimentou com um beijo e sentei sem dizer nada. Eu mal tinha sentido os lábios dele nos meus e só de olhar para ele já me remoía de culpa.

— Esta noite eu sou todo seu — disse. — Já estou com a minha fantasia e mais tarde passo na sua casa pra buscar você.

— Fantasia? — perguntei sem saber do que ele estava falando.

— Hoje é Halloween! Tem o baile do terror, que a universidade dá todo ano — respondeu Derek.

Halloween, é claro, isso explicava todas as abóboras com caras engraçadas nos quintais. E quando parei para pensar, lembrei-me que tinha visto um cachorro fantasiado de dinossauro quando estava correndo.

Lucy e eu havíamos comprado nossas fantasias há alguns dias, mas eu não tinha me dado conta de que já era dia trinta e um de outubro. Michael estava realmente mexendo comigo.

— É verdade, é hoje — respondi.

Derek sorriu, como se a minha confusão lhe parecesse adorável. Abri um caderno e corri os olhos pelas anotações da aula anterior, fingindo que as estava lendo.

— Ainda não decidi a minha, o que vocês acham: o pirata Jack Sparrow ou o vampiro Edward Cullen? — perguntou Marcus.

— Essas são as suas opções? — perguntei.

— Se eu quisesse uma fantasia que expressasse o quanto o Halloween é legal, me vestiria de Edward Mãos de Tesoura ou de Cavaleiro Sem Cabeça, mas eu quero uma fantasia que atraia a atenção feminina — disse com os olhos grudados em Lyn.

— Como você se fantasiaria de Edward Cullen? — perguntou Derek.

— Uma maquiagem que me deixe mais pálido, um sobretudo, glitter...

Pela cara que ele fez, o último item não parecia agradá-lo. Imaginei-o cheio de glitter na cara, fingindo ser um vampiro que brilha no escuro, e não pude evitar sorrir.

— Cadê a Lucy? — perguntei.

— Na biblioteca, ela disse que precisava terminar um projeto com a Alyssa — respondeu Marcus.

Pelo visto ela ainda não estava pronta para ficar perto dele. Felizmente eles só frequentavam duas aulas juntos.

Michael virou para trás e trocamos olhares. Só de ver o rosto dele senti uma explosão de emoções no peito.

A aula passou rápido, provavelmente porque eu só tinha escutado duas palavras do que Tacher havia dito. Eu precisava falar com o Derek, mas não tinha certeza se aquele era o melhor dia. Ele parecia empolgado com o Halloween e nós tínhamos planejado nossas fantasias há dias. Ou melhor, eu o havia convencido de irmos fantasiados de Guinevere e Lancelot, em vez de Batman e Batgirl, como ele queria.

Pedi licença, dizendo que tinha que encontrar com Lucy, e saí depressa da sala de aula. Pensei em ir atrás dela, mas, se era verdade que ela estava trabalhando em algo com Alyssa, eu não queria incomodar. Ela já estava lidando com sua cota de drama amoroso.

Subi ao café do último andar, aonde ninguém ia porque ficava longe das salas de aula, e me sentei em uma das pontas. Não ficaria tranquila até conversar com Derek, mas também não queria estragar a noite de Halloween. Eu o evitaria até o baile, tentaria aproveitar uma última noite com ele e conversaríamos no dia seguinte.

Também seria bom evitar Michael, aumentar a culpa não seria de nenhuma ajuda. Me perguntei se ele viria e que fantasia usaria. Se ele acreditava em espectros e essas coisas, o Halloween devia ser uma de suas festividades favoritas. Ele ficaria bem em qualquer fantasia, principalmente com algum tema bem masculino, como um caubói ou um guerreiro.

Alguém arrastou uma cadeira fazendo barulho, levantei os olhos e vi Marcus sentar-se ao meu lado.

— Sabia que a encontraria aqui.

Ofereceu-me uma das xícaras que apoiou na mesa, que continha chocolate quente com creme e canela.

— Você me conhece muito bem — respondi.

— Vim oferecer os meus sábios conselhos.

Suas palavras vieram acompanhadas de uma expressão exageradamente séria, o que me fez sorrir um pouco.

— Eu sei que preciso falar com o Derek, vou fazer isso amanhã — disse.

— Livre-se dessa cara de culpa, Ashford — respondeu Marcus. — Você encontrou alguém com quem realmente se importa, não tem nada de mau nisso.

— Eu me importo com o Derek, estamos juntos há meses, ele foi...

— O seu primeiro — interrompeu-me Marc.

Nos entreolhamos e tomei um gole da xícara, era esquisito falar disso com ele.

— É a primeira pessoa com quem você já esteve, o que o torna especial e você sempre sentirá carinho por ele e blá-blá-blá, mas isso não significa que ele seja o cara certo — disse Marc.

Eu não sabia direito como responder àquilo, primeiro porque era a verdade e segundo porque era o Marcus quem estava dizendo.

— Pensei que você gostasse do Derek — foi a única coisa que me ocorreu.

— Eu gosto, ele é um cara legal e é meu colega de time, mas você é minha amiga e sua felicidade é mais importante pra mim do que a dele — respondeu com naturalidade.

Havia algo que ele não estava me dizendo. Por que era tão importante para ele que eu ficasse com Michael?

— Você vem me empurrando para o Michael há semanas. Por quê?

— Por causa do jeito que vocês se olham — respondeu.

Fiquei quieta, esperando que ele continuasse falando.

— É errado querer uma coisa assim? — perguntou abruptamente. — Algo que tenha mais significado?

Estiquei meu braço até ele.

— Só estou tentando ajudar, Mads — ele ficou de pé e acrescentou —, acho que vou de Jack Sparrow, não há nada mais sedutor do que um pirata e uma garrafa de rum.

Eu estava saindo da universidade quando o vi, o cachorro preto. Estava sentado na calçada como se estivesse esperando por alguém. Era a primeira vez que eu o via de perto, era grande, realmente grande. Tinha longos pelos negros e orelhas levantadas como as de um lobo.

Aproximei-me com cautela. Ele simplesmente me observou, com seus olhos escuros, brilhantes e atentos. O cachorro latiu e dei um passo atrás, trombando com alguém.

— Ele é bonzinho, não machuca ninguém.

Michael passou ao meu lado e acariciou a cabeça do cachorro, que balançou o rabo e ficou de pé.

— Ele é seu? — perguntei atônita.

Aquele era o cachorro preto que andava me seguindo, eu tinha certeza.

— É, o nome dele é Dusk — respondeu.

Olhei para ele, mantendo distância.

— Não precisa ficar com medo, ele não é o Grim — disse brincando. — É um pastor belga.

O Grim? Já tinha visto essa palavra em algum lugar, em um dos livros da Lucy.

— Grim... — disse enquanto buscava esse nome na memória. — O cachorro espectral que passeia pelos cemitérios anunciando a morte?

Michael assentiu, parecia surpreso por eu saber o significado do nome, mas sorriu satisfeito.

— Talvez não seja um cachorro fantasma, mas ainda assim é intimidante — eu disse observando aquele animal enorme.

Os olhos do cachorro se fixaram em mim, como se ele soubesse que eu estava falando dele.

— Ele tem me seguido. Eu o vi perto de casa — disse.

— Ele tem protegido você.

Agora ele estava falando sério.

— Protegido do quê? — perguntei desconcertada.

— Dos perigos da noite — respondeu com naturalidade.

Algo em seu rosto me dizia que era melhor evitar as próximas perguntas. Mas isso me impulsionou a continuar.

— Você mandou o seu cachorro me seguir? Não acha isso estranho?

— Eu não mandei — esclareceu. — Ele notou meu interesse por você e isso gerou seu próprio interesse.

Olhei para ele boquiaberta.

— Isso é ainda mais estranho.

Ele deu de ombros.

— Preciso ir, tenho que terminar de preparar a minha fantasia — eu disse.

— Vejo você hoje à noite — respondeu Michael.

Virei de costas para ir embora, mas me voltei para ele outra vez.

— Por que você não respondeu a minha última mensagem ontem?

Aquilo trouxe um brilho divertido aos seus olhos.

— Eu peguei no sono, saber que você estava pensando em mim acalmou meus pensamentos — respondeu.

Sua sinceridade sempre me pegava de surpresa. Eu sabia do que ele estava falando, tinha sentido a mesma coisa quando ele me enviou aquela mensagem no meio da noite.

— Obrigada por ter me acordado — disse ironicamente.

— Obrigado pelo beijo — respondeu no mesmo tom.

Fiquei olhando para ele por alguns segundos, sem saber o que dizer. A expressão triunfal em seu rosto me incomodava profundamente. Incomodava tanto que eu queria dar um passo em sua direção e beijá-lo de novo.

— Nos vemos à noite — eu disse.

Olhei para ele uma última vez e me afastei. Dusk começou a caminhar atrás de mim, Michael lhe fez um gesto e o cachorro parou onde estava. Eu nunca tinha ouvido falar em um cão perseguidor. Por que ele me seguia aonde quer que eu fosse?

Na volta para casa, peguei meu celular e digitei "Grim" no Google. Ele era conhecido por muitos outros nomes: Sabujo Infernal, Black Dog, Canis Diabolus, Gytrash, Barguest, Uay Pek.

Alguns achavam que era uma manifestação do diabo, um mensageiro da morte. Outros se referiam a ele como um espectro noturno que atravessava o caminho daqueles que estavam prestes a sofrer uma morte repentina. Todas as informações coincidiam em uma coisa: vê-lo não era um bom sinal, ele estava relacionado a forças ocultas.

Quando anoiteceu, o meu humor já estava melhor, provavelmente porque era Halloween. Coloquei minha fantasia em cima da cama e a contemplei, eu sempre havia gostado da história do rei Artur, principalmente do amor de Guinevere e Lancelot.

O vestido azul-celeste era de época, longo e com mangas largas. Não era exatamente insinuante, mas muito romântico. Cheio de pequenos detalhes e um laço bordado na cintura.

Fiz uma maquiagem natural, pois achava difícil que naquela época eles tivessem com o que se maquiar. Usei um batom rosa pálido que ficaria perfeito com o vestido. Por último, faltava o cabelo. Ondulei-o um pouco, peguei uma mecha de cada lado e fiz duas tranças. O vestido tinha vindo com uma espécie de tiara dourada, fininha e de estilo medieval.

Olhei-me no espelho e não pude evitar sorrir ao ver que eu realmente parecia uma donzela. Só faltava o meu Lancelot.

Fui ao quarto de Lucy, ansiosa para mostrar a minha fantasia a ela, e a encontrei vestindo a sua.

— Madi! Você é a própria Guinevere! — exclamou ela ao me ver.

Dei uma voltinha mostrando a ela o vestido e recebi um gesto de aprovação.

— E você é uma verdadeira fada. Você está linda! — eu disse.

Ela estava com um vestido curto, a parte de cima era rosa e a de baixo, uma saia de tule verde com folhas grudadas.

Peguei-a pelo braço e levei-a ao banheiro, eu não a deixaria ir de cabelo preso de jeito nenhum.

— Não sei — disse Lucy pouco convencida.

— Lucy, você precisa aceitar que é privilegiada por ter esse cabelo lindo e não pode andar sempre com ele preso — respondi.

Seus cabelos caíram até a cintura e passei a escova, alisando-os. Maquiei-a com cores que combinavam com a fantasia e ressaltei seus olhos castanhos com um lápis verde.

— Tem uma coroa de flores na minha escrivaninha — disse Lucy.

Fui buscá-la e a coloquei sobre sua cabeça, prendendo-a com grampos para não cair.

— Você realmente parece uma fada — disse impressionada.

Com seu cabelo ruivo acobreado enfeitado com flores e a fantasia que caía perfeitamente em sua pequena silhueta, ela realmente parecia uma fada que fugiu de um bosque.

Lucy sorriu timidamente.

— Bela escolha de fantasia. Pode esquecer o Marcus, vai haver uma fila de garotos atrás de você. Quem sabe você não encontra um... um fado? — perguntei sem saber.

Lucy soltou uma risada.

— Um duende? — refletiu. — Um príncipe seria maravilhoso. Essa fantasia foi ideia da Alyssa, ela também vai de fada. A fantasia dela é igual a minha, mas a parte de cima é verde e a de baixo, lilás.

— Serão duas lindas fadas — respondi.

Terminamos de nos arrumar e Lucy colocou comida para Tani. Faltava pouco para o Derek passar para nos buscar, então atravessamos o corredor para chamar o Marcus.

Bati à porta e instantes depois um pirata a abriu. Lucy e eu rimos ao mesmo tempo, ele estava mesmo parecido com Jack Sparrow, tirando os cabelos e as sardinhas em seu nariz.

— Rapunzel e Pequena Sereia — disse Marcus fazendo um gesto para que entrássemos. — Sejam bem-vindas à caverna do capitão Jack Sparrow.

— Eu sou a Guinevere e ela é uma fada — respondi ofendida.

Rapunzel?

— Deve ser o rum — ele respondeu se desculpando.

Levantou a mão mostrando-nos uma garrafa que já estava pela metade. Olhei para ele cinicamente, certa de que a garrafa já estava assim da última vez que a vi.

O sofá estava desarrumado e a cozinha era uma bagunça de louça e embalagens de comida. O resto estava limpo.

— O que houve com os seus olhos? — perguntou Lucy observando-o.

Olhei para ele e notei que havia uns borrões pretos debaixo dos olhos.

— Não entendo por que os piratas passavam lápis nos olhos, é mais difícil do que parece — respondeu. — Você me daria uma mãozinha, Ashford?

Limpei as linhas mal traçadas com um guardanapo e corrigi sua maquiagem.

— Isto é perigoso, pintar o olho com um negócio pontiagudo.

— Fique quieto — eu disse segurando o riso.

Quando terminei, ele pegou seu chapéu e sua espada de plástico e a enganchou em um grande cinto de couro marrom.

— O que vocês acham? — perguntou.

Levantei o polegar, indicando minha aprovação.

— É uma boa fantasia — disse Lucy.

Sua voz soou tranquila e sincera, e suas bochechas não ficaram coradas, embora houvesse certo brilho em seus olhos.

— Obrigado, Lucy. Você está parecendo uma daquelas fadas que seduzem os marinheiros até suas cavernas para roubar o coração deles — respondeu.

Olhei para ele sem saber muito bem do que estava falando.

— São as sereias que fazem isso — riu Lucy. — E não é exatamente assim que acontece.

Olhei para o celular e encontrei uma mensagem de Derek dizendo que estava lá embaixo. Eu ainda não tinha visto sua fantasia, mesmo tendo comprado na mesma loja que eu. Quando descemos, encontrei-o esperando à porta. Ao me ver, ele fez uma reverência e parou à minha frente.

— Por que você está de coroa? — perguntei.

A grande coroa dourada era a única coisa que estava errada, ele estava vestido com uma capa vermelha e uma túnica de malha com o emblema de um leão. — Você é o rei Artur. Era para você ser o Lancelot — disse tentando esconder minha decepção.

— Eu gostei mais da fantasia de rei Artur, até porque Guinevere era sua rainha — respondeu.

— Mas ela estava apaixonada pelo Lancelot — respondi.

Ele estava bonito, a coroa combinava com seu cabelo loiro, e a túnica de malha ressaltava seus músculos. Mas, ainda assim, não era a fantasia certa.

— Mas nós somos casados — insistiu Derek.

Sorri resignada. Não fazia sentido explicar a ele que eu havia lido quase todas as versões de *O Rei Artur* e que Guinevere sempre escolhia Lancelot.

— Artur, seu desgraçado endinheirado — cumprimentou Marcus batendo sua espada contra a de Derek.

— Jack, seu bêbado ingrato — respondeu.

Ambos se comportaram como crianças durante todo o caminho até Van Tassel. As ruas estavam decoradas com abóboras de diferentes tamanhos, talhadas com expressões que iam de engraçadas a assustadoras. A maioria delas continha uma vela no lugar da boca, iluminando o interior da abóbora e dando-lhe certo brilho alaranjado.

Fantasmas, morcegos e teias de aranha se dependuravam das árvores. Eu tinha que admitir que aquilo era um pouco assustador para mim, principalmente as aranhas. Muitas casas tinham até colocado caldeirões ou lápides em seus quintais. Grupos de crianças fantasiadas corriam de uma porta a outra, gritando "gostosuras ou travessuras". Princesas, esqueletos, super-heróis, animais... todos estavam pelas ruas.

Cada criança carregava uma sacola com doces, seu precioso tesouro, e muitas tinham um olhar travesso. Dava pena das casas que não tinham mais doces para dar.

A duas quadras da universidade, encontramos Katelyn Spence. Ela estava com um vestido branco parecido com uma toga e um laço dourado enredado nos cabelos. Deduzi que devia ser alguma personagem grega.

— Eu sou Atena, a deusa da sabedoria — anunciou contente.

Não me surpreendia, no ano passado ela havia se fantasiado de rainha Elizabeth I. Parecia gostar de figuras que expressavam sabedoria e poder.

— Katelyn, você está linda. Ou eu deveria chamá-la de Atena? — disse Marcus.

Katelyn olhou para ele como se nada pudesse deixá-la mais feliz do que partir a garrafa de rum em sua cabeça.

— E você está parecendo exatamente aquilo que você é: um mulherengo — retrucou.

Depois disso, eles não trocaram mais uma palavra durante o caminho inteiro. Lucy e eu tentamos puxar conversa com ela para recuperar seu bom humor. Se ela continuava chateada com o que ele havia feito no ano passado é porque tinha mesmo gostado dele. Dava para entender o que ela e Lucy viam nele, Marc era engraçado e carismático.

A universidade tinha colocado grandes abóboras com sorrisos engraçados na entrada, e uma das quadras cobertas de basquete tinha se convertido em uma pista de dança. Havia todo tipo de figuras macabras penduradas no teto e fantasmas fosforescentes decoravam as paredes.

Alyssa foi a primeira pessoa que encontramos e, ao vê-la junto de Lucy, não restavam dúvidas de que ambas pareciam fadas saídas de um bosque encantado. Marcus olhou-a de cima a baixo e eu sussurrei que o decapitaria com sua própria espada. Ele não podia querer ficar com uma das melhores amigas de Lucy.

Levantou as mãos aceitando a derrota e ficou perto de mim, olhando para os lados.

— Bela fantasia.

Maisy Westwood olhou para o meu vestido com aprovação.

— Obrigada, Maisy. A sua também é — respondi.

Eu não podia dizer que a escolha dela me surpreendeu. Espartilho preto e roxo, saia preta e um chapéu pontudo.

— Maisy, você é a bruxa mais bonita que eu já vi — disse Marc.

Maisy se virou para ele, examinando-o com seus olhos azuis.

— Marcus, você é o quinto pirata que eu vejo hoje — respondeu.

Ela apoiou a mão em seu peito, provocando-o, e, em seguida, se perdeu na multidão.

— Ao contrário do que sinto por Lyn, devo dizer que vou com a cara da Maisy — eu disse.

— E eu devo confessar que há algo intrigante sobre ela — respondeu Marc.

Ficamos ali por um bom tempo, dançando com Derek, Lucy e Alyssa. Como aquela era uma festa organizada pela universidade, supostamente não deveria servir bebidas alcoólicas, mas alguém tinha dado um jeito de colocar para dentro algumas caixas com todo tipo de bebida.

Lucy parecia estar se divertindo, cheguei a vê-la olhando para um cara vestido de príncipe. Encorajei-a a ir falar com ele, mas ela se recusou categoricamente e continuou perto de Alyssa e de mim.

De vez em quando, eu olhava para os lados procurando por Michael, seria impossível distingui-lo entre todas as pessoas sem saber do que ele estava vestido.

Uma menina que reconheci da nossa aula de Teoria da Publicidade, Melissa Walls, veio até Marcus e começou a dançar com ele. Estava vestida de Chapeuzinho Vermelho e levava uma pequena cesta nas mãos.

Havia fantasias realmente engraçadas, três meninos que eu não conhecia estavam vestidos de Smurfs. Estavam com o corpo inteiro pintado de azul, shorts brancos e gorrinhos hilários. Eu tinha certeza que assim que Marc os visse se arrependeria de não ter se vestido como eles.

A música ficou mais lenta e nos deu um respiro. Eu precisava de um pouco de água ou de alguma coisa para me refrescar, mas nada com álcool, definitivamente.

— *Milady*.

Um arrepio percorreu o meu corpo só de escutar a voz dele. Virei para trás e lá estava Michael, ou melhor, Lancelot. Olhei para ele estupefata, sem saber se podia confiar em meus olhos.

A fantasia era simples. O tecido das calças era escuro e parecia desgastado, como o de um cavaleiro, vestia uma bata de linho, com um escudo bordado de um dos lados. A espada na cintura dele parecia de verdade, ou pelo menos era mais realista que a de Marcus e Derek. Não era preciso colocar em palavras o quão bonito ele estava.

— Lancelot — respondi.

Derek veio para o meu lado.

— Você é o primo da Lyn — disse.

— Michael Darmoon — respondeu sem estender-lhe a mão.

Eu não sabia se era só impressão minha, mas a tensão entre nós parecia palpável.

— Você é o Lancelot? — perguntou Derek. — Isso é que é coincidência.

— Não, não é. Eu vim roubar a sua rainha — rebateu.

Meu corpo endureceu e as palavras fugiram da minha boca.

O que ele estava fazendo? Derek olhou para ele atônito, sem saber se estava brincando ou falando sério.

O silêncio se tornou incômodo apesar da música de fundo. Lucy e Alyssa olhavam de Michael para Derek como se estivessem assistindo a um filme de suspense.

— Eu pessoalmente sempre gostei mais de coroas do que de espadas.

Lyn apareceu atrás de Michael, dirigindo suas palavras a Derek, que relaxou a expressão do rosto, quebrando a tensão que havia ali.

— Uau, Madison, não havia um vestido mais longo? — ela me perguntou.

— Não, assim como você não encontrou um mais curto — rebati.

O vestido dela era preto com um espartilho similar ao de Maisy, só que ainda mais acinturado. A maquiagem em seu rosto era verde e cheia de glitter, mas não tinha ficado engraçada nem assustadora, ela tinha conseguido que ficasse sexy. Os lábios vermelhos também ajudavam. E é claro que ela também tinha um chapéu com ponta e uma vassoura.

— Deixe-me adivinhar. Bruxa? Devo dizer que prefiro a da Maisy — eu disse.

— É melhor do que ser uma camponesa — rebateu Lyn. — Eu sou a bruxa má do oeste.

Soltei uma risada e ela olhou para mim irritada.

— De *O mágico de Oz*! — exclamou Lucy.

— Isso mesmo — disse Lyn.

Michael olhou para mim, mas desviei a minha atenção. Era impossível esconder como eu me sentia quando ele me olhava daquele jeito.

— É uma boa fantasia — disse Derek.

Lyn sorriu, batendo seus cílios de maneira sedutora. Eu não estava no direito de ficar com ciúmes, mas Derek ainda era o meu namorado. Ver alguém flertando com ele na minha frente não me agradava nem um pouco. Principalmente se esse alguém fosse Lyn.

— Vamos pegar alguma coisa pra beber — eu disse a Derek em voz baixa.

Um grupo de meninos que estava no time de hóquei com ele gritou seu nome e o chamou com um gesto. Derek me disse que voltaria com refrescos e se juntou a seus amigos.

Quando me virei, Lyn não estava mais ali. Aproximei-me de Michael e o encarei esperando algum tipo de explicação.

— Você é mesmo uma miragem — disse.

Senti um calor no rosto e me esforcei para ignorá-lo, não era o momento para ficar vermelha.

— Por que você está fantasiado de Lancelot? — perguntei.

— Porque ele está apaixonado por Guinevere — respondeu como se fosse óbvio. — E ela por ele, todo mundo sabia que ela amava Lancelot e não Artur.

Todo mundo menos Derek.

— Como você sabia qual era a minha fantasia?

Ele olhou para mim como se a resposta também fosse óbvia.

— Marcus — retruquei irritada.

— Não, eu perguntei pra Lucy. Não é justo que você sempre fique brava com ele — respondeu.

Lucy? Por que ela não tinha me contado? E por que meus amigos estavam ajudando Michael? Eu não podia confiar em ninguém.

— O que você disse para o Derek foi inapropriado — eu disse.

— Não muito, é a verdade — replicou. — Você precisa terminar seu namoro com ele.

Sob as luzes seu cabelo ficava ainda mais loiro. E o modo como caía sobre a bata o fazia parecer um guerreiro enviado pelos anjos, forte e celestial.

— Por que você é tão arrogante?

Ele me respondeu com seu sorriso comedido.

— Não gosto que me digam o que tenho que fazer — continuei.

Ele deu um passo, acabando com a distância entre nós. Temi que ele tentasse me beijar, mas não o fez. Manteve-se perto, mas sem me tocar.

— Você sente alguma coisa por mim? — perguntou.

— Sinto.

Respondi sem pensar e sem ter consciência do que dizia. Se fosse para ser sincera comigo mesma, não havia muito o que pensar.

— Eu quero estar com você e pra isso você tem que terminar com ele.

Assenti com a cabeça. Marcus gritou o meu nome e sacudiu a mão no ar acenando para mim. Ele continuava dançando com Melissa e parecia contente, provavelmente graças à garrafa de cerveja em sua mão.

Acenei de volta e procurei Lucy, ela tinha se afastado com Alyssa e eu a havia perdido de vista.

— Eu vou terminar — disse a Michael.

Abri caminho em direção à mesa de bebidas e encontrei uma caixinha de suco. Estranho, mas conveniente. Eu não queria fazer nenhuma besteira, o que significava que não devia beber nada com álcool.

Esperei ali um tempo, tentando avistar Derek. Reconheci um de seus amigos, mas não havia rastros dele. Maisy passou perto de onde eu estava, caminhando ao lado de um garoto vestido de Drácula. Atrás dela vinha Lucy com o príncipe. Não dava para enxergar muita coisa, mas vi que ele tinha cabelos claros e que sua fantasia era muito realista. Era o tipo de fantasia que se alugava, pois seria muito caro comprá-la. Lucy olhava para ele com uma expressão que há tempos eu não via nela. Parecia nervosa, mas entusiasmada.

O príncipe mantinha uma distância prudente e parecia interessado, observei-os por alguns minutos e, durante esse tempo, ele não parou de olhar para ela.

Eu estava considerando chegar um pouco mais perto para vê-los melhor quando a caixinha de suco que tinha nas mãos se derramou sobre mim, manchando uma das mangas do vestido. Olhei para a caixa sem entender, era como se alguém a tivesse apertado fazendo o suco espirrar para fora.

Apoiei-a sobre a mesa, soltando um palavrão. Eu estava segurando sem fazer pressão, não entendia.

Fui atrás de um banheiro, rezando para a mancha sair. Quando cheguei no corredor, encontrei Maisy parada em frente a uma das portas, atrás dela estava a placa indicando o banheiro feminino.

— Maisy, você acha que essa mancha de suco sai? — perguntei.

— Não sei, mas se eu fosse você não entraria aí.

Não havia maldade em sua voz, mas também não parecia amistosa, e sim séria. Era mesmo o tom de uma advertência. Afastou-se sem dizer mais nada e eu a perdi de vista.

O que ela tinha? Me perguntei se tinha alguma coisa estranha acontecendo lá dentro, talvez alguém fazendo sexo. Era melhor que não tivesse, porque eu não podia deixar a mancha secar.

Abri a porta e fiquei estática ao ver a cena à minha frente. Lyn estava beijando alguém contra a parede do banheiro e esse alguém era Derek. O corpo de Lyn estava praticamente em cima do dele e estava beijando-o sem nenhum tipo de ressalva.

— O que é isso?! — gritei.

Senti ira, fúria e um forte impulso de pular no pescoço de Lyn e acabar com ela. Derek se afastou dela e olhou para mim como se fosse um animal ferido.

— Madi, desculpa, não sei como aconteceu... — levou as mãos à cabeça sem saber o que fazer. — Desculpa.

Dei um passo para trás, voltando para a porta. Lyn sorriu inocentemente, como se aquilo fosse um mal-entendido.

— Você é perversa e vulgar, Lyn. Se chegar perto de mim de novo, vai se arrepender — ataquei.

Saí do banheiro e fui depressa para a pista. Eu me sentia traída e com vontade de chorar, mas o pior de tudo era o fato de eu não ser exatamente inocente. Não era justo ficar tão brava com Derek se eu tinha feito a mesma coisa com ele. Se bem que a situação era outra, eu jamais beijaria Michael estando em uma festa com Derek. E depois tinha Lyn, eu sabia que ela era atrevida, mas não imaginei que faria algo assim. Achei que só flertava com Derek para me provocar.

Michael atravessou o meu caminho e me pegou pelo braço.

— Você está bem? Conversou com o Derek? — perguntou.

— Ele estava muito ocupado beijando a sua prima no banheiro — respondi.

Ele me olhou por um momento e logo vi em seu rosto que ele já tinha entendido tudo.

— Lyn.

— Isso, Lyn. Estava em cima dele como se fosse seu namorado e não o meu — disse.

Ele apoiou a mão em meu ombro mantendo uma expressão neutra.

— Eu sinto muito. — Fez uma pausa e acrescentou — Mas pelo menos isso torna as coisas mais fáceis.

— Não, eu não queria que nós terminássemos desse jeito.

— Quer que eu a acompanhe até em casa?

Ofereceu-me sua mão como o perfeito cavalheiro do qual estava fantasiado.

— É melhor eu voltar sozinha, preciso processar o que está acontecendo — respondi.

Derek veio correndo e parou ao me ver. Ver seu rosto fez ressurgir aquela profunda mescla de raiva e tristeza. Olhou para mim suplicante, sem coragem de chegar mais perto.

— Madi, não vai embora. Vamos procurar um lugar tranquilo e conversar — disse.

Tinha a voz insegura e o olhar aflito. Dava para perceber que me ver assim lhe doía.

— Eu quero sair daqui, podemos conversar lá fora — eu disse.

Ele assentiu, com uma sombra de esperança no rosto. Olhei ao redor, procurando Marcus e Lucy, mas não encontrei nenhum dos dois. Alyssa também não estava por ali.

— Michael, você pode cuidar para que Lucy não volte sozinha, por favor?

— Claro.

Olhou para mim querendo dizer mais alguma coisa, mas se conteve. Me despedi dele e fui para a saída, com Derek logo atrás de mim. Eu não sabia direito o que dizer nem como a conversa terminaria. A única coisa que eu sabia era que seria o fim de algo que tinha significado muito para mim. E que em momento algum eu imaginei que terminaria.

Dia dos mortos

Caminhamos em silêncio até a saída da universidade e eu me sentei em um dos degraus, virada para a rua. Não havia mais ninguém ali, só nós dois e as abóboras decorativas. Respirei lentamente, esperando que isso me ajudasse a manter a calma. Derek continuou de pé, nervoso, andando de um lado para o outro.

Nenhum de nós parecia querer ser o primeiro a falar. Eu estava me esforçando para lembrar que eu também tinha beijado outra pessoa, mas ao mesmo tempo estava enfurecida, era tudo muito confuso.

O barulho da música estava muito distante e não havia uma alma viva caminhando pela rua, o que somava tensão àquela situação.

Me concedi um último momento de tranquilidade e comecei a falar, decidida a contar a verdade a Derek sobre o que estava acontecendo.

— Eu odiei o que vi, mas eu não estou na posição...

— Desculpa! — exclamou Derek me interrompendo.

Eu quis continuar, mas ele levantou uma mão me pedindo para esperar.

— Eu estava com os meus amigos e Lyn veio com dois copos de cerveja. Conversamos um tempo e ela perguntou se eu podia acompanhá-la ao banheiro porque ela não queria ir sozinha. Eu sabia que ela estava dando em cima de mim, mas achei que não fazia mal em acompanhá-la.

Ele fez uma pausa ao ver o meu rosto, mas continuou.

— Eu não ia entrar com ela! Eu ia voltar para a festa e...

Ficou em silêncio por alguns instantes, pensando como continuar seu relato.

— Derek...

— A Lyn me beijou e... e... eu não a impedi. Ela me empurrou pra dentro do banheiro e o resto você já sabe. Sei que errei e que não devia ter deixado ela me beijar. Eu também não devia ter retribuído. Eu estou realmente arrependido, Madi! Você não faz ideia do quanto estou arrependido — disse.

Seu rosto empalideceu um pouco e me olhou com uma expressão que ia além do nervosismo.

— Por que você não está gritando e ameaçando me matar? — perguntou um pouco inseguro.

— Eu estou brava e triste e o que eu vi me machucou, mas não estou na posição de... Eu não sou exatamente inocente. Ontem, depois que você saiu com o seu irmão, eu fui ao bar onde Marc estava ensaiando com a banda — disse. — Michael estava lá e me beijou.

Sua expressão mudou completamente.

— Michael Darmoon? Ele beijou você? — falou em voz tão baixa que mal pude ouvir.

— Eu não o impedi, assim como você fez com a Lyn, eu deixei ele me beijar. — Fiz uma pausa e acrescentei — Mas você não estava lá, não estávamos em uma festa juntos.

Derek se sentou na outra ponta da escadaria, sem palavras. Aguardei em silêncio, esperando ele dizer alguma coisa ou dar algum sinal de que queria continuar conversando.

— O que está acontecendo com a gente? — perguntou finalmente.

— Eu não sei. Tenho me sentido distante de você e estaria mentindo se dissesse que não sinto nada por Michael — disse.

Silêncio. Ele tirou a coroa que levava na cabeça e jogou para longe. Eu queria dizer a ele que eu me arrependia daquele beijo, mas não podia, não era verdade.

— Eu sabia que não ia com a cara dele, nunca gostei do jeito que ele olha pra você — disse, mais para si mesmo do que para mim. — Eu deveria dar uma bela surra naquele garoto.

Virei para ele, pronta para impedi-lo de fazer alguma coisa, mas felizmente ele não se moveu de onde estava. Em vez disso, olhou para mim e se aproximou um pouco, colocando sua mão sobre a minha.

— Eu não quero te perder, Madi. Não sei o que aconteceu com a gente, não entendo por que estamos beijando outras pessoas. Eu quero consertar isso — disse.

Levou sua outra mão ao meu rosto. Seus olhos verdes escondiam muitas emoções, eu sabia que ele estava bravo comigo, mas sua própria culpa parecia prevalecer. Pelo menos, ele não havia presenciado o beijo que Michael me deu. Aquela cena no banheiro me atormentaria por muito tempo.

— Eu te amei e só tenho boas lembranças do tempo que passamos juntos — parei reconsiderando. — Exceto essa última cena. É só que... eu não te amo mais do mesmo jeito que antes.

Sua expressão de dor fez com que eu me sentisse mal, muito mal.

— Você também não sente mais a mesma coisa, nós quase não temos feito nada juntos nas últimas semanas.

— Você não sabe como eu me sinto — retrucou Derek. — Eu andei ocupado, mas isso não significa que tenha deixado de te amar. Pensei que podia dedicar mais tempo a outras coisas porque achava que as coisas entre nós estavam bem.

Desta vez ele me encarou irritado, seus olhos estavam marejados.

— Talvez tenha sido esse o meu erro: achar.

— Desculpa... — murmurei.

Eu não sabia o que fazer. Afastava a minha mão da dele? Deixava ali?

— Meu Deus, eu estava me sentindo um cretino pelo que aconteceu com a Lyn, mas, na verdade, é você que, está me machucando — disparou.

Ficou de pé e deu alguns passos para longe. Parecia tão fora de si que ziguezagueou pela rua sem saber o que fazer.

— Eu não escolhi me sentir desse jeito, simplesmente aconteceu — eu disse.

Eu não queria chorar, fiz um esforço para conter as lágrimas e guardar tudo o que eu estava sentindo.

— Ele tem perseguido você durante todo esse tempo, não tem? Aproveitando as horas em que eu não estou com você — disse furioso. — Eu deveria ir atrás desse cretino metido e bater nele até ele esquecer o próprio nome.

Olhei para ele assustada, temendo que ele realmente fizesse isso.

— E o desgraçado ainda veio vestido de Lancelot!

— Derek, você precisa se acalmar — disse suavemente.

Eu me aproximei dele, mas não nos encostamos, só fiquei ali, olhando para ele. Esperava que meus olhos expressassem como eu me sentia mal por estar machucando-o, como era horrível perdê-lo.

— Não quero continuar essa conversa — disse ele com frieza.

— Está bem.

Ele soltou um grunhido que destilava frustração.

— Quer que eu a acompanhe até em casa? — perguntou.

Uma lágrima enfim escapou, escorrendo pelo meu rosto. Até bravo, Derek continuava fazendo a coisa certa, essa era uma das coisas que eu sempre tinha gostado nele.

— Não precisa, eu vou ficar bem — respondi.

Eu sabia que era melhor não fazer isso, mas não pude evitar. Dei um passo em sua direção e o abracei, apertando meus braços contra suas costas.

Derek me devolveu o abraço e apoiou o queixo na minha cabeça.

— Meu Deus, Madi. Eu odeio tudo isto — disse com a voz fraca.

Ficamos assim por um tempo até que ele me soltou lentamente e, depois de olhar para mim uma última vez, me deu as costas e voltou para a universidade. Esperei até perdê-lo de vista e soltei um soluço. O som saiu sufocado, acabando com o silêncio tranquilo da noite.

Voltei andando e fiz tudo o que se deve fazer depois de um término de namoro: comprei sorvete e deitei na cama, liberando toda a angústia que tinha reprimida no peito desde o dia anterior.

Quando Lucy chegou, meu quarto já era uma bagunça de lenços de papel. Titânia estava sentada ao meu lado, lambendo o que restava no pote de sorvete. E era bem pouco, já que eu havia comido praticamente o pote inteiro. Eu nem sabia direito por que estava chorando, uma parte de mim se sentia bem, já que agora eu estava livre para ficar com Michael, mas a outra ainda estava se despedindo de Derek.

O zumbido do despertador era alto e torturante, estendi o braço até o celular para desligá-lo. Eu não pretendia sair da cama e definitivamente não iria à aula. Eu me sentia cansada e minhas pálpebras estavam um pouco inchadas. Tinha esquecido como era horrível chorar no meio da noite, isso não acontecia desde quando o meu primeiro namorado terminou comigo.

Dava para ouvir a Lucy na cozinha, passou um tempo até que sua cabeça apareceu no vão da porta e ela entrou com uma bandeja.

— Eu trouxe café da manhã — disse.

Girei para o lado, enterrando o rosto no travesseiro.

— Imagino que você não vá à aula hoje...

Neguei com a cabeça.

— Se eu te deixar sozinha você promete que não vai atrás da Lyn?

Levantei os olhos. Lucy me olhava insegura, aparentemente ela não achava que me deixar ali sozinha era uma boa ideia.

— Se você tivesse visto a cara dela, estaria me ajudando a enterrar o cadáver daquela garota. Era como se ela estivesse orgulhosa do que estava fazendo — eu disse irritada.

— Se você ainda estivesse apaixonada pelo Derek, eu te ajudaria a sequestrá-la e... e fazê-la se arrepender do que fez. Mas a verdade é que você não está, está gostando do Michael — disse Lucy, sensata.

Ela tinha razão.

— Não sei o que aconteceu comigo ontem, foram muitas emoções ao mesmo tempo. — Fiz uma pausa e olhei para ela. — Mas e você? Eu vi você dançando com um príncipe.

Lucy abriu um leve sorriso.

— O nome dele é Ewan. Adorei conhecê-lo.

— E...

Olhei para ela ansiosa.

— E ele era mesmo como um príncipe, atento e com um sotaque britânico — respondeu.

— Vocês se beijaram? — perguntei animada.

— Não, eu mal o conheço e ele é um pouco mais velho. Além disso... — Ela parou pensativa. — Eu preciso de mais tempo para conseguir ver o Marcus como um amigo, eu ainda...

— Eu sei — eu a interrompi.

Lucy deixou a bandeja e saiu para não se atrasar. Comi em silêncio e decidi que não passaria o resto do dia me lamentando na cama, ainda mais se eu nem sabia o motivo de tanta lamentação.

Me troquei e, depois de ajeitar um pouco o quarto e guardar fotos e outras coisas de Derek que eu tinha ali, fui para o apartamento de Marcus. Achava muito difícil que ele tivesse conseguido acordar para ir à aula, não sabia exatamente que horas ele havia voltado da festa, mas tarde era uma aposta segura.

Eu estava prestes a bater à porta quando ela se abriu de repente e me deparei cara a cara com Melissa Walls. Ela estava com o vestido de Chapeuzinho Vermelho da noite anterior e sua expressão logo passou de surpresa para envergonhada.

Ela me cumprimentou rapidamente e apertou o passo até o elevador, sem dizer mais nada.

Se Marc havia passado a noite com ela, dificilmente estaria acordado. Fechei a porta de seu apartamento, aliviada por Melissa ter cruzado comigo e não com Lucy.

Eu não queria ir à aula e também não queria ficar em casa, então sair para caminhar pareceu uma boa alternativa. Fui andando em direção ao parque onde costumava correr, era um lugar tranquilo e um pouco de verde me faria bem.

Estava atravessando a rua quando um carro tocou a buzina, chamando a minha atenção. Michael abaixou o vidro e encostou o carro. Seu cachorro, Dusk, estava sentado no banco de trás com sua enorme cabeça para fora da janela.

Cheguei mais perto e só de ver o rosto de Michael não pude evitar sorrir.

— Você não deveria estar na aula? — perguntou.

— Você também — respondi.

Seus lábios abriram um sorriso despreocupado.

— Estou indo visitar a minha família, vai haver uma comemoração e eu tenho que estar lá — disse.

— Você está indo a Danvers?

— Não, Salém — respondeu. — Minha mãe é responsável pelo Museu de História de Salém e a reunião vai ser lá.

Olhei para ele e assenti. Não queria que ele fosse embora, mas também não conseguia pensar em nada para dizer.

— Dirija com cuidado.

Eu já ia sair andando quando Michael pegou na minha mão, que estava apoiada na janela.

— Madison, espere. — Fez uma pausa, como se estivesse refletindo sobre alguma coisa. — Você gostaria de vir comigo? A reunião é só à noite, podemos passar o dia juntos. Eu te mostro Salém e à tarde te deixo na estação, são só trinta minutos de trem. Isso se você não se incomodar de voltar sozinha.

A sua mão estava quente sobre a minha.

— Tudo bem.

Aceitei sem pensar. Dei a volta e sentei no banco do passageiro. Foi só depois de colocar o cinto de segurança e Michael arrancar o carro que parei para pensar o que implicava ir com ele. Por que eu tinha aceitado? Comecei a tomar consciência de mim mesma, de como estava vestida, do que seus pais pensariam se me conhecessem. Eu vestia uma calça branca e uma blusa cinza, mas pelo menos a blusa tinha pequenas lantejoulas nas mangas, um detalhe feminino.

— Como terminaram as coisas ontem? — perguntou Michael. — Pensei em ligar para você, mas não queria tornar tudo pior caso ainda estivesse com ele.

Sua voz ganhou um tom depreciativo ao dizer a última palavra.

— Não terminaram muito bem, eu contei sobre você e sobre o nosso beijo. Derek estava bem bravo, é melhor você ficar longe dele, por via das dúvidas — disse.

Michael soltou um riso seco.

— Eu quero ver ele tentar fazer alguma coisa — respondeu parecendo confiante.

— Derek joga no time dos Puffins, ele é forte e, mais importante de tudo, tem um taco de hóquei — eu disse.

Ele me olhou de soslaio, sem ligar para o que eu dizia.

— Não quero ver você brigando com ele, Michael — adverti.

— Espero que ele não tenha sido duro com você, ainda mais se ele também andou beijando a Lyn — disse.

Só de escutar aquilo revivi a cena na minha memória, podia vê-los nitidamente contra a parede do banheiro. Sacudi a cabeça para me livrar da lembrança.

— Por favor, me diz que a Lyn não vai estar lá — implorei.

Michael continuou olhando para a estrada, mas sua expressão o entregou.

— Vou mantê-la longe de você — prometeu.

Pegou a minha mão e a apertou entre seus dedos. Isso fez com que eu me sentisse melhor, como se aquele simples gesto fosse capaz de tirar um peso do meu peito.

— Me conte alguma coisa sobre você que eu não sei — disse Michael.

— Como o quê?

— Você tem irmãos? — perguntou.

— Sim, a Celina. A gente a chama de Lina, tem quinze anos. E você?

— Um irmão mais velho — respondeu.

Eu me senti um pouco envergonhada da minha próxima pergunta, porque era algo que eu supostamente já devia saber desde as primeiras semanas.

— Quantos anos você tem? — perguntei.

Michael riu um pouco, deve ter pensado o mesmo que eu.

— Vinte e três — respondeu. — E você fez vinte há pouco tempo, no dia sete de agosto.

Encarei-o.

— Foi o Marc?

— A Lucy.

Aparentemente, fazer perguntas sobre mim aos meus amigos havia virado um hábito.

— A que horas você nasceu? — perguntou.

— Quê?

Que tipo de pergunta era aquela?

— A que horas você nasceu? Isso diz muito sobre uma pessoa — disse Michael de forma descontraída.

— O que você é? Um astrólogo ou algo do tipo?

Michael olhou para mim e depois para a estrada, dava para ver em seu rosto que ele estava se divertindo.

— Eu nasci de noite, às onze ou meia-noite. Minha mãe sempre diz que foi a noite mais longa da vida dela.

Sua expressão mudou um pouco, como se estivesse satisfeito.

— O que...

Não terminei minha pergunta porque Dusk meteu a cabeça entre os assentos e começou a me cheirar. Isso me deixou um pouco tensa, seus olhos eram escuros e ele parecia um pouco feroz. Era a primeira vez que chegava tão perto de mim.

Depois de me farejar por um tempo, lambeu minha bochecha e voltou para o banco de trás.

— Ele vai com você a todos os lugares? — perguntei.

— Não a todos, mas eu gosto de tê-lo por perto. Ele é o meu fa... — Ele se deteve. — Meu parceiro.

Ficamos um tempo calados antes de recomeçar a conversa. Eu realmente esperava não me encontrar com Lyn, se isso acontecesse nós não estaríamos dentro da universidade, o que significava que eu podia insultá-la ou até brigar com ela sem nenhum tipo de punição. A não ser que a família do Michael estivesse por perto, porque seria difícil causar uma boa impressão se eles me vissem esbofeteando sua prima.

A paisagem ficou diferente e pude avistar um povoado a distância. Salém era interessante, muito mais interessante do que uma aula de História da Arte, que era onde, supostamente, eu deveria estar.

— É provável que você veja muitas velas e coisas que ache estranhas, além de uma excessiva quantidade de decorações de Halloween — disse Michael. — A comemoração no museu é pelo Dia dos Mortos.

Olhei para ele para ver se estava falando sério.

— Hoje é Dia dos Mortos?

— É uma comemoração que dura dois dias. Hoje, primeiro de novembro, os espíritos daqueles que morreram podem vir ao nosso plano visitar suas famílias. É o dia do ano em que mais se sente a presença deles. E amanhã, as pessoas levam flores ou oferendas a suas tumbas para se despedirem mais uma vez e desejarem que tenham paz.

Eu já tinha ouvido falar sobre o Dia dos Mortos, mas nunca havia conhecido alguém que o celebrasse. Parecia estranho pra mim, mas ao mesmo tempo natural. Se os espíritos realmente existiam, coisa que eu duvidava, era bom terem um dia em que pudessem se reunir com seus entes queridos.

— Eles só podem entrar em contato com suas famílias? Ou com alguém que eles não conheceram também? — perguntei.

Eu não acreditava naquilo, mas não pude deixar de sentir curiosidade.

— Depende do espírito, a maioria só consegue se comunicar com pessoas que conheceu em vida. Mas alguns deles, os que morreram de forma violenta ou possuem uma carga emocional muito forte, podem ser notados por pessoas desconhecidas.

Não gostei de escutar aquilo.

— Chegamos — disse Michael.

Olhei pela janela. O lugar parecia singular, com casas cuidadas e muitas árvores e espaços verdes.

— O que você acha?

— Achei que seria mais sombrio — respondi.

Michael sorriu, todo mundo devia pensar a mesma coisa. Passamos por uma ruazinha com vários cafés e lojas, a maioria decorada com abóboras e fantasmas. Viramos ao final da rua e paramos em frente a uma casa grande e antiga. Tinha uma aparência envelhecida, apesar de a pintura branca parecer nova. Na porta principal, uma placa de madeira dizia "Museu de História de Salém", com uma bruxa voando em uma vassoura talhada ao lado.

— Chegamos — disse Michael.

Desde que o conheci, essa era a primeira vez em que ele parecia um pouco nervoso. Abriu a porta para mim e depois para Dusk. O cachorro enorme pulou do carro e se sacudiu todo.

Michael estava com uma camiseta e um casaco preto, o que me levava a pensar que meus jeans brancos não tinham sido uma boa escolha.

— Eu deveria estar vestida de preto? — perguntei.

— Não, o preto é para a comemoração da noite. Você está bem assim — assegurou-me.

Seus olhos se detiveram em mim, ele não estava só olhando minha roupa, mas se concentrando em cada detalhe do meu corpo. Senti meu coração acelerar, consciente de cada batida no meu peito.

Michael me tomou em seu braços e me prendeu em um beijo. Sua mão pousou na minha cintura, puxando-me mais para perto dele, e seus lábios brincaram com os meus. Levantei a cabeça em direção a ele, devolvendo o beijo. Já não havia nenhuma parte de mim me impedindo de fazer aquilo. Nenhuma vozinha me lembrando de Derek.

Pensei ter ouvido um latido que vinha de longe. Era como se eu não pudesse escutar outra coisa além da respiração de Michael.

Seus dedos acariciaram meu rosto, suaves e leves como uma pluma. Era impressionante como ele podia ser tão delicado e me beijar de forma tão apaixonada ao mesmo tempo.

— Michael.

Ele se afastou de mim como se alguém tivesse atirado alguma coisa nele. Uma senhora nos observava da escadaria do museu, uma senhora que eu rezava para não ser a mãe dele.

— Mãe — disse Michael recobrando a compostura. — Desculpa, eu não sabia que você estava aí.

Concentrei meus esforços para não deixar a vergonha que eu estava sentindo tomar conta do meu rosto. Eu estava de calças brancas no Dia dos Mortos e ela tinha me visto beijar seu filho. Ela iria me detestar.

— As luzes lá de dentro começaram a piscar e então eu saí para checar a caixa de fusíveis, mas vejo que não era esse o problema — disse a mulher.

Olhei para ela sem entender.

— Eu devia ter te avisado que viria acompanhado — respondeu Michael um pouco envergonhado.

Sua mãe sorriu de maneira afetuosa. Era uma mulher elegante, com cabelos loiros na altura dos ombros cuidadosamente penteados e um discreto vestido preto. Ela se parecia um pouco com Michael, mas não muito.

— Madison, esta é a minha mãe, Rebeca Darmoon — disse Michael nos apresentando. — Mãe, esta é Madison Ashford.

Ela me cumprimentou com cordialidade e me estudou minuciosamente.

— Que bom conhecer você, Madison — disse Rebeca.

— É um prazer. Sinto muito por você ter presenciado... hum... — Fiz uma pausa sem saber o que dizer. — Oi.

Pude ver Michael abafar o riso.

— Não foi nada, vocês são suficientemente adultos para expressar seu afeto dessa maneira — respondeu.

Fiquei calada por medo de acabar dizendo alguma coisa idiota de novo.

— É a sua primeira visita a Salém? — perguntou-me.

— É sim. — Fiz uma pausa e acrescentei — Eu não sabia que hoje era Dia dos Mortos, senão teria me vestido de outra forma.

Me arrependi assim que terminei de dizer as últimas palavras, eu acabara de admitir que ignorava a data de uma comemoração que eles consideravam importante.

— Aqui em Salém este tipo de feriado tem um peso maior que em outros lugares — replicou Rebeca. — De onde você é?

— De Nova York, mas estou morando em Boston. Frequento a Van Tassel, foi lá que conheci Michael — respondi.

A mulher assentiu com uma expressão compreensiva, como se isso explicasse tudo. E, de certo modo, explicava, em casa nós nunca comemoramos o Dia dos Mortos, só o Halloween.

— Você não quer entrar e espiar a sala principal? Daqui a pouco o Michael e eu entramos — disse.

— Tudo bem.

Olhei para o Michael e comecei a subir as escadas, aliviada por ter um momento sozinha. Eu não tinha certeza se havia causado uma boa primeira impressão. E essa era uma sensação nova para mim, eu só havia visto os pais de Derek em duas ou três ocasiões, mas não tinha dúvidas de que haviam gostado de mim.

A sala em que eu entrei era ampla e tinha todo tipo de coisas relacionadas à bruxaria: vassouras, caldeirões, pequenos animais dissecados. Nas paredes, havia diferentes imagens que retratavam os julgamentos de Salém. Na maioria delas via-se uma mulher chorando na tribuna, sendo julgada por um juiz de aparência tétrica e uma multidão irritada. Seus rostos estavam estampados de reações furiosas, que transmitiam medo e violência.

Andei um pouco mais até quase bater de frente com uma vitrine que guardava um pergaminho. Nele estavam anotados os nomes daqueles que haviam sido sentenciados à morte por praticar bruxaria: Bridget Bishop, Rebecca Nurse, Sarah Good, Elizabeth Howe, Sarah Wildes. A maioria era mulher, mas também havia alguns homens. Pessoas inocentes que morreram em razão de uma paranoia da época.

Continuei percorrendo a sala e topei com uma mesinha com uma pilha de panfletos. A caricatura de uma bruxa explicava alguns fatos históricos das coisas expostas no museu. Era difícil levar aquele folheto a sério, já que a bruxa tinha pele verde e parecia um desenho animado.

— Achou interessante?

Levantei a cabeça e encontrei Michael e sua mãe me observando.

— Sim, senhora Darmoon — respondi.

— Você pode me chamar de Rebeca.

Ela sorriu levemente, isso era um bom sinal.

— Me diga, Madison. Como você imagina uma bruxa? Como aquele desenho do panfleto, talvez? — ela me perguntou.

— Honestamente, eu nunca tinha pensado nisso. Acho que com o chapéu e a vassoura, mas com uma pele como a minha, não verde — respondi.

Rebeca olhou para mim com uma expressão séria.

— Tudo o que eu vi aqui sugere que as mulheres que foram acusadas eram inocentes, vítimas da...

— Da repressão e da paranoia da época. Acusadas falsamente de lidar com o diabo — terminou Rebeca por mim.

Ela me levou para conhecer o resto do museu. Michael permaneceu ao meu lado e, de vez em quando, me dava alguma explicação quando sua mãe não o fazia. Era um museu estranho, por um lado tinha muitas coisas interessantes, mas por outro fazia referências às bruxas como se fossem parte de um conto infantil.

Era desconcertante, é claro que eles não acreditavam que as bruxas haviam sido reais. No entanto, a forma como Michael falava sugeria o contrário.

— E aqui termina a nossa exposição — disse Rebeca.

Saímos da sala e entramos em outra, onde vendiam camisetas e gatos pretos e ratos de pelúcia.

— É um lindo museu, obrigada pela visita guiada — eu disse.

Passei os olhos pelas estantes, analisando as outras coisas que eles vendiam. Lápis com um chapéu pontiagudo na ponta, cartões-postais, garrafas de cores fluorescentes. Uma pequena bola de cristal me chamou a atenção e a apanhei, segurando-a entre as mãos.

— É para adivinhar o futuro? — perguntei a Michael.

— Não exatamente — respondeu.

Rebeca fez um gesto para que eu lhe entregasse a bola e, depois de segurá-la nas mãos por alguns segundos, devolveu-a para mim. Olhei para o objeto e tentei manter uma expressão séria, e não cética.

O cristal foi ficando azul-claro e depois foi escurecendo gradualmente até ficar da cor do céu noturno, escuro e estrelado. Dava até para ver as nuvens que ocultavam uma lua cheia. Michael e Rebeca trocaram olhares.

— Isso é impressionante. Como a senhora fez isso? — perguntei.

Rebeca olhou para mim como se estivesse pensando em uma resposta.

— Ela muda de cor com a temperatura, suas mãos devem estar mais frias do que as minhas — respondeu finalmente.

Sua voz era séria, mas algo em sua expressão fez com que eu me sentisse como uma turista crédula.

— Vem aqui comigo um minuto, Michael. Depois você pode levar a Madison à loja do seu pai. Tenho certeza que ele vai gostar de conhecê-la — disse Rebeca.

Michael seguiu sua mãe para fora da sala. Sentei em uma cadeira que havia em um canto da sala para esperar por ele. Sua mãe parecia severa, mas também amorosa, me perguntei como seria seu pai. Como eu tinha ido parar ali? Eu já estava conhecendo seus pais e nós nem éramos namorados, não podíamos ser, eu tinha terminado com Derek na noite anterior. Eu me senti como essas meninas fáceis que trocam de namorado com a mesma facilidade com que trocam de roupa.

Ouvi vozes e me virei para ver quem era. Uma menina e um menino estavam passeando pela outra sala, mas não conseguia vê-los direito porque estavam um pouco longe.

— Madison.

Maisy entrou na lojinha onde eu estava e me olhou surpresa.

— Oi — cumprimentei de má vontade.

— O que você está fazendo aqui? — perguntou.

— O Michael me convidou — respondi.

Estava um pouco irrequieta, então fiquei de pé. Se Lyn entrasse por aquela porta, eu não sabia o que seria capaz de fazer. Maisy percebeu minha reação e me assegurou:

— A Lyn não está comigo, ela vem só mais tarde.

Aquilo me tranquilizou.

— Você podia ter me parado — eu disse. — Ontem, você podia ter evitado que eu entrasse naquele banheiro.

— Eu te avisei — respondeu Maisy.

Ainda assim eu estava chateada com ela, poderia muito bem ter me poupado daquela cena horrenda.

— Você está aqui com o Michael. Preciso dizer mais?

Maisy me encarou levantando as sobrancelhas, como se eu já não tivesse o direito de reclamar. Ela havia prendido o cabelo em um penteado que deixava à mostra sua mecha rosa. De algum modo ela sempre conseguia ter um ar glamoroso, assim como Lyn sempre estava sexy.

— Não — respondi.

A menina na outra sala acenou para Maisy, cumprimentando-a, e deteve seus olhos em mim.

Ela usava um vestido longo preto e tinha um estilo gótico. O menino ao lado dela estava de costas observando alguma coisa.

— Alexa e Samuel Cassidy. Ele é meio esquisito e ela... digamos que não é uma boa pessoa. Mantenha-se longe deles — disse Maisy em voz baixa.

Olhei para ela um pouco confusa. Maisy me olhou de cima a baixo e parou o olhar nas minhas calças.

— Por que você está de branco? — perguntou-me. — O branco é para a cerimônia de amanhã, quando a gente se despede.

— Eu não sabia que era Dia dos Mortos — respondi. — Amanhã tem outra cerimônia?

A expressão de Maisy mudou, como se ela tivesse falado demais.

— O Michael comentou alguma coisa, vocês levam oferendas e flores ao cemitério para se despedir dos mortos outra vez. Mas por que branco e não preto? — perguntei.

— Para transmitir sentimentos de paz aos espíritos na volta deles. É uma despedida, não um velório — replicou Maisy.

— Na volta deles? Eles voltam para onde?

Maisy não respondeu. Rebeca e Michael vinham chegando. Pela expressão em seus rostos, eles haviam tido algum tipo de conversa séria. Michael veio para o meu lado com um meio sorriso que ele às vezes esboçava quando olhava para mim.

— Maisy, você vai ajudar com os preparativos? — perguntou Rebeca.

— Se for alguma coisa relacionada com os arranjos de flores, já pode me colocar pra trabalhar, tia — respondeu Maisy. — Se for alguma outra coisa, prefiro esperar por Lyn.

Rebeca pousou as mãos sobre os ombros de Maisy em um gesto afetuoso.

— Eu não confiaria essas flores a mais ninguém — disse Rebeca.

Maisy sorriu e em seguida lançou um olhar para Michael, indicando a menina e o menino na outra sala.

— Vou levar a Madison até a loja, você sabe se o Gabriel também está lá? — perguntou Michael.

— Não, seu irmão está trabalhando, ele só vem à noite — Rebecca respondeu a Michael e depois se voltou para mim. — Foi muito bom conhecer você, Madison. Espero que volte a nos visitar.

— Vou voltar, foi um prazer conhecê-la — respondi.

Despedi-me de Maisy e deixei Michael me guiar até a saída. Sentir o ar fresco foi um alívio, conhecer sua mãe havia gerado uma enorme descarga de adrenalina em meus nervos. Me sentia exausta.

Caminhamos pela ruazinha estreita em direção aos cafés e lojinhas. Eu teria me sentido mais relaxada não fosse o fato de saber que ainda faltava conhecer seu pai.

Um espírito passageiro

Os cafés pareciam acolhedores, a maioria tinha uma lousa na porta com os pratos do dia e desenhos simpáticos em volta. Muitos dos locais ainda continuavam com a decoração de Halloween. Um deles tinha até um cartaz que anunciava uma xícara de uma bebida chamada "a beberagem da bruxa".

Não pude deixar de sentir curiosidade e Michael percebeu isso, porque me pegou pela mão e me levou até o local.

O lugar tinha um estilo rústico, com pequenas mesas redondas de madeira e poltronas fofas. Sentei-me em uma delas e Michael não demorou para voltar com duas xícaras e um rolinho com um delicioso aroma de maçã e canela.

— Depois que você provar isso vai me implorar para vir aqui todos os dias — disse Michael.

Ele não estava errado, a primeira garfada já me convenceu de que aquela era uma das coisas mais saborosas que eu já havia experimentado na vida.

— Acho que você tem razão, isto é delicioso — respondi.

— Só são feitos neste lugar. Assim como esta bebida — disse Michael apontando para a xícara. — A beberagem da bruxa.

O líquido era escuro como café e emanava tantos aromas diferentes que chegava a ser confuso. Chocolate, pistache, baunilha...

— Eles só fazem isso no Halloween? — perguntei.

— Não, fazem o ano inteiro. É a especialidade da casa e o nome é ótimo para manter a mística de Salém para os turistas.

Brindamos com cuidado e depois de uma última olhada na suposta poção, aproximei-a dos meus lábios e tomei um gole. Estava quente. A princípio, senti um gosto um pouco amargo, mas no final se tornou doce. Era gostoso e incomum.

— Nunca provei nada parecido, tem um sabor bastante único — observei.

Michael balançou a cabeça e tomou um gole de sua xícara.

— O que vende na loja do seu pai? — perguntei.

— Livros. Ele é dono da maior livraria daqui — respondeu Michael.

Isso era bom, meu medo era que ele respondesse ervas ou coisas estranhas relacionadas a bruxas. Eu gostava de livros.

Michael esperou eu terminar de comer e veio se sentar ao meu lado. A poltrona era pequena para nós dois e dava para sentir seu corpo pressionado contra o meu. Passou um braço ao redor do meu corpo como quem não quer nada e ficou simplesmente me observando. Seu perfume tomou conta do ar, tornando-o ainda mais atraente.

— Seus olhos azuis são tão bonitos — disse Michael acariciando meu rosto. — E seus lábios estão tão rosados que me fazem querer te beijar pelo resto do dia.

Uma sensação morna preencheu o meu corpo e, com certeza, não tinha nada a ver com a bebida quente.

— Acredite, você também está lindo — respondi.

Passei a mão em seus cabelos apanhando uma mecha entre os dedos. Eram suaves e caíam de maneira natural em um comprimento um pouco acima dos ombros. Eu adorava ver como a cor de seus fios mudava de castanho claro a loiro de acordo com a luz.

Nossos lábios se encontraram e o beijo na sequência me deixou sem ar e com um formigamento na barriga. Ele afastou o rosto, ficando a poucos centímetros do meu.

— Não sei se este é o melhor lugar para demonstrações de afeto como esta — sussurrou.

A forma como ele disse, sua voz no meu ouvido, já era suficiente para me fazer sentir que não tinha o menor controle sobre meu corpo.

Analisei o ambiente à nossa volta, havia vários casais de pessoas mais velhas e algumas delas olhavam para nós com expressões sisudas e críticas.

— Seu cabelo tem cheiro de canela.

As palavras escapuliram da minha boca antes que eu pudesse segurá-las. Michael riu e a cara que ele fez foi fofa demais para descrever, como se ele não soubesse direito se aquilo era ou não bom.

Depois de me beijar de novo, ele ficou de pé e me ofereceu sua mão.

— Vamos continuar o passeio?

— Guie-me pelo caminho, Lancelot — respondi.

Aquele meio sorriso apareceu em seu rosto.

— Se você estivesse com aquela fantasia de ontem... — Fez uma pausa e emendou — Seria muito escandaloso te dizer o que eu gostaria de fazer.

Eu podia sentir o rubor em minhas bochechas.

— Você não precisa dizer — respondi olhando para ele com uma cara inocente. — Talvez algum dia você possa me mostrar.

Eu me surpreendi com minhas próprias palavras. Desde quando eu era tão atrevida? Continuamos nos olhando até que Michael deu um passo até mim e parou.

— Eu vou me lembrar disso — garantiu.

Olhei para ele e soltei um riso.

— A livraria é grande, quem sabe não conseguimos nos perder entre as estantes — sua voz soou sexy e persuasiva.

— Michael.

Bati de leve em seu ombro, fingindo timidez. Ao sair do café procurei seu nome. Era um lugar do qual eu não queria me esquecer, e não só pelos deliciosos rolinhos de maçã.

O letreiro de madeira acima da porta era modesto. Dizia "Joelyn" e mostrava um gato dormindo junto a uma chaleira.

Dusk estava sentado na rua, esperando por nós. Michael lhe deu alguma coisa que levava enrolada em um guardanapo e acariciou sua cabeça. Era comovente ver o vínculo que eles tinham.

Em uma das ruas notei uma loja estranha chamada O Armário da Bruxa. Pelo que pude ver na vitrine, eles vendiam desde incensos até um Ouija, o tabuleiro usado para chamar espíritos.

Continuamos andando e pensei ter visto Lyn saindo de uma construção perto de um parque. Estava longe, mas o vestido curto e os longos cabelos castanhos me confirmavam que era ela.

Michael acompanhou meu olhar.

— Aquele é o centro de turismo, a mãe dela trabalha lá — disse.

— Ela está indo para o outro lado — respondi aliviada.

— Só por curiosidade, o que você faria se ela passasse por nós? — perguntou.

— Eu a ignoraria. — Fiz uma pausa repensando o que disse. — Ou chutaria sua bunda. Não tenho certeza.

— Você bateria nela? — Michael perguntou com humor na voz.

— Meu tio é policial e insistiu muito para que eu fizesse aulas de defesa pessoal. Sei como bater em alguém — respondi.

Michael parecia não saber se levava aquilo a sério ou se achava graça.

— Eu agradeceria se você não fizesse isso. A Lyn é minha prima e nós somos próximos — disse. — Eu não gostaria de estar no meio de uma briga entre vocês.

Era um pouco tarde para isso, mas ele tinha razão, Lyn era sua prima. Paramos em frente a uma grande livraria, um lugar de estilo clássico e muito bem-cuidado.

Michael segurou a porta para mim. Havia incontáveis estantes de livros, todos organizados e divididos por gênero. Alguns pareciam antigos e outros eram livros recentes, que eu já tinha visto nas vitrines de outras livrarias.

Caminhamos até o fundo da loja e pude ver um homem subindo uma escada. Estava organizando os livros de uma grande estante contra a parede. Ele usava um casaco sobre uma camisa xadrez e seu cabelo era da mesma cor que o de Michael, só que um pouco mais curto.

Dusk latiu chamando sua atenção. Eu não tinha percebido que ele nos seguira porta adentro.

— Michael — disse o homen descendo os degraus. — Como você está, filho?

Eles se abraçaram com palmadas nas costas e em seguida ele se voltou para mim surpreso.

— E quem é esta bela mocinha?

— Esta é Madison Ashford — apresentou-me Michael. — Madison, este é o meu pai, Benjamin Darmoon.

Ele me cumprimentou com um aperto de mão cordial e seus olhos se voltaram para Michael esperando algum tipo de explicação.

— Você sabe que ela não pode participar da cerimônia. A menos que exista alguma informação que eu desconheça — disse Benjamin.

— Eu só queria que ela conhecesse o povoado. Ela não vai me acompanhar à noite — respondeu Michael.

Michael olhou para mim como que pedindo desculpas, mas para falar a verdade eu não tinha me ofendido.

— Entendi. — Benjamin fez uma pausa. — Ela é sua namorada?

Michael e eu nos entreolhamos. Eu não podia ser sua namorada, não se até o dia anterior eu tinha outro namorado. Tinha que passar pelo menos... algumas semanas? Eu não sabia ao certo.

— Nós nos conhecemos na universidade. Ainda não discutimos as formalidades, mas acho que eu estou me apaixonando por ela — respondeu Michael.

Olhei para ele sem tentar esconder minha surpresa. Eu não estava esperando aquilo. Senti um formigamento e abri um sorriso. Benjamin me estudou com os olhos e me voltei para ele, com o sorriso grande e bobo ainda estampado no rosto.

— É a primeira vez que eu ouço você dizer isso. Fico contente, menino. Eu não tinha certeza... com o pouco tempo que falta e tudo isso... — Fez uma pausa como se não soubesse bem o que dizer. — Gostei mais dela do que da última, Madison parece definitivamente mais ajuizada.

— Pai! — disse Michael repreendendo-o.

Ótimo, uma ex-namorada com pouco juízo. Acho que era inevitável.

— Me conta mais sobre você, Madison — disse Benjamin.

Sentamo-nos em uma mesa na outra ponta e comecei a balbuciar a primeira coisa que surgiu na minha cabeça. Eu estava estudando design gráfico, gostava de desenhar, meu pai trabalhava com publicidade e minha mãe era arquiteta.

Benjamin balançava a cabeça de vez em quando, mas manteve a mesma expressão durante toda a conversa. Era como se ele estivesse me escutando e ao mesmo tempo pensando em outra coisa.

— Você parece ser uma menina determinada, gosto disso. Talvez você possa ajudar o Mic a decidir o que ele gostaria de fazer — disse Benjamin. — Ele andou cursando inúmeras disciplinas e ainda não sabe exatamente o que quer. Meu outro filho, Gabriel, é professor de História na Universidade de Danvers, assim como eu. Mas acho que o Michael tem uma inclinação mais artística.

Sua voz soava sisuda, mas sua expressão era compreensiva, como a de um pai que tem a esperança de que seu filho algum dia encontre seu caminho.

— Só estou considerando minhas opções — respondeu Michael.

Continuamos ali por um tempo até Michael dizer que me levaria para ver o resto do povoado antes de me deixar na estação.

Não faltava ver muita coisa, algumas ruas com casas pitorescas, algo parecido a uma mansão do terror — na qual me recusei a entrar — e mais alguns comércios.

Tentei puxar o assunto da ex-namorada que seu pai considerava pouco ajuizada, mas ele não disse muito a respeito, só que havia terminado mal e que havia sido um erro.

Quando faltava pouco para o entardecer, passamos outra vez no café Joelyn, para que eu pudesse levar mais daqueles rolinhos de maçã para Lucy e Marcus, e depois ele me levou à estação de trem.

— Sinto muito por você ter que voltar sozinha — disse Michael. — Quer que eu deixe o Dusk com você?

O cachorro preto me olhou e girou a cabeça para o lado como uma coruja.

— Eu vou ficar bem, são só trinta minutos. Chegando lá, eu pego um táxi para casa — respondi.

Michael olhou para mim pensativo.

— Pega mesmo um táxi, não é um bom dia pra andar sozinha pela rua — replicou.

— O que tem de diferente dos outros dias? — perguntei.

Ele não respondeu, mas sua expressão se tornou um pouco sombria.

— Seria por causa do Dia dos Mortos? Você tem medo que algum espírito passageiro me siga até a minha casa? — perguntei rindo.

— Isso não é engraçado. Fique aqui, eu vou comprar a passagem — respondeu Michael.

Sentei em um banco de madeira e esperei. Ficava em um pequeno pátio próximo à bilheteria, parecia bastante cuidado e havia vários canteiros de flores enfeitando o lugar. Ouvi meu celular apitar e o tirei do bolso.

Eu tinha uma chamada perdida de Marcus, duas de Lucy e uma mensagem de texto.

Marcus: 17h49
Mads, cadê você? A Lucy disse que você faltou na aula.

Eu podia imaginar sua reação enquanto digitava.

Eu: 17h49
Vim para Salém com o Michael. Estou tomando o trem para voltar para Boston.

Marcus respondeu com uma carinha de surpresa, o que me fez rir.

Marcus: 17h50
😱 Não se esqueça de trazer souvenires.

Eu: 17h50
Já estão comigo. Só uma palavra: delicioso.

Alguém gritou e por pouco não saltei do banco. Fiquei em silêncio tentando escutar o que a pessoa continuava dizendo, parecia ser uma voz masculina e estava resmungando.

Guardei o celular e me levantei. A voz vinha de um menino que estava em pé atrás de uma árvore. Era como se ele estivesse discutindo com alguém, mas eu não via uma segunda pessoa. Aproximei-me silenciosamente para ver se ele estava bem.

— Fica comigo, Cecily! Por favor! Senão eu vou fazer alguma coisa para parar o meu maldito coração — disse o garoto. — Eu sinto sua falta, te ver e não poder te tocar é um pesadelo horrível e interminável.

Não havia ninguém por perto, ele estava falando sozinho. Não parecia ter mais de vinte e dois ou vinte e três anos. Seus cabelos pretos pareciam tingidos, ninguém tinha um cabelo tão escuro assim, e as raízes eram um pouco mais claras. Usava um longo sobretudo azul e tinha uma expressão de profundo sofrimento.

— Você está bem? — perguntei aproximando-me.

Ele se virou para mim alarmado. Seus olhos azuis eram grandes e vulneráveis, como os de um cervo assustado.

— Quem é você?

Antes que eu pudesse responder, ele avançou contra mim e me afugentou com um gesto.

— Suma daqui! Você vai fazê-la ir embora! — gritou.

Olhei para os lados mais uma vez, não havia ninguém.

— Você precisa de ajuda? — perguntei.

Não havia dúvidas de que ele precisava, mas não o tipo de ajuda que se dá a alguém em perigo, e sim a ajuda de um profissional.

— Cecily, fica comigo. Por favor, eu não posso passar por isso de novo — disse olhando para o outro lado.

Fiquei ali, sem saber o que fazer. Dificilmente eu poderia tranquilizá-lo, mas deixá-lo sozinho parecia a decisão errada. Aproximei-me um pouco dele, cuidadosamente, para não assustá-lo, e ofereci a minha mão.

— Está tudo bem, você só precisa se acalmar um pouco — eu disse.

— Vá embora! Você está estragando tudo! — gritou.

A brisa se transformou em um vento forte, que começou a soprar com tamanha intensidade que nos envolveu em um violento redemoinho de folhas. Elas giraram em volta de nós, tornando tudo marrom e amarelo, montes de folhas que estavam ao pé da árvore.

— Madison!

Michael apareceu ao meu lado e pegou a minha mão. O vento começou a soprar com menos força, o redemoinho furioso se desfez e as folhas dançaram no ar até cairem novamente na grama.

— Isso foi... muito estranho — eu disse.

— Você está bem? — perguntou Michael.

Assenti com a cabeça.

— Cecily, Cecily, cadê você?!

— Samuel, controle-se. O que você está fazendo? — disparou Michael.

Ele empurrou um pouco o garoto, como se isso fosse trazê-lo de volta à razão. Dusk estava ao seu lado, latindo. Samuel olhou para os dois desconcertado e começou a se afastar, gritando "Cecily" para todos os lados.

— O quê...

Não terminei a pergunta porque não sabia exatamente o que perguntar: O que diabos está acontecendo? Por que ele está agindo assim? Ele fugiu do manicômio local?

— Este é Samuel Cassidy, ele estava um pouco fora de si — disse Michael.

Ele deve ter notado as milhares de perguntas em meu rosto, porque soltou um suspiro e ficou pensativo, imaginando a melhor forma de me explicar o que estava acontecendo.

— A namorada dele, Cecily, morreu em um acidente há dois anos e ele não anda bem desde então. Acho que ele pensou que a veria hoje, que veria seu espírito — disse Michael lentamente.

— Era ele que estava no museu com uma menina. A Maisy comentou algo sobre eles serem estranhos — respondi. — A família dele deveria procurar ajuda profissional, ele não pode andar pela rua chamando o fantasma da namorada. Ele parecia tão... triste.

Michael me tomou em seus braços, balançando-me delicadamente contra seu peito. Isso fez com que eu me sentisse bem melhor. Na verdade, eu queria permanecer daquele jeito por um bom tempo, talvez para sempre.

O seu abraço me trazia calor e proteção. E eu amava o modo como ele me segurava, como se eu pertencesse só a ele e nada pudesse mudar isso.

— O trem chegará em alguns minutos — disse resignado.

Manteve seu braço ao redor dos meus ombros e me guiou até a plataforma. Entregou-me a passagem e notei que havia mais alguma coisa em suas mãos: um gato preto de pelúcia, como aqueles que eu havia visto na loja do museu. Ele tinha orelhas longas – o que o tornava um pouco cômico –, grandes olhos brancos com um pequeno ponto preto no meio e uma fita vermelha no pescoço.

— Eu sei que não é exatamente romântico, mas era isto ou uma bruxa — ele disse sorrindo levemente. — É para você lembrar do nosso primeiro passeio juntos.

Peguei o bichinho de pelúcia nas mãos, fiquei na ponta dos pés e o beijei. Michael tomou meu rosto entre as mãos e pressionou seus lábios contra os meus. Teríamos ficado assim por um bom tempo se o barulho do trem não tivesse nos interrompido.

— Mande uma mensagem quando chegar em casa.

— Mando, e obrigada pelo presente — respondi.

Fitei-o por um momento, apreciando o quanto ele era lindo, e logo corri para o trem. Sentei numa poltrona próximo à janela. Michael continuava ali parado, com o grande cachorro negro sentado ao seu lado.

O trem começou a se mover e joguei um beijo para ele pela janela. Michael sorriu e levou a mão ao coração. Continuei olhando para ele até perdê-lo de vista.

Guardei o gato de pelúcia na bolsa cuidadosamente e relaxei no banco. Aos poucos, o cansaço foi se apoderando de mim. Se Lucy não fosse cozinhar alguma coisa, eu pediria uma pizza e a comeria na cama.

Salém era agradável, não era o povoado macabro que eu imaginava. O estranho não era o lugar, mas sim as pessoas que moravam lá. As pessoas e suas crenças. Só de me lembrar de Samuel gritando para o vazio e do vento repentino e inexplicável, senti um calafrio.

Estava começando a escurecer e, através da janela, eu já não via muito mais do que uma linha verde de grama e os postes de madeira que sustentavam os fios de eletricidade. Fechei os olhos por alguns instantes, mas logo os abri, eu não queria cair no sono.

Percebi que algo me observava do outro lado da janela, uma menina. Assustei-me e, de repente, a imagem desapareceu. Respirei agitada e fixei os olhos no local onde ela estava, mas não vi mais nada.

Eu só a tinha visto de relance, mas tinha certeza de que era uma menina. Será que aquilo era possível? Ou um longo dia de superstições em Salém havia afetado a minha cabeça?

Fechei os olhos. Tudo em mim gritava para não abri-los novamente. Mas eu abri, e ali estava a menina outra vez, olhando para mim e rodeada por uma espécie de neblina. Era tão pálida que a única coisa que pude distinguir foi seu cabelo loiro voando junto à janela. Seus olhos pareciam tão tristes, tão fora de si, que era impossível não sentir sua dor. A sua expressão era dilacerante. Um sem-fim de angústia, culpa e raiva. Ela falou uma palavra. O som não alcançou meus ouvidos, mas pude ler seus lábios: "Samuel".

Uma lufada de ar encheu meus pulmões e no segundo seguinte eu estava gritando. Um grito de puro horror. A menina encostou sua pequena mão na janela e logo desapareceu, misturando-se com as tonalidades do céu.

— O que você tem?

O senhor no banco da frente me olhou preocupado. Todos os olhares estavam voltados para mim, alguns intrigados e outros alarmados.

— Desculpe, tive um pesadelo — respondi. — Eu estava dormindo.

Os olhos dele se mantiveram fixos em meu rosto, como se pudesse corroborar minhas palavras só de olhar para mim, mas logo voltou a se sentar.

O que diabos havia acontecido? Eu sabia o que tinha visto, mas não queria acreditar. Talvez os espíritos realmente passassem para o nosso plano naquele dia. Era possível que… aquela menina fosse um espírito? Será que aquela era Cecily? Eu não era tão irracional a ponto de pensar que uma forma imaterial de nós permanecia viva depois da morte e que um dia por ano ela podia fazer uma visita à família. Ou era?

Talvez eu estivesse realmente perdendo a cabeça.

Malleus Maleficarum

Quando entrei em casa, encontrei Lucy cozinhando e Marcus no chão, brincando com Titânia. A cachorrinha dava pulinhos em volta dele, segurando uma bola na boca. Lucy parecia estar tranquila na companhia de Marc, e havia até ternura em seus olhos vendo-os brincar. Mas eu não sabia se isso era bom ou não.

Ambos me bombardearam com perguntas e minha resposta foi que conversaríamos depois que eu tomasse um bom banho de água quente. Entreguei a eles o pacote com os rolinhos de maça e canela do café Joelyn e aproveitei a distração para esgueirar-me para o banheiro.

Todos os acontecimentos do dia passavam pela minha cabeça conforme eu tirava o shampoo do cabelo. Michael, seus pais, o museu, Samuel berrando para o nada, o espírito no trem...

Enfiei o rosto debaixo da água corrente, desejando que isso me ajudasse a desanuviar, pois eu tinha outras coisas com que me preocupar. No dia seguinte eu teria que ir para a universidade e era bem provável que cruzasse com Derek.

Quando já estava confortável, de pijama e sem a expressão de "vi um fantasma", voltei para a sala.

— Você tem muito o que explicar, Ashford — disse Marcus. — Primeiro e mais importante: onde você comprou esses doces de maçã incríveis?

Eu me sentei à mesa ao lado dele.

— Em um lugar chamado Joelyn, em Salém. Eles tinham também uma bebida estranha chamada "a beberagem da bruxa", que você definitivamente tem que provar — respondi.

— Fantástico, este fim de semana faremos uma excursão a Salém — respondeu Marc contente.

Eu não sabia se queria voltar lá em tão pouco tempo. Mas não se veem fantasmas quando se está na companhia dos amigos, certo?

— Quando eu saí para a aula você não queria nem sair da cama e, de repente, decidiu ir para Salém com o Michael? Como isso foi acontecer? — perguntou Lucy.

Ela estava em frente ao fogão, controlando para que as coisas não queimassem.

— Eu saí para caminhar e Michael passou por mim de carro. Ele comentou que estava indo visitar a família e me chamou para ir junto — respondi.

Marcus engasgou com o que estava bebendo e pousou o copo.

— Você terminou ontem com o Derek e hoje já foi conhecer a família do Michael? Isso é o que eu chamo de rapidez — observou.

— Eu sei. Eu não pensei antes de agir — respondi. — Só queria passar um tempo com ele e, de repente, estava ali conhecendo seus pais. Que aliás são gentis, mas um pouco esquisitos. Eles fazem uma espécie de celebração do Dia dos Mortos.

Lucy e Marcus se entreolharam.

— Isso é estranho — disse Marc.

— Não muito, tem muitas culturas que comemoram essa data. É uma forma de pensar nos entes queridos e desejar paz a eles — respondeu Lucy.

— Mas são entes queridos mortos. Não é que eles estão levando flores ao cemitério, estão comemorando — disse Marcus. — É mórbido.

Ambos tinham um bom argumento, era um gesto bonito e ao mesmo tempo um pouco mórbido.

— A mãe do Michael é a diretora do Museu de História de Salém, então acho que é uma espécie de tradição da família — disse.

Lucy tirou uma assadeira do forno e a apoiou na mesa sobre um pano de prato. Tínhamos carne com batatas assadas para o jantar, e estava com uma cara deliciosa.

— Graças a Deus — exclamou Marc. — Querem saber o que eu jantei ontem?

Lucy e eu negamos com a cabeça.

— A Maisy e a Lyn também estavam lá?

— Dei sorte de só encontrar com a Maisy — respondi a Lucy. — Eu vi a Lyn de longe e me imaginei pulando em cima dela experimentando uma das manobras de defesa pessoal que o meu tio me ensinou.

— Isso parece mais ofensivo do que defensivo — disse Lucy.

Desde que fosse eficaz, eu não estava nem aí.

— A Lucy me contou o que aconteceu com o Derek — disse Marcus. — Eles estavam mesmo no banheiro?

— Contra a parede do banheiro para ser mais precisa, e a Lyn estava em cima dele — respondi.

— Não acredito. Até com o Derek? Ela já ficou com todo mundo menos comigo — replicou Marc indignado.

Olhei para ele sem poder acreditar.

— Eu me considero um cara bonito. O que ela viu no Derek? Ou no Daniel? Ou no...?

— Acho que o que ela viu no Derek foi a condição de meu namorado. Isso e o fato de ele ser lindo — respondi.

Marcus olhou para mim com cara de cachorro molhado.

— E eu não?

Lucy se concentrou na comida e não disse nada. Olhei para ele, seus cabelos castanhos eram lisos e bagunçados, seus olhos, também castanhos, eram expressivos e seu nariz tinha algumas sardas.

— Sim, Marc. Você é viril e bonito — respondi com um sorriso.

— Valeu, Mads.

Ele pareceu ter ficado satisfeito e voltou a comer. Quando terminamos, arrumamos a cozinha e fomos para o sofá para ver um filme. Lucy me deixou no meio para não ficar ao lado de Marcus, o que era uma boa ideia se ela queria tomar distância dele para poder vê-lo como um amigo.

Na manhã seguinte, acordei cedo para correr. O gato de pelúcia que Michael havia me dado estava em uma estante junto de seu cachecol, e eu me pegava olhando para ele o tempo todo, relembrando nosso dia juntos.

Dei duas voltas no parque com a música tão alta que eu mal podia pensar. Mas a ideia era exatamente essa: correr e parar de pensar um pouco.

Quando terminei, estava tão suada que tive que fazer uma parada rápida no vestiário da universidade para tomar banho. Achei que chegaria atrasada, mas quando entrei na sala de aula o professor ainda não estava lá.

Marcus acenou para mim e me deixei cair na cadeira ao lado dele. Era a aula de Teoria da Publicidade, que só ele e eu fazíamos. Melissa Wall, que estava sentada na primeira fileira com suas amigas, virou-se para trás, encarando Marcus com uma expressão travessa.

Ele sorriu para ela com seu sorriso carismático e, depois de procurar alguma coisa na mochila, passou alguns panfletos para ela e também deu um para mim. O papel azul dizia em letras grandes:

DUAS NOITES VAI ENCHER SEUS OUVIDOS
DE ROCK NO LOXI NESTA SEXTA ÀS 21H.

Debaixo das letras havia um homenzinho sombreado tocando uma guitarra. Aquilo era obra do Marcus, eu reconhecia seu estilo de desenho.

— Sexta-feira eu quero você na primeira fila pronta para jogar sua lingerie em mim — disse Marc.

Abafei o riso.

— Estarei lá, mas pode esquecer a lingerie — respondi.

Michael também estava na banda, seria lindo vê-lo tocar.

— Cruzei com a Lyn no corredor e entreguei um panfleto pra ela.

Ele falou tão rápido que demorei para decifrar o que ele tinha dito e reagir.

— Marc! Não! Por quê?

— Quando a Melissa e as amigas dela estiverem lá, gritando o meu nome, eu quero que ela veja — respondeu.

Apoiei a cabeça contra a carteira me lamentando. Eu sabia que não poderia evitar Lyn para sempre, aliás, eu teria aula com ela no dia seguinte. Eu já podia imaginá-la em algum traje totalmente inapropriado, flertando com a banda inteira.

O professor entrou na sala e por algum tempo a única coisa em que pensei foi em estratégias para tornar um produto mais atraente aos olhos do consumidor. Marc e eu fizemos uma lista de ideias e recebemos uma boa nota por explicá-las no final da aula.

Formávamos um bom time. Se não fosse o fato de ele ser obcecado por histórias em quadrinhos e querer trabalhar para uma empresa como a Marvel, poderíamos abrir juntos uma pequena agência quando nos formássemos.

Quando saí da aula, pensei em ir atrás de Michael, mas logo lembrei que ele ainda não havia voltado de Salém. Ele tinha me mandado uma mensagem de manhã dizendo que passaria o dia com a família em Danvers e só chegaria à noite.

Eu já ia voltar para casa quando topei com Lucy e ela me pediu para acompanhá-la à casa de Katelyn Spence para buscar uns livros. Eu não tinha nada melhor para fazer e nunca havia ido à casa dela, a curiosidade venceu e acabei aceitando.

Levamos um tempo para chegar, já que ficava na outra ponta da cidade. Era uma casa imponente, com grandes grades na entrada. Katelyn estava nos esperando com uma expressão impaciente, como se aquilo fosse uma aula e nós estivéssemos atrasadas. Eu não sabia qual seria o trabalho dela no futuro, mas professora era definitivamente uma opção.

Ela estava com um blazer verde-escuro e uma faixa da mesma cor na cabeça. O figurino imprimia a ela um ar sofisticado e responsável.

Lucy agitou a mão no ar para chamar sua atenção e nos aproximamos das grades.

— Eu estava esperando por vocês — disse.

— Desculpa, a gente se perdeu — respondeu Lucy.

Ela abriu o portão e a acompanhamos até a casa. O lugar era imenso, com grandes quadros pendurados nas paredes. Tinha uma atmosfera fria como a de um museu.

— Você toca piano? — perguntou Lucy, apontando para o majestoso instrumento no canto da sala.

— E violino — respondeu Katelyn.

Lucy e eu nos entreolhamos e continuamos andando atrás dela.

— Ouvi dizer que você e o Derek terminaram, Madison — comentou como quem não quer nada.

Que rápido. Eu me perguntei qual dos grupos de meninas fofoqueiras havia espalhado a notícia.

— Quem te contou? — perguntei.

— Lyn Westwood, ela está na minha turma de Empreendimentos Empresarias I. Hoje ela faltou e me ligou para perguntar o que nós havíamos feito.

A irritação que suas palavras me causaram foi tão profunda que levei alguns segundos para me recompor e não começar a gritar palavrões.

— E, como quem não quer nada, ela mencionou que Derek e Madi tinham terminado? — perguntou Lucy.

Katelyn olhou para ela, ciente da indignação em sua voz.

— Não foi exatamente como quem não quer nada, foi assim: "Obrigada, depois eu vou querer as suas anotações. Aliás, você soube que o Derek deu um pé na bunda da Madison na festa de Halloween?".

— O quê?!

Minha voz ecoou na grande sala. Como era possível o Michael e ela serem parentes? Eu devia ter tirado essa história a limpo em Salém, quando tive a oportunidade de encontrá-la longe dos olhos dos professores.

— É verdade? — perguntou Katelyn com cautela.

— Foi uma decisão de comum acordo — respondi.

Atravessamos uma porta que dava para um escritório com uma grande biblioteca. Aquele cômodo podia competir com a biblioteca da universidade, era espaçoso e havia livros por todos os lados. Tinha até duas ou três vitrines no meio da sala.

Cheguei mais perto de uma delas. O livro dentro da caixa de vidro estava aberto na primeira página, o papel tinha uma pigmentação amarelada, o que indicava que era velho, muito velho. O título estava escrito em tinta um pouco borrada: *Malleus Maleficarum*.

— Não encoste os dedos no vidro — advertiu Katelyn.

Ela estava me vigiando como um falcão. Levantei as mãos para o ar, afastando-as da vitrine.

— Que livro é esse? — perguntei.

— É o *Malleus Maleficarum*. Um livro que foi usado nos julgamentos de Salém. É uma espécie de guia que fala sobre a ameaça que as bruxas representam e como reconhecê-las e caçá-las. É conhecido como "o martelo das bruxas" — disse Katelyn.

Lucy veio para perto de mim e observou o exemplar com curiosidade.

— Meninas inocentes foram queimadas por culpa de livros como esse. Por que você tem um?

Só de olhar para o livro eu já sentia um mau pressentimento.

— Meu pai gosta de colecionar esse tipo de coisa — respondeu com naturalidade. — E era na Europa que eles queimavam as bruxas, em Salém elas eram enforcadas.

Ela disse aquilo como se fosse um fato qualquer.

— Isso não o torna menos terrível — disse Lucy.

Katelyn não respondeu, ela estava concentrada em uma pilha de livros sobre a mesa. Olhei para a vitrine uma última vez e fui até ela. Separou dois livros, ambos com dezenas de marcadores em diferentes páginas, e entregou-os a Lucy.

— Preciso que você os devolva até sexta-feira — disse.

— Obrigada, sexta-feira eu os trago de volta — respondeu Lucy.

Ela passou os olhos pelos livros com certo desespero, tomando consciência de tudo o que teria que estudar. Depois disso, Katelyn nos levou até a saída. Embora ela estivesse tentando esconder, parecia ansiosa para se livrar de nós. Provavelmente para voltar ao que estava fazendo antes de chegarmos: estudando anotações ou lendo algum livro tedioso.

A manhã seguinte chegou mais rápido do que eu gostaria. A única coisa que melhorou a minha perspectiva do inferno que seria a aula de História da Civilização foi uma mensagem de texto que recebi do Michael, dizendo:

Te espero na sala 202 antes da aula.

Essa sala ficava perto da nossa e estava sempre vazia. Era um esconderijo ideal para alguns minutos a sós.

Repensei a roupa que havia escolhido e fui até a cozinha, onde encontrei Marcus com um prato de waffles em sua frente. Eu sabia que cedo ou tarde ele descobriria. Bastava experimentar um único café da manhã feito por Lucy e ele estaria ali todas as manhãs.

A caminhada a Van Tassel foi silenciosa, Lucy e eu estávamos cansadas, havíamos ficado acordadas até tarde estudando, e Marcus havia comido mais waffles do que qualquer ser humano deve comer.

Ao ver o grande prédio, senti um formigamento na barriga, logo, logo eu veria Michael. Era como se eu tivesse quinze anos de novo, toda nervosa para ver o menino de quem eu gostava.

— Espero que vocês tenham reservado a noite de sexta-feira em suas agendas — disse Marcus.

— O que vai ter na sexta? — perguntou Lucy.

Marc olhou para ela fingindo horror.

— É a minha estreia na banda! Vamos tocar no Loxi — respondeu. — Eu andei espalhando panfletos para todo lado.

Lucy olhou para baixo, pensativa.

— Você e Ashford têm que ir, eu preciso de vocês — disse.

— Está com medo do palco? — perguntei.

— Claro que não. Eu preciso de meninas bonitas gritando o meu nome — respondeu.

Bati meu ombro no dele e neguei com a cabeça.

— Esta sexta eu não posso — disse Lucy.

Marcus e eu nos voltamos para ela. Ele abriu a boca, mas logo a fechou, sem saber o que dizer. Sua relação com Lucy andava um pouco frágil ultimamente.

— Você já tem planos? — perguntei.

Lucy assentiu e suas bochechas ganharam um pouco de cor. — Com um garoto? — continuei.

O rubor se tornou mais intenso, respondendo a minha pergunta.

— Eu fui substituído?! — exclamou Marc.

Bati nele de novo e nos entreolhamos. Continuamos andando em silêncio por alguns instantes até que Lucy voltou a falar.

— O garoto que eu conheci no Halloween, Ewan, me chamou para jantar.

Depois de dizer isso, ela saiu andando mais rápido, afastando-se um pouco de nós. Marcus colocou a mão no meu ombro e me segurou ao seu lado.

— O que nós sabemos desse Ewan? — perguntou em voz baixa.

— Não muito — respondi.

— Quando ele passar para buscá-la, faremos um interrogatório. Não podemos deixar a Lucy sair com ele até ver que tipo de sujeito ele é. Ele pode se aproveitar dela.

Ele não parecia estar com ciúmes, aquilo soava mais como uma preocupação de irmão mais velho. Atravessamos o corredor e, quando fomos chegando perto da sala, pedi para Marcus guardar um lugar para mim.

Ele esboçou um sorriso cúmplice e continuou andando. Ele sabia que eu estava fugindo para me encontrar com Michael. Olhei para os lados para me assegurar de que ninguém me veria e entrei na sala 202.

As luzes estavam apagadas, os raios de sol filtrados pelas persianas eram a única iluminação. Michael estava encostado na lousa, observando-me em silêncio. Estava com a mesma jaqueta daquele dia de chuva em que ele tinha me acompanhado até em casa.

Cheguei perto dele e seus lábios formaram aquele meio sorriso. Fitei-o atentamente, cada músculo do meu corpo me empurrava em direção a ele. As palavras me abandonaram, foram substituídas por um desejo inexplicável de estar perto dele. De poder admirar o quanto ele era lindo. De levar minhas mãos às suas e me perder em seu corpo.

Ele inclinou a cabeça na minha direção e encostou um dedo em meus lábios, traçando uma linha sobre eles. Era uma sensação agradável e me encheu de ansiedade. Peguei-o pela gola da jaqueta e o trouxe para perto de mim, até que sua boca finalmente encostou na minha.

Ele me beijou e eu o beijei de volta. Era como se estivéssemos envoltos em uma atração impossível de ser contida. Me perdi em seus braços, sentindo seu corpo contra o meu. Michael deslizou a mão pela minha cintura e continuou descendo pela minha saia até chegar à minha perna. Seus lábios brincavam com os meus de maneira provocante.

Tudo o que eu estava sentindo era absolutamente intenso. Empurrei-o contra a lousa, passando minhas mãos por trás do pescoço dele. Michael levantou minhas pernas e colocou-as em volta da sua cintura, segurando-me naquela posição. Meus dedos deslizavam por seus cabelos enquanto seus lábios percorriam o meu pescoço.

— Cadê a Madi?

Era a voz de Lucy.

— Ela disse que já vinha, é melhor a gente esperar lá dentro — respondeu Marcus.

— Você acha que ela está brigando com a Lyn? — ela perguntou preocupada.

— Não, algo me diz que não é isso que ela está fazendo.

A respiração de Michael estava agitada. Ri baixinho contra os lábios dele e deixei minhas pernas deslizarem até meus pés tocarem o chão.

— Senti sua falta — ele sussurrou.

— Eu também. Ele apoiou uma mão no meu rosto.

— Não sei como vou fazer pra passar quatro horas trancado numa sala de aula sem te tocar.

Sorri e dei alguns passos para trás para não me deixar levar outra vez. Michael olhou para mim com uma expressão de resignação no rosto.

— Você não pode se sentar do meu lado — adverti, ajeitando minha saia. — Derek vai estar nessa aula, ainda é muito cedo.

Michael girou os olhos, como se Derek não fosse um assunto que lhe importasse, e concordou de má vontade. Espiamos pela pequena janela de vidro da porta, para ter certeza de que não haveria ninguém no corredor, e saímos da sala.

Me deixei cair numa cadeira ao lado de Lucy. Michael se sentou na fileira seguinte, exatamente na minha frente. Sutil. Estiquei o pé por baixo da mesa e, ao encontrar o dele, chutei de leve. Ele ficou quieto, ignorando-me. Eu tinha certeza que ele estava abafando o riso.

Levantei a cabeça, passando os olhos atentamente pelo resto da sala. Derek estava sentado em uma das pontas, pelo menos cinco fileiras à frente. O mais longe possível de onde nós costumávamos nos sentar. Seu corpo parecia rígido e ele olhava para a frente com determinação. Isso fez com que eu me sentisse mal, eu não queria que as coisas tivessem acabado mal entre nós.

— Vai levar um tempo — disse Lucy.

Ela estava acompanhando meu olhar.

— Não sei, se ele me vir com o Michael, duvido que volte a falar comigo — respondi.

Maisy apareceu ao meu lado e, depois de nos cumprimentar, foi se sentar junto ao primo. Fechei os olhos antecipando o que viria a seguir, onde estava Maisy, estava também Lyn.

— Você está com algum germe? Ou tem outro motivo para o Derek estar sentado do outro lado da sala?

Pensei em Michael, em sua boca na minha e no que tínhamos acabado de fazer na sala ao lado, esperando que isso me ajudasse a ignorar a voz irritante de Lyn Westwood.

— Segue seu rumo.

Lucy se levantou e encarou-a com seriedade. Ela ficava pequenininha perto de Lyn. Além de ser mais baixa, ela não usava salto alto.

— Você só pode estar brincando — respondeu Lyn.

Sua expressão indicava que ela estava longe de levar Lucy a sério.

— Segue seu rumo, Lyn. O que você tem a dizer não nos interessa — insistiu Lucy.

A rigidez de seu tom de voz surpreendeu até a mim. Marc olhou para ela boquiaberto.

— Se eu fosse você, procuraria outro guarda-costas, Madison. Sua amiguinha não é muito intimidante — disse Lyn.

Imaginei o que aconteceria se eu a atacasse. Alguma advertência disciplinar? O professor teria uma imagem ruim de mim até o fim do ano letivo? Não eram motivos importantes o suficiente para deixar de fazê-lo. Eu estava muito tentada a arrebentar a cara dela.

— Talvez eu possa fazer esse trabalho, então — interveio Marcus. — Madison e Lucy não querem falar com você, Lyn, dê espaço a elas.

Eu me senti infinitamente grata por ele e Lucy me protegerem. Lyn olhou para ele surpresa. Até Maisy virou para trás.

— Ohhh, fiel como um cão. Quando eu terminar com o Derek, acho que deveria sair com você.

Marc olhou para ela sem saber o que dizer. Os olhos castanhos e perfeitamente delineados de Lyn estavam cravados nele, enquanto ela brincava com uma mecha do cabelo. — Lyn, por favor, não acabe com o meu bom humor — disse Michael, lançando um olhar de advertência a ela.

— Desculpa, primo. Eu vou me sentar — respondeu.

Ela sorriu para mim com doçura, sinal de que estava prestes a fazer alguma maldade, e saiu andando na direção em que Derek estava sentado.

— Essa menina me dá nos nervos — disse Lucy.

Ela olhou para Lyn contrariada e voltou a se sentar.

— Obrigada — disse olhando para ela e para Marcus.

Lucy sorriu para mim, nessas horas eu lembrava por que ela era a minha melhor amiga desde os seis anos.

— Não tem de quê, Ashford. Marcus Delan, resgatando donzelas em perigo e combatendo o crime desde 1993.

Maisy deixou escapar uma risada.

— Além de tomar grandes quantidades de bebida alcoólica e compor versos terríveis, que outras habilidades você tem? — perguntou ela.

Marcus se debruçou sobre a carteira, chegando mais perto dela.

— Eu desenho muito bem — disse.

Eles se olharam por um breve instante e depois Maisy se virou para a frente.

— E é um bom amigo — ela prosseguiu. — Você não é um caso perdido.

O professor Hector Howard entrou na sala de aula e todos fizeram silêncio, um efeito que só um professor era capaz de produzir. Derek havia tirado sua mochila da cadeira ao lado para que Lyn pudesse se sentar e ambos estavam cochichando entre si.

Tirei o caderno da bolsa e o abri na página em que havia parado de escrever. Estava torcendo para que Howard não decidisse nos questionar, eu não lembrava nada da aula anterior.

Felizmente, ele começou a ligar o projetor e organizar os slides, o que implicava muita informação para anotar e pouco tempo para fazer perguntas.

Até a metade da aula eu já tinha três folhas de anotações e mal conseguia mexer o pulso. Soltei a caneta e escutei atenta, disposta a memorizar em vez de anotar.

Lucy continuava escrevendo organizadamente, cada característica da República Romana grifada com uma cor diferente.

Marcus já tinha desistido, a tela de seu laptop estava aberta em um documento com frases soltas e, pelo que pude ler, parágrafos que não faziam sentido. A última coisa que ele tinha digitado era algo que Howard havia dito meia hora atrás. Naquele momento, ele estava desenhando alguma coisa em um dos panfletos do show e me debrucei para ver melhor. Dava para ver as letras grandes e cuidadosamente desenhadas no topo da folha. "Maisy" e mais abaixo, em letra comum, "você vai?".

Ele tocou as costas dela e lhe entregou o papel. Ela olhou, levantou os ombros e guardou-o dentro de um de seus livros.

Meu celular começou a vibrar e remexi minha bolsa procurando-o.

Michael: 11h08

Você vai me ver tocar sexta?

Sorri. Ele deve ter visto o panfleto do Marcus.

Eu: 11h08

Claro que sim.

Michael: 11h09

Eu sei que você vai pelo Marcus, mas quero que você vá me ver também.

Apressei-me em anotar no caderno algumas datas que Howard havia dito. Eu tinha boa memória, mas não dava para gravar absolutamente tudo o que ele estava dizendo.

Eu: 11h12

Irei pelos dois.

Michael virou para trás e olhou para mim sorrindo. O resto da aula passou rápido, estava começando a guardar minhas coisas quando Howard nos deu duas notícias que acabaram com o resto do meu dia.

A primeira, na realidade, foi o anúncio de nova apresentação em grupo, e ele deixou claro que deveríamos manter o mesmo grupo do trabalho anterior, o que significava que eu estava encalhada com Lyn.

A segunda foi completamente inesperada, um aluno da universidade, chamado Christian Hathorne, havia sido vítima de homicídio e haveria um evento em sua memória.

Tempestade de amor

Não houve brigas pelo resto da semana, e sim muito estudo, já que o período de provas se aproximava. Era sexta-feira à noite e eu estava organizando a bagunça de roupas que havia no meu quarto.

Titânia estava deitada na minha cama, mordendo um ossinho de brinquedo, enquanto Lucy se arrumava para o jantar com Ewan.

Já fazia vinte minutos que ela estava trancada no banheiro e era a terceira vez que trocava de roupa. Eu não lembrava a última vez que a tinha visto nervosa daquele jeito. Provavelmente no nosso primeiro baile no ensino fundamental.

Eu também tinha algumas escolhas a fazer. Acabei optando por uma blusa branca com transparências e calças jeans. Peguei minha jaqueta preta cinturada e fui para a cozinha esperar Marcus.

— Madi!

Lucy saiu do banheiro e parou no corredor para me mostrar seu look. Ela estava linda, de meia-calça, saia e uma blusa escura. Seus cabelos estavam presos em um rabo de cavalo perfeito, como de costume.

Levantei o polegar em sinal de aprovação.

— Perfeita — eu disse.

A tensão em seu rosto se transformou em alívio.

— Que bom, se eu trocasse de roupa mais uma vez ia enlouquecer — respondeu.

Ela veio até a cozinha e colocou comida para Tani em seu pratinho.

— Você gosta mesmo dele — eu disse.

— Do Ewan? Não sei, eu mal o conheço — respondeu. — Ele é lindo e parece ser uma pessoa doce. Sabe, eu ainda me sinto estranha quando estou com o Marc, é por isso que eu não queria ir ao show hoje. Vê-lo em um palco, tocando guitarra, cantando... acho que isso poderia trazer aqueles sentimentos de volta. Além do mais, Ewan estava fantasiado de príncipe, isso deve significar alguma coisa, não?

O "não?" saiu cheio de esperança.

— Pode ser, você sempre gostou de contos de fada — disse.

Alguém bateu à porta e nós duas demos um pulo de susto. Lucy ajeitou a roupa e olhou para a porta sem saber o que fazer.

— Mads!

Ao ouvir a voz de Marcus seu corpo relaxou e ela levou a mão à maçaneta.

— Ashford, Darlin — disse ele ao entrar —, eu pareço uma futura estrela do rock?

— Camiseta de banda e cabelo despenteado de propósito, eu diria que sim — respondi.

Ele foi até a estante dos biscoitos e começou a procurar qualquer coisa para beliscar. Lucy se sentou no sofá e sua expressão estava voltando a ficar tensa. Ela devia gostar mais daquele menino do que estava admitindo.

Marcus e eu comemos as sobras de pizza do dia anterior. Dificilmente haveria algo para comer no bar além de amendoins e batatas fritas, então, aquela porção de pizza seria todo o meu jantar. Estávamos nos preparando para sair quando alguém bateu à porta. Foi um som leve, que demonstrava cautela. Completamente diferente do modo como Marcus espancava a madeira com a palma da mão repetidas vezes.

Lucy ficou de pé, sobressaltada. Aguardei e, quando percebi que ela não ia se mexer, eu mesma fui abrir a porta.

O rapaz que estava ali me cumprimentou educadamente. Era mais alto do que eu e muito charmoso. A primeira coisa que notei foi que sua feição, apesar da jovialidade da idade, era séria. Ele tinha cabelos curtos de um loiro pálido e seus olhos eram cor de mel.

Algo nele tinha um toque muito britânico, não sabia bem se era o suéter de losangos ou o fato de sua roupa estar impecável, sem um amassado que fosse.

— Boa noite, eu vim buscar a Lucy — disse estendendo a mão para eu apertar. — Meu nome é Ewan Hunter.

— Madison — respondi.

Dei um passo para o lado e fiz um gesto para ele entrar. Marcus estava de pé com os braços cruzados, encarando-o com um olhar ameaçador. Só de ver sua cara tive que fazer um grande esforço para não rir. Parecia um pai examinando o vândalo que pretendia sair com sua filha.

— Marcus Delan — apresentou-se. — O melhor amigo da Lucy.

Ewan o estudou por um momento antes de se aproximar e apertar sua mão. Lucy observou a situação da outra ponta da sala e não disse nada, até que os olhos de Ewan a encontraram.

— Lucy, você está linda. Que bom que aceitou meu convite.

Ele foi até ela e a cumprimentou com um beijo no rosto.

— A última vez que eu te vi você era um príncipe — replicou Lucy.

— E agora eu voltei a ser um sapo — disse Ewan rindo. — Espero que você ainda queira sair comigo. Lucy o olhava timidamente e ele parecia ser respeitoso. Sem falar que tinha um sotaque incomum e bastante atraente.

— Você é de Londres? — perguntou Marcus.

— Noruega.

Isso explicava o sotaque.

— Quantos anos você tem? — continuou.

— Vinte e cinco.

Marcus levantou as sobrancelhas, como se ele tivesse dado uma resposta incorreta.

— Você está ciente de que a Lucy tem só vinte anos?

Só vinte anos? O que ele estava dizendo? Era a mesma idade dele.

— Marcus! — eu o repreendi. — Desculpa, Ewan. Nós não queremos incomodar.

— Tudo bem, vocês são amigos dela, querem ter certeza de que não vou desrespeitá-la — respondeu.

Marcus e eu nos entreolhamos e assentimos. Ewan parecia organizado e responsável, não podia estar mais longe do perfil de uma pessoa desrespeitosa. Tani entrou correndo na sala e começou a farejá-lo.

— E quem é esta mocinha? — perguntou Ewan.

— Essa é a Titânia — disse Lucy.

Marcus abriu a boca e eu lhe dei uma cotovelada disfarçadamente. Eu já podia ouvir sua voz dizendo: "Foi meu presente de aniversário".

— Como a rainha das fadas de *Sonho de uma noite de verão* — disse Ewan.

Lucy assentiu, encantada pelo fato de ele saber de onde vinha o nome.

— Nós precisamos ir. Foi um prazer te conhecer, Ewan — eu disse, pegando Marc pelo braço e levando-o para a porta.

Lucy olhou para mim agradecida. — Nós também já vamos indo. Boa sorte no show, Marcus — disse ela.

Nós quatro descemos juntos no elevador, envoltos por um silêncio incômodo, mas logo cada um foi para o seu lado.

Ewan estava de carro e abriu a porta para Lucy como um cavalheiro.

Marcus observou o carro se afastar com um olhar desconfiado.

— Ou ele é o homem perfeito para Lucy ou é um assassino em série — disse uma quadra depois.

O Loxi, bar onde eles tocariam, estava lotado. Reconheci várias pessoas da Van Tassel, o que queria dizer que a distribuição de panfletos havia funcionado. A banda já estava no palco e estavam só esperando Marcus para começar.

Michael veio até mim, cumprimentou-me com um beijo e voltou para o palco. Ele estava bonito, tão bonito que temi que outras meninas também notassem. Abri caminho entre as pessoas, procurando um bom lugar, e vi Alyssa Roslyn de pé lá na frente.

Dei um jeito de chegar até lá e ela me cumprimentou de maneira amistosa. Maisy e Lyn também estavam lá, bem ao lado do palco.

Lyn vestia uma camiseta que dizia "Estou com a banda". Olhei para ela resignada e virei para Alyssa, que havia me perguntado alguma coisa que não pude escutar.

Conversamos durante alguns minutos até que Stuart, o vocalista principal, fez um barulho no microfone indicando que o show estava para começar. A primeira música tinha um ritmo tranquilo e a performance foi melhor do que eu imaginava. A letra era original e as vozes de Marc e dos outros estavam afinadas.

Michael estava ao lado da bateria, seus cabelos caíam sobre o rosto enquanto ele olhava para as cordas da guitarra. Do lado oposto estava Marcus, em alguns momentos ele parecia concentrado nas notas, mas logo depois levantava os olhos e sorria para alguma garota.

Melissa Walls e suas amigas pulavam ao som da música e em mais de uma ocasião eu as ouvi gritar o nome de Marcus. Sorri sem poder me controlar, o Marc devia estar adorando aquilo.

Lyn estava brincando com uma mecha de cabelo enquanto olhava para os meninos no palco e Maisy assistia ao grupo de Melissa com um olhar de desaprovação.

As próximas três músicas foram razoavelmente boas, principalmente a última, que tinha uma letra que grudava na cabeça:

Sinto falta daquelas noites de romance e liberdade
ver você de longe até me aproximar para conversar
o brilho nos seus olhos ao me ver chegar
sei que não foi imaginação, sei que ele estava lá.

O vento soprava e a lua brilhava
agora são fantasmas de noites passadas
meu coração devia saber que não teria você
sei que ele sabia, sei que ele sabia.

O barulho da bateria encerrou a última música e todos aplaudiram e gritaram. Havia sido uma boa apresentação, considerando, principalmente, que aquela era uma banda nova.

Marc desceu do palco e veio na minha direção com uma cara de vitória. Batemos nossas mãos no ar e corremos para conseguir uma mesa para nos sentarmos um pouco. Eu estava de pé há pelo menos uma hora. Procurei Michael com um olhar ansioso e o vi andando em nossa direção. Uma menina loira interrompeu-o no meio do caminho e começou a falar com ele. Dava para ver que ela estava rindo e dando em cima dele. A última coisa que eu precisava era de uma versão loira da Lyn para me enfernizar. Continuei olhando para eles até que os olhos de Michael encontraram os meus. Tentei me tranquilizar e fiquei onde estava, era muito cedo para eu fazer uma cena de namorada ciumenta.

Marcus estava olhando para mim e se segurando para não rir. Devia ser por causa do olhar assassino estampado no meu rosto. Fiquei de costas para eles enquanto ele me narrava o que estava acontecendo.

— A loira continua rindo. Agora ela está tocando o braço dele. Michael não parece interessado. A menina está praticamente enfiando os peitos na cara...

— Eu não quero saber! — repliquei.

Continuei sentada, determinada a não olhar para eles.

— Aí vem ele — Marc disse logo na sequência.

Michael apareceu na mesa alguns segundos depois. Apoiou sua mão sobre a minha e me olhou achando graça.

— Estava com ciúme? — perguntou.

— Não — eu respondi.

Aproximou-se de mim e seus olhos azuis tomaram conta dos meus.

— Perto de você, aquela menina não é nada — ele disse com seriedade.

O modo como disse aquilo e a intensidade de seu olhar me fizeram sentir um calor nas bochechas e abrir um leve sorriso. Ele me perguntou o que eu queria tomar e, então, foi ao bar buscar bebidas.

— Da próxima vez que uma menina fizer uma cena de ciúmes comigo, vou falar exatamente isso para ela — disse Marcus.

Olhei para ele e fiz que não com a cabeça. Melissa veio até a nossa mesa e pegou Marc pelo braço, insistindo em dançar. Ele respondeu que iria em um minuto e se debruçou sobre a mesa para que eu escutasse melhor.

— Você vai ficar bem sozinha?

Isso queria dizer que ele passaria o resto da noite com Melissa.

— Vou, o Michael vai me levar para casa — respondi.

Marcus pegou sua garrafa de cerveja e a levantou no ar num gesto de despedida.

— Até amanhã, Ashford.

Fiquei ali sentada. Podia ver Michael na fila do bar e felizmente não havia nenhuma menina tentando falar com ele, embora eu tenha notado que algumas o observavam e cochichavam entre si.

Maisy apareceu e se sentou em uma das cadeiras ao meu lado. Parecia entediada e estava mexendo no celular. Um menino veio até a mesa para falar com ela, mas Maisy lhe lançou um olhar que o fez desistir na mesma hora.

— Que hostil — observei.

— Duvido que eu vá conhecer alguém interessante em um bar — respondeu.

Olhei à minha volta, Lyn estava dançando no meio de uma roda de meninas. Claramente ela não pensava como a irmã.

— Você está esperando seu príncipe encantado?

Maisy riu um pouco, como se achasse graça no que eu havia dito.

— Não existem príncipes. Eu me conformo com alguém que me entenda e me faça sentir especial. Não preciso de um cara com uma capa vermelha e um cavalo branco — respondeu.

Se Lucy estivesse ali, teria algo contrário a dizer. Ela fantasiava com o príncipe, a espada e o cavalo branco desde que éramos pequenas.

— Tudo bem se eu me sentar aqui?

A voz era de Katelyn Spence. Ela levava um guarda-chuva na mão e estava com o cabelo molhado. Assenti com a cabeça e puxei uma cadeira para ela.

— A chuva me pegou no meio do caminho — disse. — Eles já tocaram?

— Já, terminou agora há pouco — respondi.

— Que bom, eu não tinha vontade nenhuma de ver o Marcus no palco — disse.

Ela colocou o guarda-chuva molhado no chão e ajeitou o cabelo loiro.

— Então por que você está aqui? — perguntou Maisy. — Este não é o único bar de Boston.

Katelyn levantou os olhos para ela.

— Eu gosto deste lugar e meus amigos estariam aqui — respondeu em tom defensivo. — Não vou mudar meus planos só para evitá-lo.

Maisy fitou Katelyn sem dizer nada e eu desejei que Michael voltasse logo.

— Vocês foram ao evento que fizeram em memória de Christian Hathorne? — perguntou Katelyn.

Neguei com a cabeça, aliviada por ela ter mudado de assunto.

— Eu não o conhecia — respondi.

— Eu também não, ele era do quarto ano. Mas eu fui para mostrar meu apoio à família e à universidade — disse Katelyn olhando para os lados, como se estivesse procurando por alguém.

— Um menino que você não conhecia morreu e você foi só para passar uma boa impressão aos professores? — perguntou Maisy em tom cínico.

Elas se entreolharam irritadas. Eu só esperava não acabar no meio de uma briga entre elas.

— O professor Howard nos disse que foi homicídio — apressei-me em dizer.

— Sim, ele foi encontrado em um bosque nos arredores da cidade. A polícia levou alguns dias para identificá-lo, porque o corpo estava queimado — disse Katelyn.

— Queimado? — Maisy e eu perguntamos ao mesmo tempo.

— Ele foi amarrado e queimado vivo. Ouvi dizer que encontraram umas inscrições estranhas na terra e a polícia acha que foi alguma espécie de ritual — replicou.

Aquilo era horrível, além de muito incomum. Michael voltou com as bebidas e ficou de pé ao meu lado. Tê-lo por perto fez desaparecer aquela sensação perturbadora que eu havia sentido ao ouvir as palavras de Katelyn.

Ficamos ali por um tempo e depois pedimos licença a elas e nos retiramos. O lugar estava cheio e eu quase não conseguia andar. A música estava muito alta e havia no ar um cheiro forte que misturava cigarro e suor.

Michael pegou a minha mão para não nos perdermos e me levou atrás dele, abrindo caminho entre as pessoas, que dançavam e pulavam sem parar. Ele estava me guiando para um canto da pista, mas parou na metade do caminho e começou a ir em direção à saída.

Ele me perguntou se eu queria sair um pouco e eu fiz que sim com a cabeça, ansiosa por um pouco de ar fresco. Eu nunca tinha visto aquele bar tão cheio. Aparentemente, o show dos meninos havia sido um sucesso.

Michael segurou a porta para eu passar e senti uma corrente de vento e gotas d'água contra o meu rosto. Eu tinha esquecido que estava chovendo. Nos esgueiramos para um lado da porta, mantendo-nos debaixo do pequeno toldo.

Um relâmpago cruzou o céu e me encolhi abraçando Michael, preparando-me para o estrondo.

— Você não gosta de trovão? — ele me perguntou ao pé do ouvido, recolhendo-me em seus braços.

— Não particularmente — respondi.

Michael me virou de frente para ele e se inclinou na minha direção. Seus lábios eram quentes e perfeitos, seus beijos me deixavam sem ar e com o coração acelerado. Ele fazia com que eu me sentisse ousada e imprudente. Ele fazia com que eu me sentisse livre. Era uma contradição, porque, ao mesmo tempo, me segurava em seus braços como se eu pertencesse a ele.

Sem querer, soltei um leve gemido e Michael me pegou pela cintura com mais força e abriu um pouco a boca.

— Você quer voltar lá pra dentro? — perguntou.

Sua voz soava apagada, arrependida do que estava dizendo. Neguei com a cabeça.

— Podemos ir pra minha casa — ele sugeriu.

O vento tinha despenteado seus cabelos e uma mecha caía sobre sua testa.

— Está bem.

Ele esboçou aquele meio sorriso nos lábios e roçou-os lentamente nos meus.

— Espere aqui, vou buscar o carro — sussurrou e saiu correndo debaixo da chuva com as chaves na mão.

Um arrepio percorreu o meu corpo, eu estava ansiosa e agitada. Eu sentia como se uma corrente elétrica estivesse passando pelo meu corpo e despertando todos os meus músculos, deixando-os tensos e cheios de expectativa.

Vi o carro se aproximar e corri até ele. As gotas de chuva furiosas batiam contra o meu corpo e o vento me empurrava para trás. Michael abriu a porta e pulei para dentro como se estivesse sendo perseguida.

Meus cabelos escorriam sobre o meu rosto e minha jaqueta e blusa estavam molhadas. Não dava para ver muita coisa no escuro, mas algo me dizia que a minha blusa branca estava um pouco transparente depois daquele banho.

Michael ficou me admirando por um tempo e depois arrancou o carro. As gotas batiam contra o vidro, uma atrás da outra, e só se escutava o barulho dos trovões. A rua estava deserta e o céu coberto de nuvens negras que escondiam as estrelas. Michael colocou uma música para tocar e apoiou a mão no meu colo.

A atmosfera ali era íntima e romântica. A vozinha na minha cabeça estava calada, nada de culpa ou restrições. Éramos só eu e ele naquele carro, no meio da tempestade.

Com o trânsito livre e com Michael dirigindo a toda velocidade, chegamos rapidamente ao nosso destino. A casa era grande e antiga. Eu só conseguia ver aquilo que estava iluminado pelos faróis do carro, mas o terreno parecia amplo.

Ele estacionou o carro na garagem, saiu e correu para abrir a minha porta. Estava tudo escuro, ele me pegou pela mão e me guiou para dentro da casa. A luz acendeu de repente, ofuscando um pouco a minha visão. Estávamos na cozinha, que era espaçosa e muito bem-arrumada. Tinha certo estilo francês, com um grande fogão e uma bancada de mármore.

— Bem-vinda à minha casa — disse Michael.

Sorri para ele e tirei a jaqueta molhada, tremendo um pouco de frio.

— Quer tomar alguma coisa quente? — perguntou.

— Um pouco de água seria bom — respondi.

Sentia a garganta seca e precisava de algo refrescante.

— Você mora aqui sozinho?

Michael assentiu conforme me entregava um copo.

— Esta casa era dos meus avós, meus pais vêm me visitar de vez em quando — respondeu.

Estava tudo bastante limpo e a cozinha era toda equipada, como a de verdadeiro um chef. Notei que ali também havia pequenos frascos com ervas, exatamente como os que eu tinha visto na cozinha de Maisy e Lyn.

— Quer fazer um tour? — perguntou estendendo-me a mão. Segurei-a e ele me puxou para mais perto.

— Você está linda — disse olhando para mim.

Me deu um beijo úmido no rosto e foi traçando um caminho de beijos até o pescoço.

— Você também está muito gato — respondi.

Ele era tão lindo que nem parecia de verdade. Ele parecia um anjo malvado com seus cabelos grossos e ondulados e a camisa preta molhada. Perigoso e sexy.

— Podemos começar pela sala de jantar e depois...

Um forte estrondo interrompeu o que ele ia dizer e me deu uma baita susto. As luzes piscaram, ameaçando apagar. Michael foi até a janela e olhou para fora.

— Será que pode acabar a luz? — perguntei.

— É provável, é uma tempestade com raios.

Um relâmpago iluminou o céu, criando um contraste horripilante com as nuvens negras. O estrondo horrível veio no instante seguinte, ao mesmo tempo em que as luzes da cozinha se apagaram.

Soltei um grito e depois ri de nervoso. Estávamos no escuro, eu só conseguia ver a silhueta de Michael por conta da pouca luminosidade que entrava pela janela. Era como um filme de terror: escuridão, tempestade e os eventuais e rápidos clarões causados pelos relâmpagos.

— Michael.

Estendi o braço à procura dele.

— Estou aqui — disse.

Tateei o seu torso e aproximei meu corpo do seu. Michael me abraçou e ficamos assim por um momento. A escuridão contribuía para uma tensão tão forte quanto a tempestade.

Fiquei na ponta dos pés e lhe dei um beijo ardente. Michael foi me empurrando para trás com o seu corpo até encostar as minhas costas contra a parede.

Ele afastou a gola da minha blusa e senti seus lábios em meu ombro, junto à alça do sutiã. Era uma sensação prazerosa e soltei a cabeça para trás desfrutando de cada segundo.

Sua mão percorreu as minhas costas por baixo da blusa e eu sentia um arrepio a cada toque. Continuei beijando-o. Enquanto ele desabotoava sua camisa fui deslizando as mãos até chegar na sua calça jeans.

Michael ficou mais ofegante e me beijou como se sua vida dependesse disso, apertando seu corpo contra o meu.

Eu nunca havia sentido emoções tão intensas. Era como se eu estivesse caindo em um abismo de escuridão e desejo e Michael fosse o ar que me segurava.

Ele levantou a minha blusa, passou-a pelo meu pescoço e a jogou longe. Eu previa que algo assim poderia acontecer e, então, tinha colocado um conjunto de lingerie de renda branca. Suas mãos alisavam todo o meu corpo e deixavam uma sensação de calor por onde passavam.

De repente, sua boca abandonou a minha e seu rosto continuou a poucos centímetros do meu.

— Você quer que eu pare? Se eu não parar agora, depois não vou mais conseguir... — ele disse sussurrando.

Eu não queria pensar em nada, só queria aproveitar aquele momento com ele.

Acariciei seus cabelos e o beijei, entrelaçando minhas mãos atrás de seu pescoço. Michael me levantou em seus braços e me carregou através de uma porta. Não dava para enxergar muita coisa, mas vi que passamos por uma grande sala de jantar e depois subimos um lance de escadas.

Ele me segurava com facilidade conforme subia os degraus. Seus lábios estavam próximos aos meus e tive de me conter para não beijá-lo. Tinha medo de distraí-lo e acabarmos rolando escada abaixo. Já no andar de cima, entramos em um quarto. Eu não via quase nada, exceto uma janela enorme com cortinas e uma grande cama no centro.

Michael me deitou no colchão com cuidado e se inclinou sobre mim, sustentando-se com os braços. Meu coração pulsava veloz e eu podia ouvir minha própria respiração conforme sua mão traçava um caminho ao longo da minha perna.

O próximo beijo foi de outro mundo. Tirei a camisa dele e passei a mão por suas costas, maravilhada pelo calor e a suavidade de sua pele. Michael acariciou o meu rosto e pegou na minha mão, entrelaçando nossos dedos.

Eu nunca havia me sentido tão desejada, nunca tinha desejado tanto alguém, muito menos sentido um amor tão profundo e verdadeiro. Eu amava Michael Darmoon, meus sentimentos eram como uma chama feroz, uma chama que, eu tinha certeza, nunca se apagaria.

O Caixão Vermelho

Abri os olhos devagar e levantei a cabeça. A luz escassa que entrava pela janela iluminava um pouco o ambiente. Michael não estava ali, a última coisa de que eu me lembrava era de ter me aconchegado no peito dele e adormecido.

O quarto era espaçoso, com grandes cortinas recolhidas para um dos lados da janela e uma ostentosa cômoda. A grande televisão de plasma na parede era a única coisa que destoava, era muito moderna para aquele ambiente.

Parecia um quarto de hotel, confortável e sem fotos nem pôsteres. Nenhum item pessoal.

Procurei minhas roupas e lembrei que minha blusa tinha ficado na cozinha. Senti um leve pudor ao relembrar os acontecimentos da noite anterior. Havia sido... mágica, essa era a palavra ideal para descrevê-la. Se a magia de fato existia, ela certamente esteve presente naquela noite.

Vesti minhas calças jeans e a camisa de Michael. Meu celular estava jogado no chão e quando a tela acendeu vi que havia cinco mensagens de texto e algumas chamadas perdidas.

Lucy: 2h30
Madi, cadê você? Está chovendo.

Lucy: 3h02
Você vai dormir em casa?

Marcus: 3h37

Ashforddddddddddddd!

Lucy: 3h50

Estou preocupada. Você está com o Michael?

Marcus: 4h15

A Lucy disse que você não voltou pra casa. Alguém está apronontando... 😜

Soltei uma risada e respondi a ambos que eu estava bem e tinha dormido na casa do Michael por causa da tempestade.

Desci as escadas sem saber muito bem aonde eu estava indo, mas, depois de algumas voltas, acabei encontrando a cozinha. Michael estava servindo alguma coisa em um prato e ficou surpreso ao me ver. Dusk estava jogado no chão, perto dele.

— Eu queria levar o café da manhã na cama pra você — protestou.

Cumprimentei-o com um beijo e fui me sentar em um dos banquinhos do balcão.

— Você dormiu bem? — perguntou ele.

Fiz que sim com a cabeça enquanto procurava minha blusa com os olhos. A vi jogada no chão junto à parede. Eu podia ouvir a vozinha na minha cabeça dizendo: "Quanta elegância, Madison".

Aquilo não era exatamente apropriado, mas eu não me importava, estava feliz.

Michael colocou uma bandeja à minha frente. Ali tinha um prato com torradas, diferentes sabores de geleia e uma flor.

— Que cavalheiro — eu disse. — Ontem... ontem foi incrível. — Ele sorriu aquele meio sorriso e seus olhos se iluminaram.

— A noite de ontem foi a melhor de toda a minha vida — ele respondeu tomando a minha mão e beijando os nós dos meus dedos suavemente.

Dusk latiu e balançou o rabo, como se estivesse entendendo tudo o que estávamos falando. Tomamos café juntos e depois Michael me levou para conhecer a casa. Tudo parecia diferente à luz do dia. A grande sala de jantar tinha um candelabro no centro e todo tipo de objetos antigos e valiosos.

Seus avós tinham bom gosto. Tudo ali era clássico e acolhedor. A única coisa nova parecia ser uma grande estante de livros em uma das paredes. A madeira era diferente do resto e, além dos livros, havia uma prateleira inteira só de DVDs.

A casa tinha mais três quartos bastante parecidos com o de Michael, todos muito espaçosos. Em um deles havia ainda uma grande cama com dossel.

Os quintais também eram imensos. Dusk corria pela grama em volta de nós dois enquanto Michael me contava sobre sua família. Estávamos contornando a casa e, quando chegamos ao quintal dos fundos, notei uma grande tenda branca em um dos cantos. Uma estufa como a que havia na casa de Lyn e Maisy. Suas famílias deviam ter alguma obsessão por botânica. Michael notou que eu estava olhando para a tenda, mas não disse nada, continuou caminhando de mãos dadas comigo.

O céu estava nublado e quando deu meio-dia ele me levou para casa. Minha blusa continuava úmida, então vesti um suéter dele. Um detalhe que Lucy e Marcus notaram assim que cheguei em casa. Eu não tinha terminado de fechar a porta e os dois já estavam comentando o fato de eu estar usando uma roupa de Michael.

— Agora eles são aquele tipo de casal que usa a roupa um do outro — disse Marcus. — Vocês se beijaram debaixo da chuva como em *Diário de uma paixão*? — perguntou Lucy.

Tani veio até mim e começou a me farejar. Ela provavelmente estava sentindo o cheiro de Dusk.

— Não entendo por que as mulheres adoram esse filme. Ela tinha Alzheimer e se esquecia dele o tempo todo — disse Marcus.

— É uma história romântica, Marc. Ele fazia com que ela se lembrasse dele — replicou Lucy. — Além disso, ele a esperou muito tempo e ainda construiu uma casa pra ela.

Soltei uma risada e me deixei cair no sofá.

— A Lucy tem razão — eu disse.

Marcus veio se sentar ao meu lado com uma tigela de cereais. Meus cereais, a propósito, que eu tinha escondido porque já estavam acabando.

— Você precisa encontrar um esconderijo melhor — ele me disse quando percebeu que eu estava olhando para a tigela. — E então, como foi a sua noite?

— Perfeita demais para ser descrita em palavras — respondi.

Um grande sorriso apareceu em meu rosto e escondi a cabeça entre os braços.

— Own! — disse Lucy.

Ela estava no chão brincando com a Titânia e olhava para mim como uma menininha assistindo a uma novela romântica.

— E você, Lucy? Como foi a sua noite com o Ewan?

Suas bochechas ganharam um pouco de cor e ela se concentrou na cadelinha.

— Ele me levou para comer em um restaurante francês e foi muito cavalheiro — respondeu.

— Que alívio, nós temíamos que ele fosse um assassino em série — disse Marcus.

Dei uma cotovelada nas costelas dele.

— O sotaque dele é desconcertante, seus elogios soam como poesia. Quando me trouxe de volta para casa, ele me perguntou se podia me beijar. Como se ele precisasse da minha permissão... — disse Lucy. — Foi tão...

— Antiquado — completou Marc.

Lá foi outra cotovelada nas costelas dele.

— Encantador — disse Lucy.

Ela não disse mais nada, mas dava para ver que estava realmente gostando dele. Lucy era reservada em relação a seus sentimentos, mas não conseguia esconder sua cara de alegria.

— E você, Marc? Como vão as coisas com a Melissa? — perguntei.

— Não quero vê-la de novo.

Meus olhos se estatelaram e Lucy levantou a cabeça.

— Algum motivo específico para isso? — perguntei.

— Hoje de manhã ela deixou uma mensagem na minha página do Facebook dizendo como ela tinha se divertido muito ontem e que mal podia esperar para o nosso próximo encontro — disse Marcus. — Ela podia ter me enviado uma mensagem de celular, mas preferiu colocar no meu Facebook para todo mundo ler. Sabe o que isso significa?

Refleti por alguns segundos.

— Que ela está marcando território.

— Exato! E ninguém, NINGUÉM, marca território em mim. Eu sou um... um cão selvagem! — disse Marcus exaltado. — Não sou nenhum cão domesticado em que se coloca uma coleira. O dia em que eu permitir que alguém demarque meu território, vocês saberão.

Lucy olhou para ele como se estivesse se perguntando se Marcus batia bem da cabeça. Abriu a boca, mas logo voltou a fechá-la, sem encontrar palavras.

— Você está exagerando, foi só uma mensagem — respondi.

— A Melissa parece ser legal. Um pouco ágil... mas legal — disse Lucy.

Marcus pegou o celular e minutos depois começou a ler em voz alta: "Marc, ontem você foi incrível e eu me diverti muito, mal posso esperar pelo nosso próximo encontro. Beijos, smack, smack, Melissa".

Segurei a vontade de rir por causa do jeito que ele leu "smack, smack". Lucy também parecia estar se segurando.

— Se ela já tomou tanta liberdade depois de dois encontros, imagina o que ela não é capaz de fazer daqui a algumas semanas — disse Marcus. — Melissa Walls é o inimigo.

Seu tom de voz era definitivo, então, Lucy e eu não dissemos mais nada a respeito. Marc sempre procurava desculpas para terminar seus relacionamentos, mas desta vez eu tinha que admitir que Melissa estava se precipitando um pouco.

Passamos a tarde assistindo televisão e lendo revistas. Marcus dispensou a parte das revistas e se acomodou no sofá com seu caderno de desenhos. Assim como eu, ele gostava de desenhar para se distrair e, na maioria dos casos, suas artes envolviam super-heróis ou histórias em quadrinhos. O desenho da vez era de Thor destruindo um computador com seu martelo.

Quando anoiteceu, mandei uma mensagem a Michael para ver se ele queria jantar em casa e ele me respondeu um "Claro que sim", então pedi uma pizza e vesti uma roupa bonita. Lucy disse que podia ir para a casa de Alyssa, mas eu disse que não precisava. Ela parecia muito confortável de pantufas e nós morávamos juntas, não fazia sentido ela sair de casa toda vez que eu chamasse o Michael.

Marcus recebeu uma mensagem de texto e desapareceu sem dar explicações, o que nos fez concluir que ele devia estar falando com alguma garota. Outra menina que não Melissa, é claro.

Michael não só chegou pontualmente, como também me trouxe um buquê de rosas. Isso, na minha cabeça, fazia dele o namorado perfeito.

Nós estávamos prestes a nos sentar para comer quando alguém bateu à porta. Imaginei que Marc pudesse ter sentido o cheiro da pizza, e por isso fiquei tão surpresa quando abri a porta e me deparei com Maisy.

— Oi — disse ela com naturalidade, olhando para mim e esperando eu abrir espaço para ela passar.

Falei para ela entrar sem saber que outra coisa eu poderia fazer.

— Maisy? O que você está fazendo aqui? — perguntou Michael.

— Eu estava entediada e lembrei que você disse que vinha comer pizza na casa da Madison — respondeu. — Como você falou que a Lucy também estaria aqui, imaginei que eu não iria atrapalhar.

Michael olhou para ela e depois para mim, sem dizer nada.

— Que bom que a pizzaria fica a duas quadras daqui, acho que vamos precisar de mais pizza — eu disse.

— Só queijo, nada de molho, pimenta, nadinha — disse Maisy.

Seu tom pareceu um pouco autoritário, como se eu fosse um funcionário da pizzaria recolhendo o seu pedido. Deixou o casaco e a bolsa em cima do sofá e sentou-se à mesa como se fosse uma rainha à espera de ser servida. Peguei o telefone para fazer o pedido; ainda assim eu gostava mais dela do que de Lyn.

Tani colocou as patas na cadeira dela, balançando o rabo como uma mola, e Maisy a pegou nos braços.

— Eu devo estar com o cheiro do Hollín, ele estava deitado no meu colo antes de eu sair de casa — disse Maisy. — Ela é sua, Lucy?

— É, o nome dela é Titânia. O Marcus a adotou em um abrigo e me deu de presente de aniversário — respondeu alegremente.

Maisy contemplou a cadelinha, que agora esticava o pescoço tentando lamber seu rosto.

— É um presente atípico — disse pensativa. — O Marcus gosta de impressionar as mulheres.

— Na verdade, não. Ou pelo menos não com presentes, eu nunca o vi dar nem mesmo uma flor para garota nenhuma — respondi.

Busquei outro jogo americano e um prato para Maisy.

— Então ele deve sentir um carinho especial por você — disse Maisy olhando para Lucy.

— Ele gosta de mim como uma irmã — respondeu Lucy.

Ela tentou dizer aquilo com naturalidade, mas havia certa mágoa em sua voz. Se Maisy percebeu, não disse nada. Michael chegou mais perto de mim, afastou meus cabelos e encostou os lábios na minha nuca. Senti cócegas e uma sensação de calor tomou conta do meu corpo em questão de segundos.

— Onde a sua família mora? — perguntou Maisy para Lucy.

Seu tom de voz revelava curiosidade, ela não estava perguntando só para mudar de assunto.

— Em Nova York, meus pais moram a algumas quadras da casa da Madi — respondeu Lucy.

— Você é filha única?

— Sou — respondeu Lucy.

— E a sua mãe? Também se interessa por animais e biologia como você? — perguntou Maisy.

Michael pegou copo e talheres para Maisy e levou para a mesa.

— Minha mãe é chef de cozinha — respondeu Lucy. — Ela gosta de animais e sempre cuidou do jardim da nossa casa.

— Isso faz sentido — disse Maisy.

Eu não sabia direito a que ela se referia, Lucy também olhava para ela com cara de interrogação. A pizza não demorou muito para chegar e desapareceu ainda mais rápido. Todos deviam estar muito famintos, porque ninguém falou quase nada enquanto comíamos e a pizza acabou em questão de minutos.

Não era exatamente um encontro romântico, mas acabou sendo divertido. Ficamos conversando um pouco e depois jogamos baralho.

Maisy e Lucy pareciam se dar bem e, em um dado momento, ficaram superenvolvidas em uma conversa. Aquela foi a oportunidade perfeita para Michael e eu fugirmos para o meu quarto.

Fechei a porta atrás de mim e me sentei na cama. Era a primeira vez que ele entrava no meu quarto e eu podia ver a curiosidade em seus olhos. Michael caminhou em círculos, observando tudo. O pôster de *Orgulho e preconceito* na parede, a pequena pilha de roupas sujas em um canto, o gato de pelúcia que ele tinha me dado sentado junto de seu cachecol. Parou em frente ao mural de fotos e observou-o minuciosamente.

Estiquei-me para ver qual ele estava olhando, mas sua atenção não estava nas fotos e sim no desenho que eu havia feito da nossa caminhada debaixo da chuva.

Desviei os olhos envergonhada. Eu havia esquecido que aquilo estava ali. O desenho revelava muitas coisas, que eu havia achado especial caminhar umas poucas quadras com ele num dia de chuva, ou o fato de que eu havia gostado dele desde o começo.

— Posso ficar com isto? — ele perguntou apontando para o desenho.

Neguei com a cabeça. Podia sentir o calor subindo pelo meu rosto. Eu me senti um pouco boba, como uma criança que se recusa a empresar um brinquedo.

— Eu gosto de ter ele aí — respondi.

— Você é talentosa — disse Michael caminhando até mim. — Só de ver esse desenho, tudo voltou à minha memória. Você debaixo da chuva, sua mão apoiada no meu braço...

Ele se sentou ao meu lado e colocou a mão sobre a minha.

— Você pode desenhar um igual pra mim? — perguntou.

— Não sei, talvez... — respondi. — Vou precisar de um pouco de ajuda para me inspirar e conseguir recriar o que senti naquele dia.

Deitei-me na cama e olhei para ele, convidando-o a deitar ao meu lado.

— Isso não será um problema — respondeu.

Michael estirou-se junto a mim. Sua mão acariciou meu cabelo e pousou na minha nuca, puxando-me para perto dele. Seus lábios encontraram os meus em um beijo doce que logo se tornou ávido e impetuoso. Alguém bateu à porta e em seguida escutamos a voz de Maisy.

— Michael.

Ele soltou um suspiro de frustração, mas continuou na mesma posição em que estava.

— Não é uma boa hora, Maisy — respondeu.

Abafei o riso e beijei seu pescoço delicadamente para provocá-lo. Michael olhou para mim como se eu estivesse encrencada e me segurou pelas mãos para que eu não pudesse me mexer.

— É a Lyn... — disse a voz atrás da porta.

— O que tem ela? — perguntou.

Ele roçou os lábios nos meus, mas se esquivou quando tentei beijá-lo. Resmunguei tentando me levantar e Michael soltou uma risada.

— Vocês podem controlar seus hormônios por um minuto? — disse Maisy. — A Lyn foi para O Caixão Vermelho e levou o Marcus com ela.

Michael virou a cabeça para a porta e aquele brilho travesso sumiu de seus olhos.

— Quê? O que é O Caixão Vermelho? — perguntei.

Ele se recompôs e foi falar com Maisy. Ela estava ali parada, com o celular na mão e mostrou a tela para ele.

— A Lyn sabe se cuidar sozinha — disse Michael.

— Mas não acho legal que ela esteja lá e, além disso, o Marcus não sabe onde está se metendo — respondeu. — Ele vai acabar amarrado enquanto alguma louca corta seu pescoço.

Maisy disse isso e saiu apressada em direção à sala.

— Do que você está falando? Onde está o Marcus? — perguntei indo atrás dela.

Maisy pegou seu casaco e sua bolsa. Lucy olhava para ela com uma expressão preocupada.

— Alguém pode me explicar o que está acontecendo? — eu disse olhando para Maisy e depois para Michael. — O que o Marcus está fazendo com a Lyn e o que é O Caixão Preto?

— O Caixão Vermelho — corrigiu Maisy. — É um bar temático. Imita uma espécie de antro de vampiros e os frequentadores de lá são góticos e fanáticos que adoram brincar de vampiro.

Olhei para ela embasbacada, aquilo só podia ser brincadeira.

— É como um joguinho de interpretação? — perguntei.

— É mais ou menos isso — respondeu Michael. — Só que eles tendem a levar a brincadeira bem a sério.

— A Lyn levou o Marcus a um bar onde as pessoas fingem ser vampiros... — eu quase não conseguia acreditar no que estava dizendo. — Isso é definitivamente estranho, mas não me parece perigoso.

— Eles são fanáticos, são humpiros — retrucou Maisy.

Não deu para segurar a risada, aquele papo ficava cada vez mais absurdo.

— Humpiros?

— Humanos que acham que são vampiros. Eu e a Lyn os chamamos assim — disse Maisy.

Dava para ver que até ela achava o nome engraçado.

— Eles não... não mordem, né? — a vozinha de Lucy soava assustada. — Eles não vão morder o Marc de verdade.

Michael se aproximou de Lucy e lhe assegurou:

— Não, mas...

— O problema é que seu amigo Marcus é convencido. Ele com certeza vai dar em cima de alguma menina achando que aquilo se trata apenas de um pouco de maquiagem e meias-arrastão e, então, alguma psicopata vai cortá-lo com uma navalha e lamber seu sangue — Maisy completou o pensamento de Michael.

Lucy e eu trocamos olhares de horror.

— Isso é nojento — disse Lucy.

— Sim, e anti-higiênico — emendou Maisy.

— Por que a Lyn levaria Marcus a esse lugar? — perguntei. — E mais importante ainda: por que ela foi pra lá? Além de flertar com os homens ela também gosta de chupar o sangue deles?

Maisy olhou para mim irritada.

— Não, é claro que não. Nós descobrimos esse bar na nossa primeira semana aqui, Mic, Lyn e eu. Fomos uma vez só, mas Lyn queria voltar lá hoje à noite. Eu disse que não estava com vontade e não imaginei que ela iria por sua própria conta, muito menos que levaria o Marcus — respondeu Maisy.

— A sua irmã está tão louca quanto esses humpiros — eu disse.

— A Lyn não tem más intenções, ela só é um pouco imprudente.

Um pouco imprudente? Olhei para ela sem dizer nada, eu não queria entrar em uma discussão interminável. Michael ziguezagueou pela cozinha, esperando que a conversa acabasse.

— Temos que ir buscar o Marc — disse Lucy. — Se esse bar é perigoso, nós não podemos deixá-lo lá.

Dava para ver a ansiedade em seu rosto.

— Maisy e eu vamos atrás deles — disse Michael.

— Não, o Marcus é nosso amigo. Lucy e eu também vamos.

Michael e eu nos entreolhamos e ele assentiu.

— Certo — ele voltou seu olhar para Lucy. — Você deveria ficar, você parece ser uma pessoa doce e frágil, eles vão ficar sedentos à sua volta.

Lucy olhou para Michael e sua expressão se tornou ainda mais decidida.

— Eu não sou frágil. Quero ter certeza de que o Marc está bem. — Fez uma pausa e acrescentou — E eu quero ver o que são esses humpiros.

Aquela palavra me fez rir outra vez.

— Lucy, são pessoas normais fantasiadas de vampiros — eu disse.

Michael ia dizer alguma coisa, mas Maisy o interrompeu.

— Todos nós iremos. Não subestime o poder feminino, primo.

Poucos minutos depois estávamos dentro do carro de Michael a caminho do tal bar. Eu nunca tinha ouvido falar desse lugar, e me perguntava por que ainda não tinha sido fechado se era tão radical quanto Michael e Maisy faziam parecer.

Ficava em uma região da cidade aonde eu nunca havia ido, provavelmente por causa do excesso de becos sem saída e da escuridão. Parecia ser um lugar propenso a assaltos.

O beco em que entramos, no entanto, estava iluminado, e a única coisa que havia ali era uma porta vermelha. Nada de letreiros ou pessoas fazendo fila. Era apenas uma rua deserta com uma porta cor de sangue.

Michael me deu a mão e pediu para que ficássemos todos juntos. Lucy assentiu e veio para o meu lado, espremendo-se contra mim.

A porta estava aberta e atrás dela havia cortinas pretas de veludo. Olhei para Lucy nervosa, perguntando-me o que raios estávamos fazendo ali.

Por trás da cortina havia um outro mundo: velas, sofás de veludo e gente esquisita. O lugar era amplo, mas o teto parecia ser mais baixo do que o normal. Aquilo dava uma sensação de claustrofobia, como se estivéssemos dentro de uma caixa fechada.

Um velho candelabro com dezenas de velas iluminava o centro do bar e havia sofás por todos os cantos. Um garoto trombou comigo e apertei a mão de Michael com mais força. Ele realmente parecia um vampiro: rosto pálido, olhos delineados e lentes de contato estranhamente azuis. Ele vestia calças de couro e uma blusa regata tipo arrastão. Peguei Lucy pelo braço para ter certeza que ela não se perderia de nós.

A música que estava tocando era lenta e hipnótica, para não dizer macabra. A multidão era composta por pessoas vestidas com trajes de diferentes épocas, alguns pareciam góticos e outros usavam roupas medievais, como se tivessem saído do castelo do Drácula.

— Essas pessoas precisam fazer terapia — eu disse.

— Você acha? — respondeu Maisy.

Passamos perto de um divã de veludo vermelho onde estava deitada uma moça de cabelo preto. Sobre ela havia um rapaz de sobretudo de couro preto e cabelo muito loiro, certamente oxigenado. Ele lambia o canivete, sujo de sangue, que tinha nas mãos. A cena me impressionou de tal maneira que não conseguia parar de olhar para eles.

— Isto é ilegal — eu disse.

— Eles estão fazendo isso por vontade própria e os cortes são superficiais — respondeu Michael. — Se o bar continua aberto é porque não encontraram um motivo para fechá-lo.

Em um canto do bar havia um balcão em forma de caixão e atrás dele um homem de aparência intimidante servia bebidas. Ele usava uma cartola e uma capa preta, como se fosse o anfitrião.

Maisy caminhava à nossa frente, ignorando os olhares e comentários dos homens que se aproximavam dela.

— Você gosta de vampiros? — perguntou Michael tentando brincar.

— Eu gosto do Lestat de Lioncourt, com seu violino e seu ar intelectual — respondi.

Michael riu e me olhou de soslaio.

— Isto é estranho, muito estranho. Aquele garoto ali está com lentes de contato vermelhas — disse Lucy apontando para alguém.

— Não aponte! — exclamou Michael.

Tarde demais. O homem percebeu e veio na nossa direção. Tinha cabelos espetados em forma de lanças e piercings nas sobrancelhas. Seus olhos vermelhos estavam cravados em Lucy como os de um predador.

— Você é bonita, menininha. Coisinhas delicadas como você sempre abrem meu apetite.

Ele estendeu a mão para tocar o cabelo dela, mas Lucy a empurrou e olhou para ele com aversão.

— As ruivas têm gosto de morango e você parece particularmente saborosa.

Michael se posicionou entre Lucy e ele sem soltar a minha mão.

— Ela está com a gente. Procure outra pessoa para incomodar ou faça um favor a si mesmo e procure ajuda profissional — disse ele.

O homem olhou para Michael cheio raiva e abriu a boca mostrando seus dentes. Aqueles caninos não podiam ser de verdade.

— Você está se metendo onde não deve, mortal. Está querendo levar uma surra?

Michael continuou onde estava, sua expressão era séria e desafiante.

— Deixe a gente em paz ou eu chamo a polícia — eu disse. — Você acaba de mexer com alguém que pode ser menor de idade.

Ele olhou para mim e depois para Lucy. Seus olhos vermelhos eram inquietantes. Lucy parecia mais nova do que era e se esforçou para fazer uma cara inocente. O homem saiu andando e esbarrou em Michael de propósito.

— Ah, vou bater nele.

Peguei Michael pelo braço para evitar que ele reagisse.

— Deixe ele ir, essas pessoas são loucas — eu disse.

— É como se eles vivessem em outra realidade — disse Lucy. — Obrigada por me ajudar, Michael.

Procurei Maisy e encontrei-a mais à frente. Não era difícil identificá-la, já que era a única pessoa com roupas normais. Ela parecia estar discutindo com alguém, uma garota de cabelos brancos vestida com um espartilho de couro.

Maisy a empurrou para trás e pude ver que havia um garoto entre elas. Era Marcus. Caminhei em sua direção, atravessando um grupo de meninas vestidas em estilo punk.

— Sinto muito, mas ele não quer brincar de vampiro — disse Maisy. — Tire as algemas dele.

A menina pegou Marcus pelo braço e olhou para Maisy de maneira provocativa.

— Não precisa desse drama todo, meu bem — respondeu. — Meu nome é Satin e ele aceitou ser o meu brinquedo esta noite. Se você está com ciúmes, podemos chegar a um acordo, você pode se juntar a nós.

Fiquei paralisada ao ouvir aquelas palavras. Ela tinha acabado de propor sexo a três com Maisy e Marcus? Aquilo estava me dando náusea.

O rosto de Maisy ficou vermelho de raiva e, por um momento, eu achei que ela lhe daria um soco.

— Até parece, como se eu fosse me rebaixar a ponto de fingir ser uma prostituta que gosta de chupar sangue — retrucou Maisy.

Marcus olhou para ela boquiaberto. Lucy e eu nos entreolhamos.

— Vá embora daqui ou farei com que te atirem porta afora — disse Satin.

Ela tirou uma agulha da roupa e a levou ao pescoço de Marcus. Ele levantou as mãos algemadas tentando fazer com que ela parasse.

Maisy, Lucy e eu pulamos em cima dela ao mesmo tempo.

— Solte ele, humpira! — gritou Lucy.

A menina caiu no chão por baixo de nós três.

— Ashford! Lucy! — disse Marcus ao nos ver. — Graças a Deus vocês estão aqui, essas mulheres são mais loucas que a Melissa.

Ele devia ter percebido isso só de olhar para ela. Satin tinha cabelos brancos, lábios de um vermelho furioso e usava calças de couro com correntes debaixo do espartilho.

Maisy arrancou a pulseira de Satin que continha um molho de chaves e abriu as algemas de Marcus. Ele a abraçou em agradecimento.

— Você é a minha nova heroína, Maisy Westwood.

Maisy sorriu para ele por um momento, mas logo se desvencilhou do abraço.

— Cadê a Lyn? — perguntou.

— Não sei, ela disse que ia até o bar e aí veio essa menina e praticamente me jogou num sofá — respondeu.

Satin ficou de pé e nos olhou como se fôssemos nós os estranhos da situação.

— Voltem para casa, crianças, este lugar não é para vocês — disse afastando-se.

Crianças?

— Marc, você está bem? — perguntou Lucy.

Ele assentiu e passou o braço em volta dela de forma protetora.

— Você não deveria estar aqui — disse.

— Nós viemos te salvar — replicou Lucy.

— Que bom que vocês conseguiram. Quando a Satin me perguntou se eu queria me divertir, não imaginei que ela ia me algemar e abrir um corte na minha mão.

Ele se virou para Maisy e continuou:

— O que a sua irmã está fazendo? Por que ela frequenta este lugar?

— A Lyn gosta de situações perigosas — respondeu Michael. — Vamos atrás dela.

Permanecemos todos juntos e atravessamos o bar inteiro em busca de Lyn. Em vários momentos senti olhares sobre mim e meu corpo se enrijecia em alerta. Tudo bem eles gostarem de vampiros, mas aquilo já era demais. Aquelas pessoas eram obcecadas, viviam uma vida que não era a deles. Eu me perguntei o que eles faziam durante o dia, não podiam estudar ou trabalhar vestidos daquele jeito.

— Lá está ela — disse Marcus.

Levantei a cabeça na direção em que ele apontava e enxerguei Lyn. Ela estava vestindo uma saia curta, meias-arrastão e botas. A roupa, a mecha lilás de seu cabelo e sua atitude até que combinavam com aquele ambiente.

Ela estava dançando de maneira sedutora com um garoto que usava um traje de época.

— Lyn! — gritou Maisy.

Ela nos avistou e acenou com animação.

— Maisy! Você veio. — Ela olhou para todos nós e acrescentou — E trouxe uma caravana junto.

— Onde você estava?! — perguntou Marc irritado.

— Pensei que você estava se divertindo — respondeu Lyn.

Marcus levantou a palma da mão e mostrou a ela. Ele tinha um longo corte que ainda sangrava.

— Obrigado, Lyn. Me diverti muito enquanto uma lunática lambia o sangue da minha mão — rebateu.

Lucy e eu fizemos uma careta. O humpiro que estava com Lyn a pegou pela cintura e olhou para nós como se estivéssemos atrapalhando.

— O nome dele é Skender, ele é romeno — disse Lyn dando palmadinhas na cabeça do garoto como se ele fosse um cachorrinho.

Não pude conter a risada e percebi que os outros também queriam rir.

— Eu sou parente de Vlad III, o Empalador — disse o garoto.

— É claro que você é — respondeu Lyn.

Dava para ver que ela achava graça dele, mas Skender era o único que parecia não notar.

— Lyn, nós vamos embora. Agora — disse Michael.

Ele a encarou com uma expressão severa e começou a andar em direção à saída. Eu estava indo atrás dele quando senti alguém puxar o meu braço. O rapaz parado à minha frente, sim, sabia se maquiar. Sua pele era lisa e pálida, como se fosse de mármore. Tinha cabelos escuros e olhos castanhos profundos. Seu figurino também não estava nada mal, usava uma camisa preta toda talhada, o que revelava seu torso atlético.

— Oi, bonita.

Tentei desviar por um lado, mas ele se moveu ao mesmo tempo que eu, entrando outra vez no meu caminho.

— Eu estou acompanhada — disse.

Ele se aproximou ainda mais.

— Você não costuma vir aqui, né?

— Não, é minha primeira e última vez — respondi.

Ele me contemplou mordendo o lábio.

— Me deixa pelo menos dar alguma coisa para você se lembrar de mim — disse ele. — Um anjo como você não pode ir embora deste lugar sem ser marcada.

Ele levou a mão ao meu pescoço, mas eu logo a afastei. Ele já devia estar esperando por isso, porque segurou o meu pulso com uma mão enquanto me agarrava com a outra.

— Me solte! — ordenei.

— Ou? — ele perguntou com um sorriso.

Seus dedos rodeavam o meu pulso. A forma como ele me olhava era inquietante.

— Me solte agora — eu disse em tom firme.

Ele negou com a cabeça e foi me encurralando ainda mais.

— Madison.

Michael tirou o garoto de perto de mim e acertou um soco em cheio no rosto dele. O rapaz deu alguns passos para trás e levantou as mãos para o ar como que se redimindo de qualquer culpa. Seu rosto estampava uma expressão jocosa.

— Você gosta de sangue? Se você sequer olhar para ela de novo, vai experimentar o seu próprio — disse Michael em tom ameaçador.

— Olhar? Eu vou fazer muito mais do que isso — rebateu o rapaz. — Vou sentir a cinturinha dela nas minhas mãos e depois vou morder os lábios macios dela e...

Michael avançou contra ele de novo e lançou um soco em seu estômago.

— Michael!

Eu tentei pará-lo, mas não conseguia me aproximar. Os dois já estavam se atracando no chão. Esmurravam-se de todas as maneiras possíveis.

As velas que iluminavam o lugar se apagaram de repente e o bar ficou no escuro. Um instante depois elas se acenderam outra vez, como num passe de mágica, e continuaram apagando e acendendo sem parar.

O rapaz segurou Michael contra o chão, mas ele se livrou do humpiro com um chute. As chamas das velas iam e voltavam, tornando difícil enxergar o que estava acontecendo.

— Michael, já chega! — gritou Maisy.

Lyn chegou bem perto deles e o homem voou longe, como se alguém o tivesse empurrado. Isso abriu distância entre os dois e pude me agachar ao redor de Michael para evitar que a briga continuasse.

— Meu nome é Alexander... — o garoto disse enquanto se recompunha, com os olhos grudados em mim e sorrindo como um lunático. — Se você se interessar, pode me encontrar aqui quando quiser, bonita.

Michael tentou se levantar e Maisy me ajudou a segurá-lo.

— Sai fora — disse Marcus. — Ou sou eu quem vai estar interessado.

Alexander olhou para ele com cara de interrogação.

— Interessado em te deixar com o outro olho roxo — esclareceu Marc.

Todo mundo estava olhando para nós. O homem atrás do balcão, aquele de aparência terrível, nos escoltou até a saída e nos advertiu para nunca mais voltarmos lá.

Lua cheia

A volta foi silenciosa. Estávamos todos calados e olhando pelas janelas. Lucy estava praticamente no colo de Marcus, já que éramos quatro esmagados no banco de trás.

Michael estava sério, com os olhos grudados na estrada. Ele continuava com a mesma expressão desde que havíamos saído daquele lugar maldito, como se tudo o que ele quisesse fosse continuar batendo naquele tal de Alexander.

— Isso foi divertido — disse Lyn quebrando o silêncio.

Todos os olhares se voltaram para ela.

— As velas apagavam e acendiam sozinhas — disse Marcus.

— Foi assustador, as chamas se extinguiam completamente e depois voltavam a acender do nada — respondeu Lucy.

Ninguém disse nada.

— Não é possível — disse Marc finalmente. — Acho que nós fomos drogados.

Lyn deixou escapar uma risada.

— Nós não bebemos nada e vimos a mesma coisa. Não é verdade, Madi? Maisy?

Maisy não respondeu.

— É verdade — eu disse.

Michael me olhou de esguelha. Eu não sabia o que pensar ou acreditar, não era a primeira vez que eu presenciava algo estranho nos últimos tempos.

— Só pode ser droga — insistiu Marcus. — É por isso que eles agem dessa maneira, como se fossem criaturas imortais da noite.

Eu estava certa de que nem Lyn nem Michael tinham empurrado Alexander e, no entanto, ele havia voado longe, como se alguém realmente tivesse feito aquilo. Ele tinha sido lançado para trás por uma força invisível.

— Você está bem? — perguntou-me Michael em voz baixa.

Olhei para ele e fiz que sim com a cabeça. Alguns minutos depois já estávamos em frente ao nosso prédio. Ele estava com a mão em cima da minha e não parecia querer tirá-la dali. Marcus e Lucy saíram do carro e foram entrando.

— Até amanhã.

— Não queria ficar longe de você depois do que aconteceu — disse Michael. — Você não quer dormir lá em casa?

Seus olhos azuis tinham um brilho intenso e ele parecia preocupado.

— Está tarde e eu gostaria de dormir na minha cama — eu disse. — Não se preocupe, o Alexander não vai conseguir me rastrear e escalar o prédio até o quarto andar.

Eu disse aquilo em tom de piada, mas Michael não estava achando graça, parecia ainda mais sério do que antes. Para falar a verdade, eu também não queria me separar dele, só queria dormir na minha cama.

— Você quer ficar? — perguntei.

A minha pergunta aliviou a sua expressão e ele até chegou a esboçar um sorriso.

— Own, vocês são como Romeu e Julieta — disse Lyn em tom sarcástico. — Só que a Madison não é uma casta e inocente donzela e você não é assim tão bonito, primo.

Maisy riu do comentário da irmã e deu umas palmadinhas no ombro de Michael.

— Fique com ela, nós vamos com o seu carro — disse.

— Vou confiar o meu carro a você, Maisy — respondeu Michael. — Sinto muito, Lyn, mas eu já te vi dirigindo.

Lyn olhou para ele ofendida.

— Não vejo problema nenhum em acelerar um pouquinho além do limite de velocidade — ela disse.

— Em uma curva e na contramão? — rebateu Michael levantando uma sobrancelha.

Nos despedimos delas e entramos no prédio. Lucy já estava de pijama e acomodada no sofá com Tani. Ela ficou um pouco surpresa de ver Michael ali, mas não disse nada.

— Eu vou ver como o Marc está, volto em um minuto. Aquele corte na mão dele estava feio. Quer me esperar no meu quarto?

Michael fez que sim, me deu um beijo e seguiu pelo corredor.

— Você quer vir, Lucy?

— Não, vai você — respondeu.

Eu tinha visto sua expressão pelo espelho retrovisor quando estávamos no carro. Sentar no colo de Marcus e ficar tão perto dele havia mexido com sua cabeça. Era como se ela estivesse constantemente lutando contra seus sentimentos.

— Vou ligar pro Ewan — disse. — Esta noite foi diferente. Estranha, mas também emocionante. Estou me sentindo uma aventureira.

Sorri para ela. Eu não sabia exatamente o quão aventureira ela podia se sentir de pijama e pantufas rosa.

Saí ao corredor e bati no apartamento da frente. Marcus gritou que a porta estava aberta. O lugar estava uma bagunça: garrafas de cerveja vazias, um saco de batatas fritas aberto em cima da mesa, roupas sujas e livros no chão. Quase senti vontade de ajudá-lo a limpar. Quase.

Marcus estava no banheiro limpando a mão com um pedaço de papel higiênico.

— Marc, você está bem?

Ele levantou a mão no ar para eu poder ver melhor.

— O sangue já secou, você acha que vai infeccionar?

Ele estava um pouco paranoico. Segurei a sua mão para poder examiná-la melhor.

— Se a gente limpar, desinfetar bem e enfaixar, não vai — respondi.

Vasculhei o armário do banheiro e me surpreendi ao encontrar o que procurava.

— Minha mãe comprou umas coisas na farmácia quando trouxemos a mudança — disse ele quando notou a minha expressão.

— Está explicado — respondi.

Depois de lavar com muita água e sabão o ferimento, molhei um pedaço de algodão na garrafa de álcool etílico e desinfetei com cuidado o corte. Marcus fez uma careta por causa da ardência, mas se manteve em silêncio.

— O que você acha que aconteceu no bar? Com as velas? — perguntei.

Ele refletiu por alguns segundos.

— Não sei. Realmente não sei — respondeu. — Foi tudo tão rápido e tão fora do comum. Aquele lugar era esquisito demais para tentarmos encontrar um sentido para tudo o que aconteceu lá.

Assenti com a cabeça. Peguei o rolo de gaze e comecei a passar ao redor da mão dele. Eu não tinha muita experiência com aquilo, tudo o que eu sabia era que a faixa tinha que ficar justa, mas não apertada demais.

— Que sensação boa — disse Marcus.

Trocamos olhares e seus olhos castanhos se fixaram nos meus. Apressei-me para terminar o curativo e Marcus fechou a mão ao redor da minha antes que eu pudesse retirá-la.

— Obrigado, Ashford.

Sorri para ele um pouco nervosa.

— Espero que você não esteja planejando mais nenhuma excursão noturna com a Lyn — disse.

Ele riu e soltou a minha mão.

— Eu preciso de uma boa noite de sono. Durma bem, Marc — disse.

Normalmente eu teria dado um beijo na bochecha dele, mas alguma coisa me impediu. Eu não sabia exatamente o que pensar sobre aquele momento no banheiro, com certeza ele estava cansado e um pouco fora de si depois do que havia acontecido com aquela tal de Satin.

O período de provas se aproximava e por conta disso as semanas seguintes foram mais monótonas. Dividi meu tempo entre os estudos, Michael e minhas corridas matinais. Também encontrei uma brecha para fazer algumas comprinhas. Lucy tinha um encontro com Ewan e me levou ao shopping para ajudá-la a escolher alguma roupa "bonita e aventureira". A princípio, tive medo de que aquela noite no Caixão Vermelho a tivesse influenciado de alguma maneira. Lucy adorava seus livros, cheios de fantasia, aventura e romance. Tive medo de que, depois de sentir aquele tipo de emoção, ela pudesse ir em busca de mais coisas do tipo. No entanto, ao ver a roupa que ela escolheu, relaxei e sorri: uma saia preta e uma jaqueta de couro sintético bege era tudo o que ela precisava para se sentir mais intimidante.

Marcus manteve distância das mulheres por uns dias, mas logo voltou a ser o mesmo de sempre, elogiando qualquer menina bonita que passasse por ele.

Depois das velas que acendiam sozinhas e dos humpiros, recebi aquela sensação de rotina e normalidade de braços abertos. Michael e eu continuávamos nos esgueirando pelos corredores da universidade para podermos passar mais tempo juntos. E durante as tardes eu me reunia com Lucy e Alyssa para estudar. Nós não fazíamos as mesmas matérias, mas era bom ter companhia. Precisávamos comer e rir um pouco antes de nos concentrarmos nos estudos.

Lyn saiu algumas vezes com Derek, mas a relação não durou muito tempo. Na semana seguinte ela já voltou a sentar perto de Maisy e Michael na aula de História da Arte, evitando-o.

— Jogou outra pobre vítima no lixo? — perguntou Marcus.

Lyn virou para trás, brincando com uma mecha de cabelo.

— Como se as suas relações fossem muito duradouras — rebateu. — Melissa Walls ainda está chorando pelos cantos da universidade.

Marcus abaixou os olhos e não disse mais nada.

— Você dorme com todos os meninos com quem você sai? — perguntei num impulso de ousadia. — Porque, sejamos sinceras, são muitos.

— Você está querendo saber se dormi com o seu ex? — respondeu Lyn sorrindo.

Neguei com a cabeça. Definitivamente eu não queria saber aquilo. Tacher levantou a voz, olhando na nossa direção e continuei anotando o que ela estava dizendo.

A tela do meu celular se iluminou e apareceu uma nova mensagem.

Michael: 10h34

Preparei uma coisa especial para a noite de hoje.

Às 20h na minha casa.

Ele virou para trás e trocamos olhares. Fiz que sim com a cabeça e sorri. Eu fiquei curiosa para saber o que era, não era nosso aniversário nem nada do tipo. Se bem que, para dizer a verdade, eu não sabia qual era a data exata.

Quando a aula terminou, Katelyn Spence veio correndo na nossa direção. Ela estava com uma cara de quem tinha algo muito importante a dizer.

Deu um "oi" para Lucy e para mim, mas ignorou Marcus. Ela trazia consigo uma bolsa enorme com tantos livros que eu não entendia como ela era capaz de carregá-la.

— Vocês ficaram sabendo da Diana Hathorne? Eu soube hoje de manhã — disse.

Lucy e eu balançamos a cabeça.

— Era a irmã menor do Christian Hathorne — continuou Katelyn. — Encontraram-na morta também. Foi queimada, assim como o Christian.

— Que morte horrível! Isso chega a ser selvagem. Se queriam matá-los, por que não atiraram neles com uma arma?! — disse Lucy.

Marcus colocou a mão no ombro de Lucy, acalmando-a.

— Parece ser um assassino em série — eu disse.

— A polícia acha que é mais de um assassino. Dizem que na cena do crime havia várias impressões digitais, como se um grupo de pessoas tivesse participado — disse Katelyn.

Aquilo sim parecia horrível e mórbido.

— Um grupo de assassinos? — perguntou Maisy.

— Quantos? — perguntou Lyn.

O súbito interrogatório deixou Katelyn surpresa. Por outro lado, ela estava nitidamente satisfeita com toda aquela atenção.

— Eles não sabem exatamente, mas encontraram várias pegadas — respondeu.

— Você sabe se as vítimas estavam amarradas? — perguntou Michael.

— O Christian estava, amarraram ele num poste de madeira. Já a Diana eu não sei, só soube que ela morreu hoje de manhã. Mas dizem que a cena do crime era igual à do irmão, então é provável que sim — disse.

Maisy chegou mais perto dela, examinando-a.

— Como você sabe de tudo isto? — perguntou.

— Eu me informo — respondeu Katelyn. — Você não assiste às notícias?

Maisy continuou observando-a sem responder. Lyn olhou para a irmã e em seguida olhou com desconfiança para Katelyn.

Uma pessoa entrou na sala. Era um garoto bem-arrumado, com um suéter de losangos. Tinha uma expressão serena e carregava nas mãos uma maleta marrom e um casaco escuro. Ewan Hunter.

Seus olhos pousaram em Lucy. O rosto dela se iluminou ao vê-lo, e ela foi ao encontro dele.

Eles formavam um belo casal. Ewan era um cavalheiro, cumprimentou-a com um beijo no rosto e olhou para ela com carinho. Lucy estava com a jaqueta que ela havia comprado e tinha finalmente decidido soltar o cabelo.

— Quem é esse inglês? — perguntou Lyn.

Ela estava olhando cheia de interesse para ele conforme ajeitava o cabelo.

— Nem pense nisso — eu a alertei.

— Só quero dar oi — respondeu.

Ela tentou passar por mim, mas eu a impedi.

— O que você faria se alguém tentasse machucar a Maisy? — perguntei.

Lyn olhou para mim confusa e depois para sua irmã, que continuava conversando com Michael e Katelyn.

— Faria a pessoa se arrepender profundamente — respondeu.

— A Lucy é como uma irmã pra mim e esse inglês é a pessoa com quem ela está saindo — disse em tom sério. — Se você chegar perto dele, vai se arrepender profundamente.

Surpreendentemente, Lyn me lançou um olhar compreensivo.

— Não vou fazer isso — ela disse.

Ao anoitecer, fui para a casa de Michael. Eu estava louca de curiosidade para saber o que ele havia preparado. Quando cheguei, ele estava esperando na porta e me guiou até o quintal dos fundos da casa, onde um piquenique nos esperava. Havia uma toalha de mesa sobre a grama e uma velha cesta junto a uma fogueira.

Olhei para aquela cena boquiaberta, sem saber o que dizer. Um piquenique à luz da lua era definitivamente a cena mais romântica que eu já tinha vivido.

O céu estava limpo, sem nenhuma nuvem cobrindo as estrelas, e a lua estava cheia, grande e brilhante.

Nos sentamos sobre a toalha e Michael me passou um prato descartável com sanduíches. Tentei ver o que mais havia dentro da cesta, mas ele não deixou.

A noite estava um pouco fria, mas o fogo nos aquecia e Michael também me cobriu com uma manta.

— Isto é incrivelmente romântico — eu disse. — O que estamos comemorando?

Michael olhou para mim e afastou alguns fios de cabelo do meu rosto.

— O fato de eu estar muito feliz com você — respondeu. — Essas últimas semanas têm sido...

— Maravilhosas? — sugeri.

Ele assentiu. Seus olhos estavam mergulhados nos meus e a forma como o fogo os iluminava dava um brilho diferente a eles. Uma sensação gostosa se apoderou de mim e não pude fazer nada além de admirá-lo. Eu esperava que aquela expressão abobada no meu rosto pudesse dizer a ele tudo o que eu estava sentindo.

— Quem poderia dizer que você seria capaz de comer um saco inteiro de pipocas em questão de minutos? — ele disse.

Soltei uma risada. Na semana anterior nós tínhamos ido ao cinema assistir a um filme de terror. Eu havia passado a primeira meia hora comendo uma pipoca atrás da outra e o restante do filme apertando a mão dele e cobrindo os olhos.

— Ou que você seria capaz de preparar um piquenique? — respondi.

Ele usou um galho para acomodar uma lenha que estava caindo da fogueira e se virou para mim.

— Você acredita em amor à primeira vista? — perguntou Michael.

— Sim, desde que te conheci — respondi.

Era verdade. Antes de conhecê-lo eu não imaginava que fosse possível sentir alguma coisa por um desconhecido.

Michael sorriu e segurou a minha mão.

— A ideia de ver uma pessoa e simplesmente saber, sentir uma conexão, sempre me pareceu absurda — disse Michael. — Eu achava que era uma besteira sonhada pelos poetas, um detalhe bobo para deixar os contos de fadas mais emocionantes...

— Você é um cético — disse rindo.

Ele olhou para mim como se eu o estivesse interrompendo, então fiquei quieta.

— Quando nos trombamos naquele corredor da universidade, eu te olhei e aquilo foi... — Ele fez uma pausa para procurar as palavras. — Já aconteceu com você de, no meio de um sonho, ter a sensação de que o que está acontecendo ser uma fantasia? Eu senti algo assim e pensei: "É ela, esta menina na minha frente é quem eu estava procurando".

Senti meus olhos úmidos, como se eu estivesse prestes a chorar.

— São lágrimas de felicidade — me apressei em dizer quando vi a expressão em seu rosto.

Michael me beijou de maneira doce e gentil. Não foi como aqueles beijos ávidos e atrevidos que costumávamos dar. Ele me envolveu em seu braço e me abraçou forte junto ao fogo. Desfrutando daquele momento em silêncio. Permanecemos assim um tempo antes de voltarmos a conversar.

— São onze horas — disse Michael para si próprio olhando o relógio.

— E o que é que tem? — perguntei.

Talvez eu tenha exagerado ao imaginar fogos de artifício e uma estrela cadente. Provavelmente porque a noite estava tão perfeita que não sabia como poderia melhorar.

— Nada — respondeu.

Ele ficou mais sério de repente e procurou alguma coisa na cesta.

— O chá vai esfriar — disse, tirando lá de dentro uma garrafa térmica.

Olhei para ele sem dizer nada, mas minha cara deve ter me entregado.

— Que foi?

— É que eu não gosto muito de chá — eu disse. — Prefiro café ou chocolate quente.

Michael ficou me olhando por um tempo e depois me entregou uma xícara.

— Dê uma chance — disse. — Suas mãos estão frias.

Eu não podia negar que era gostoso sentir o calor da xícara nas minhas mãos. Olhei para a água verde e tomei um gole. Tinha gosto de... não sei muito bem do quê. Definitivamente não era camomila nem mel.

— Do que é? — perguntei.

— De ervas — respondeu.

Olhei para a xícara e tomei outro gole.

— Que tipo de erva? Tem um gosto suave e... — Fiz uma pausa para tomar um pouco mais — Reconfortante.

Michael contemplou a lua por alguns instantes e depois olhou para mim. Eu não me lembrava de jamais ter visto uma lua tão grande e bonita como aquela.

— Nós deveríamos entrar, está esfriando — eu disse bocejando.

Encostei a cabeça no ombro dele e fechei os olhos por um momento. Eu podia sentir o calor do fogo no rosto, o que me deixava ainda mais sonolenta. Michael disse alguma coisa e eu concordei sem saber do que ele estava falando. Me encaixei nos braços dele e deixei o sono me levar.

Sintomas

Acordei sem saber onde estava. Michael estava dormindo ao meu lado e aparentemente estávamos no quarto dele. Sentia dor de cabeça e o corpo cansado, como se tivesse com uma ressaca.

Não fazia sentido, nós não havíamos bebido nada alcoólico. A última coisa que eu lembrava era de estar tomando chá sentada junto de Michael ao lado da fogueira.

Tentei vasculhar a memória, mas isso só fez com que a minha dor de cabeça piorasse. Fui até o banheiro e molhei o rosto, esperava que isso ajudasse. Eu estava de camiseta e calças jeans, provavelmente havia pegado no sono e Michael tinha me trazido para a cama.

Voltei para o quarto e fiquei por ali perambulando sem saber direito o que fazer. Eu precisava de uma aspirina e uma boa xícara de café.

Aquele ainda parecia um quarto de hotel, mas havia um novo detalhe que lhe dava mais personalidade. Michael havia colocado uma foto tirada por Lucy na escadaria da universidade onde apareciam ele, Maisy, Lyn e eu. Era para ser uma foto de nós dois, mas as primas haviam se intrometido. E ao lado da foto estava o desenho que eu havia feito para ele. Um muito parecido com o que eu tinha, nós dois caminhando debaixo da chuva. Notei que havia algumas folhas impressas em cima da cômoda e uma coisa nelas me chamou a atenção. Era um calendário das fases da lua com algumas anotações que eu não conseguia entender.

Havia um círculo em volta de uma das datas de lua cheia. Olhei para o papel espantada, havia sido a noite anterior. Continuei examinando as folhas; o calendário remontava a 1994, o ano do meu nascimento.

— Madison?

Michael olhava para mim da cama com os olhos entreabertos, como se tivesse acabado de acordar. Fui até ele e me sentei ao seu lado.

— Faz tempo que você acordou? — perguntou.

Neguei com a cabeça.

— Não estou me sentindo muito bem — eu disse. — O que aconteceu ontem?

— Você pegou no sono lá no quintal e eu não quis te acordar — respondeu.

Ele pegou na minha mão e assim que nos tocamos senti algo como um choque. Recolhi a mão, alarmada por aquela sensação.

A dor de cabeça piorou ainda mais e senti uma pressão horrível na testa.

— Você está bem?

Michael ajoelhou ao meu lado, levou a mão ao meu rosto, mas parou antes de tocá-lo.

— Estou com muita dor de cabeça — respondi.

— Vou buscar uma aspirina e um copo d'água — disse Michael.

Recostei-me na cama e esperei ele voltar. Eu não lembrava a última vez que havia me sentido daquele jeito, provavelmente tinha sido no ano anterior, depois do aniversário do Marcus. Aquela havia sido a nossa primeira festa como universitários e eu havia bebido mais do que devia.

Tomei a aspirina e fechei os olhos, esperando algum tipo de efeito instantâneo. Eu precisava acabar com aquela enxaqueca terrível.

— Você quer que eu te leve para casa? — perguntou Michael. — Você deveria descansar.

— Eu deveria era estar na aula dentro de uma hora, tenho Teoria da Publicidade hoje. — Fiz uma pausa e ponderei — Mas é melhor você me deixar em casa. Acho que estou ficando resfriada ou algo do tipo.

Michael me fez um cafuné e seu toque me deixou mais tranquila. Era gostoso e não tinha mais choque nenhum entre a gente.

— Você está estudando as fases da lua? — perguntei. — Eu vi o calendário.

Sua mão parou por um momento e logo continuou me acariciando.

— Estou fazendo aulas de astrologia — respondeu Michael. — Andei pesquisando um pouco e descobri que ontem era a noite perfeita para olhar a lua.

Michael me deixou em casa e passei o resto do dia na cama. A dor de cabeça cessou, mas só depois de outra aspirina e um cochilo. No entanto, eu continuei me sentindo mal pelo resto do dia. Não sabia exatamente o que era aquilo, só sentia que meu corpo estava estranho e cansado.

Lucy mediu a minha temperatura e insistiu que eu estava com febre e que precisava de repouso. Ela e Marc me trouxeram comida no quarto e jantaram sentados no chão, ao pé da minha cama. Era ótimo estar na companhia deles, me faziam rir mesmo quando eu me sentia péssima.

O mal-estar continuou por mais dois dias até que, finalmente, no quarto dia, eu acordei melhor. Ainda tinha a sensação de que havia algo errado comigo, mas pelo menos não sentia mais que meu corpo estava se rebelando contra mim.

Era sexta-feira e eu estava bem o suficiente para voltar à universidade. A aula passou rápido e, na sequência, fui para a biblioteca, havia muito conteúdo para recuperar. Estava sentada em uma mesa copiando umas anotações quando vi Ewan Hunter junto a uma estante, organizando uma pilha de livros.

Ele me viu e veio falar comigo. Estava arrumadinho como sempre, mas dessa vez o suéter era liso e não de losangos. Também notei que ele estava de óculos, devia usá-los para ler.

— Você é a Madison, a amiga da Lucy, certo? — disse estendendo a mão para me cumprimentar. Ele era sempre muito educado.

— Você trabalha na biblioteca? — perguntei.

— Não, só estava devolvendo uns livros que peguei emprestado — respondeu. — Meu pai é professor e foi transferido pra cá este ano. Sou assistente dele e a universidade permite que eu use as facilidades para a minha pesquisa.

Bonito e inteligente, definitivamente ele era um bom candidato para Lucy.

— Que tipo de pesquisa?

— Mitos e lendas. Muitos mitos surgem a partir de acontecimentos verdadeiros e depois, com o tempo, o caráter sobrenatural prevalece sobre o real — disse Ewan. — Meu trabalho é voltar ao início e procurar o que originou o mito.

— Parece interessante — respondi.

— Você ficaria surpresa — disse misteriosamente.

— A Lucy adora literatura de fantasia. Espero que você não esteja arruinando as histórias preferidas dela com fatos reais — disse rindo.

Quando éramos crianças, Lucy havia passado meses obcecada por Nessie, o monstro do lago Ness. Ela tentou de todas as maneiras possíveis, procurando informações em livros e jornais escoceses antigos que eu nunca soube de onde ela tirou, provar que ele realmente existia.

— Eu sei, é uma das coisas que eu mais gosto nela — disse Ewan. — Não me atreveria a arruinar suas fantasias.

Ele ia voltar para a estante, mas eu o parei.

— O que você acha de Salém? Das histórias de bruxas e magias? — perguntei. — Você já pesquisou alguma coisa sobre isso?

Ele passou a mão pelos cabelos loiros, refletindo sobre a pergunta.

— Ainda não tive a oportunidade — disse. — Mas agora que você mencionou, acho que eu deveria mesmo ir visitar o povoado, fica aqui perto, não é?

Ele se despediu de mim e, depois de deixar um livro na estante, dirigiu-se à saída. Esperei perdê-lo de vista para ir ver que tipo de livros ele andava lendo. Não que eu o estivesse espiando, só estava curiosa. Um dos livros era sobre mitologia nórdica. Olhei o índice: Draugr, Grendel, Gullfaxi, Gwyllion, Sköll y Hati, Valkirias. Eu não fazia ideia do que esses nomes significavam, fechei o livro e o deixei onde estava.

À tarde, decidi sair para correr um pouco com a esperança de que aquilo me ajudasse a me sentir cem por cento normal outra vez. Se eu conseguisse fazer exercícios teria a certeza de que o meu corpo estava bem e de que não havia nada de errado comigo.

Na volta, encontrei Marcus no elevador. Ele me implorou para que eu o ajudasse a fazer uma faxina em seu apartamento e eu aceitei, mesmo sem ter noção do caos que encontraria lá dentro. Ele havia sido atencioso comigo nos últimos dias e eu queria retribuir o favor.

Dividindo as tarefas entre nós dois, não demoramos muito para organizar a bagunça. Aproveitei também para jogar fora as coisas estragadas que estavam na geladeira, o que significava quase tudo o que havia ali.

— Por que você compra coisas que sabe que nunca vai comer? — perguntei.

Marcus olhou para algumas das embalagens na minha mão e riu.

— Não sei — respondeu. — Você devia reclamar com a pessoa que escreveu: "Fácil de fazer, nham nham".

— Como você consegue comprar uma coisa que tem um espaguete com cara feliz e as palavras "nham nham" na caixa?

Nos entreolhamos e caímos na gargalhada.

— É uma boa pergunta. Talvez eu estivesse bêbado — respondeu pensativo.

Balancei a cabeça e joguei mais essa embalagem no cesto de lixo.

— Vou me trocar, tenho um encontro — disse Marcus a caminho do quarto.

Não demorou para acontecer. Pensei que ele seria mais cuidadoso depois do que havia acontecido no Caixão Vermelho, mas não foi o caso.

— É alguém que eu conheço? — perguntei.

Ele não respondeu. Fui para o sofá, ajeitei as almofadas e sentei. Eu estava cansada e precisando de um bom banho. Michael tinha me convidado para jantar, mas a única coisa que eu queria fazer era me jogar no sofá e assistir a um filme. Lucy também não ia sair e aquela podia virar uma noite das meninas. Torci para que tivesse sobrado um saco de pipocas.

Alguém tocou a campainha e, como Marc parecia não ter ouvido, levantei para abrir a porta. Me arrependi no segundo seguinte, quando dei de cara com Lyn.

— Madison, o que você está fazendo aqui? — perguntou.

— Eu moro no apartamento em frente — respondi. — O que *você* está fazendo aqui?

Sua expressão confirmou minhas suspeitas: era com ela que Marcus ia sair.

— Decidi que é hora de dar uma chance ao Marcus — replicou com um sorriso inocente.

Passei os olhos por sua roupa e suspirei irritada.

— Primeiro Derek, agora Marcus... Quem será o próximo? Michael?

— Credo, Madi. Nós somos primos — disse fazendo uma careta.

Marcus veio correndo até nós, alarmado por ter deixado aquele encontro acontecer. Ele provavelmente temia uma briga, já que apareceu só de calças jeans, sem camisa. Ele não tinha conseguido terminar de se trocar.

— Isso é o que eu chamo de um bom incentivo — disse Lyn com os olhos nele.

Ele estava bonito, o treinador estava mesmo mantendo-os em forma.

— Você vai sair com a Lyn?! — esbravejei.

— Nós vamos ao Loxi, nada de bares estranhos hoje — respondeu Marc.

Peguei meu casaco no sofá e saí do apartamento.

— Não me liga se você terminar numa situação ridícula e perigosa — disse.

A noite das meninas havia sido uma boa ideia. Conversamos sobre vários assuntos, incluindo Michael e Ewan, e depois assistimos a uma comédia romântica. O filme estava quase acabando quando peguei no sono e comecei a ter sonhos estranhos.

Eu estava deitada na grama, no meio de um círculo feito de velas. Meus olhos estavam semiabertos e eu não conseguia enxergar direito. A única coisa que eu via com clareza eram as velas brancas à minha volta. Além disso, eu ouvia a voz de alguém recitando as palavras: "*Luna Renasci Mágica, Luna Renasci Mágica*".

A fala era muito intensa, como se estivesse exigindo alguma coisa daquelas palavras. Uma das velas começou a queimar mais rapidamente e foi derretendo até a chama se extinguir por completo em meio ao que restava de cera. Em seguida, aconteceu a mesma coisa com outra e com outra, até que todas as velas que me envolviam, por fim, se apagaram.

O barulho do meu celular me acordou. Tirei o cabelo do rosto e percebi que minha testa estava um pouco suada. Eu não conseguia me lembrar muito bem do sonho. Só sabia que estava em um cenário que envolvia velas e grama...

A tela do celular se iluminou de novo, acompanhada de outro zumbido.

Marcus: 0h34
Ashford, preciso que você venha me buscar no Loxi.

Marcus: 0h35
Ashford!!

Ele devia estar brincando.

Eu: 0h35
Aconteceu alguma coisa?

Marcus: 0h36
Exagerei um pouco na bebida e preciso que você me busque.

Marcus sempre exagerava na bebida e sempre dava um jeito de voltar pra casa. O que havia de diferente desta vez?

Eu: 0h36
Você não está com a Lyn?

Marcus: 0h36
Não, eu disse pra ela ir embora. Mads, preciso que você venha.

Levantei do sofá soltando um palavrão. Lucy estava dormindo, a expressão em seu rosto era tão serena que eu não ousei acordá-la. Vesti a primeira coisa que encontrei no armário e peguei o cachecol do Michael para me manter aquecida. A última coisa que eu precisava era de outro resfriado – ou o que quer que fosse aquele mal-estar que eu havia sentido nos últimos dias.

Eu: 0h41
Estou indo.

Kailo

Encontrei Marcus sentado em um banco em frente ao balcão do bar. Sua cabeça estava apoiada na madeira e rodeada de copos vazios. Ele parecia estar dormindo, mas quando cheguei mais perto vi que seus olhos estavam abertos.

Olhei à minha volta procurando Lyn, mas não havia qualquer sinal dela. O que teria acontecido desta vez?

O lugar estava lotado, grupos de meninos e meninas conversavam animadamente. Sentei ao lado de Marc, que levantou a cabeça ao me ver.

— Madison ao resgate — eu disse.

Ele sorriu vagamente e apoiou a cabeça no meu ombro.

— Obrigado por vir, Ashford — respondeu.

— O que aconteceu?

— Estou cansado de ter relações vazias e superficiais — murmurou Marcus em meu ombro. — Hoje eu percebi que Lyn e eu somos iguais. E não quero estar com alguém que seja como eu.

Eu não sabia muito bem o que dizer. Era a primeira vez que ele falava com alguma seriedade sobre sua vida amorosa.

— Vamos embora daqui — disse ele.

Marcus se levantou bruscamente e eu corri para segurar seu braço quando percebi que ele estava cambaleando. Parece que havia pulado a fase da alegria e ido diretamente para o estado de embriaguez.

— Vamos chamar um táxi — eu disse.

Deixei ele se apoiar em mim e fomos em direção à saída.

— Não, eu quero ir andando — respondeu. — Vamos andando, Mads?

— Tem certeza que você consegue? — perguntei.

Ele fez que sim de maneira efusiva e me puxou para a rua. Eu só esperava que ele não dormisse no meio do caminho, porque eu definitivamente não conseguiria carregá-lo.

— Me conta exatamente o que aconteceu — disse.

— A gente estava se beijando naquele corredor que dá no banheiro, aquilo estava realmente divertido, e eu pensei: "Uau, esta menina sabe mesmo beijar" — ele disse. — Mas em seguida, eu perguntei a mim mesmo: "Quantos caras será que ela já beijou? Quanto vai durar esta relação? Uma semana? Duas?".

Eu apostaria uma.

— A Lyn é como eu, salta de uma pessoa para outra sem se envolver de verdade. Faz com que a atração física ofusque completamente qualquer sentimento — continuou Marcus. — Ela estava com as mãos em mim e as minhas estavam no sutiã dela e...

— Eu não quero saber! — exclamei. — Esses detalhes são dispensáveis.

— Eu perguntei o que ela gostava em mim e ela continuou me beijando para eu calar a boca. Que é exatamente o que eu faço nesse tipo de situação! E isso pra mim foi... revelador. Você não faz ideia. — Ele fez uma pausa e jogou a cabeça para trás para tomar um ar. — Estou um pouco tonto.

Me afastei um pouco com medo que ele vomitasse em mim e olhei desconfiada. Marcus respirou por alguns instantes e, então, sentou-se em um banco em uma esquina, junto a uma árvore.

— Eu nunca me apaixonei — disse de repente. — Estou precisando sentir alguma coisa.

Olhei para ele surpresa.

— Você saiu com mais meninas do que eu sou capaz de me lembrar. Nunca sentiu nada por nenhuma? — perguntei sem poder acreditar.

— Nada verdadeiro. Não como você e Michael. O jeito que ele olha pra você… Nenhuma menina nunca provocou isso em mim, nunca — disse Marcus.

— Foi por isso que você insistiu para eu sair com ele — disse lembrando.

— Você tinha na sua frente uma coisa que eu desejava. Algo que deixava o seu coração acelerado. Amor de verdade — respondeu.

Sentei ao lado dele e pousei minha mão sobre a sua.

— Marc, você precisa mudar suas atitudes. Pare de sair com qualquer rosto bonito que aparecer na sua frente e comece a procurar alguém que valha a pena. — Fiz uma pausa. — Talvez se você realmente prestasse atenção nas pessoas ao seu redor, na Lucy...

— O dia em que eu conheci vocês, quando eu entrei naquela sala de aula cheia de gente, você foi a primeira menina que eu notei — ele me interrompeu. — Você era linda e despreocupada e eu pensei em te chamar para sair.

Olhei para ele embasbacada, no silêncio da noite.

— Aliás, eu te chamei, mas você riu.

— Eu achei que você estava brincando — disse, relembrando aquela cena.

— Eu sei, e eu deixei você pensar assim — respondeu Marcus. — Nós viramos amigos com tanta facilidade e eu me divertia tanto quando estava com você que não queria estragar tudo. Era como se já nos conhecêssemos há anos. Passei tanto tempo com você e com a Lucy que realmente comecei a te ver como uma amiga.

Isso era bom.

— Fico feliz que as coisas tenham acontecido desse jeito, porque assim você sempre estará na minha vida. — Marc fez uma pausa e olhou para mim. — Mas, às vezes, eu me pergunto se teria sido diferente com você.

De repente me tornei consciente do fato de a minha mão estar sobre a dele.

— Acho que a gente nunca vai saber — eu disse.

— Não. Acabará sendo um dos grandes mistérios da vida. — Ele riu um pouco. — Quero dizer da minha vida, não da vida de maneira geral. Como se isso tivesse uma importância universal.

Ri meio nervosa e fiquei de pé.

— Está tarde e você parece cansado, vamos pra casa — eu disse.

Puxei sua mão para ajudá-lo a levantar e ele de repente me abraçou e enfiou a cabeça no meu ombro.

— Obrigado por cuidar de mim, Mads — sussurrou.

— Eu não sabia que você podia ser tão sentimental — brinquei, tentando diminuir a tensão.

Ele olhou para mim por um breve instante e depois me soltou. Durante o resto do caminho me mantive perto dele, para o caso de ele cambalear mais uma vez. Eu só desejava a minha cama. Fazia frio e o céu estava preto. A previsão para a manhã seguinte era de chuva.

— O que você disse para a Lyn? — perguntei com curiosidade.

A expressão de Marcus mudou drasticamente.

— Não sei muito bem. Mas eu lembro que ela ficou brava, muito brava. E ofendida. Acho que não foi nada legal — respondeu.

Nós estávamos passando em frente a um beco sem saída quando ouvi um barulho. Esperei uns segundos em silêncio e o ouvi de novo. Parecia um miado. Um miado agudo e triste.

Fiquei quieta tentando descobrir de onde vinha. Marcus continuou andando, mas não gritei para ele esperar, porque não queria espantar o que quer que estivesse emitindo aquele som.

Uma pequena silhueta saiu do beco e parou à minha frente. Tinha pelagem escura e grandes olhos amarelos, que me fitavam com uma intensidade desconcertante.

Me agachei lentamente para poder vê-lo mais de perto. O gatinho continuou imóvel e me olhando. Ele não devia ter mais do que algumas semanas de idade. Era como uma bolinha de pelos.

— Você está sozinho? — perguntei.

Sacudi a cabeça, que boba. Ele não ia responder. O gatinho deu um passo na minha direção e soltou um miado longo e agudo.

Coloquei minha mão perto dele e ele se aconchegou nela, olhando-me com ansiedade. Era como se seus brilhantes olhos amarelos estivessem falando comigo. Eu sentia uma conexão, um laço, impossível de descrever.

Tomei-o nos braços e fiquei de pé. O gatinho se acomodou no meu casaco e pousou sua minúscula patinha no meu peito. Aquele gesto me desarmou.

Eu não podia deixá-lo ali, tinha que levá-lo comigo. Não sabia por que ou como, mas tinha certeza de que ele me pertencia, de que era minha função cuidar dele.

— Ashford!

Marcus havia avançado mais ou menos meia quadra e estava fazendo um gesto para eu me apressar. Examinei o beco, tentando me assegurar de que seus pais ou irmãozinhos não estivessem lá. Era tudo escuridão e silêncio. Apertei uma tecla do celular para iluminar o espaço e confimei que estava vazio.

Alcancei Marc e, pouco depois, chegamos ao apartamento. Ele estava tão fora de si que nem reparou no pequeno animalzinho que dormia nos meus braços.

Deixei Marcus em frente à porta dele e virei para a minha. Entrei na cozinha, acendi as luzes e coloquei o gatinho no chão para poder vê-lo melhor. Era completamente preto exceto por uma mancha na ponta do rabo. Era como se tivesse sido mergulhada em um pote de tinta branca.

Eu estava exausta e o pequenino também parecia cansado. Dei a ele um pouco de leite em um potinho, depois levei-o comigo para o quarto e deitei na cama com o gatinho em meus braços.

A primeira coisa que vi quando acordei foram dois olhos amarelos, brilhantes e curiosos. Levantei assustada e o gato rodou pela colcha até a ponta da cama. Pensei que aquilo tinha sido um sonho, mas lá estava ele pela manhã.

Um gato preto havia me encontrado no meio da noite e eu me senti totalmente conectada a ele. Sabia que era bobagem associá-lo a coisas sobrenaturais ou bruxaria, mas, depois dos incidentes que eu havia presenciado nos últimos tempos, isso não parecia ser tão bobo assim.

Por que eu? Por que aquela noite em específico? Ele se aproximou pé ante pé e eu acariciei sua cabecinha. Não interessava o motivo, eu estava feliz por ele estar comigo e não sozinho na rua.

Virei-o de barriga para cima para ver o sexo. Era macho.

— Então, acho que eu preciso te dar um nome — disse.

O gato olhou fixamente para mim e miou. Estava pensando em como ia chamá-lo quando Titânia entrou pela porta e veio correndo na nossa direção, saltando sobre o colchão.

Recolhi-o nas mãos de maneira protetora. A cachorrinha tomou seu tempo para farejá-lo e finalmente concluiu que gostava dele. Ofereceu-lhe uma lambida e balançou o rabo.

A bolinha de pelos se soltou das minhas mãos e esfregou seu corpinho contra o de Tani. Em instantes, os dois já estavam brincando em cima da minha cama.

— Madi, você saiu ont...? — Lucy fez uma cara de susto e não terminou a pergunta. — Tem um gato na sua cama — ela disse como se eu não ainda não tivesse reparado.

— Eu sei — respondi. — O Marcus estava mal ontem, mandou mensagem pedindo para eu ir buscá-lo no Loxi e na volta eu encontrei este pequenininho.

— Ele é muito fofo! — exclamou Lucy. — E parece que está se dando bem com a Tani.

O gatinho se deixou ser acariciado e depois veio se aconchegar ao meu lado. Eu o peguei nos braços e o levei comigo para a cozinha, ele parecia tão confortável que eu não queria tirá-lo daquela posição.

— Você vai ficar com ele? — perguntou Lucy empolgada.

— Vou.

Fiquei surpresa ao escutar a certeza na minha voz. Eu nem tinha pensado naquilo, mas ainda assim sabia que ia ficar com ele, como se não existisse outra possibilidade.

Lucy se acomodou em uma das cadeiras com o olhar perdido. Eu conhecia aquela expressão.

— O pesadelo? — perguntei.

Ela fez que sim.

— O mesmo de sempre. Eu estava correndo por aquele bosque enquanto tudo em volta de mim pegava fogo — respondeu.

Ao entardecer eu já havia levado o gatinho ao veterinário. Ele estava saudável, limpo e já tinha uma coleira azul com guizo em volta do pescoço. Me acomodei no sofá e abri meu laptop, eu queria pesquisar mais sobre gatos pretos e sua associação com a bruxaria. Não encontrei nada muito específico, só a reputação de estarem ligados a coisas malignas, misteriosas e sobrenaturais.

Um escritor chamado Willian Baldwin dizia em sua obra que os gatos têm nove vidas porque essa é a quantidade de vezes que uma bruxa podia adquirir a forma felina.

Encontrei também um artigo sobre uma mulher que havia sido afogada junto de seu gato em 1962, ambos acusados de bruxaria. Havia inclusive uma ilustração de uma mulher e um gato preto amarrados a uma pedra e caindo num rio.

Bateram à porta e eu levei um susto. O gatinho, que dormia ao meu lado, só levantou a cabeça, bocejou e se aconchegou de novo.

— Está aberta — gritei.

Eu estava confortável demais para levantar e Lucy não estava em casa. A porta se abriu e Marcus apareceu. Sua cara denunciava que ele estava se recuperando de uma ressaca épica.

Ele parecia um pouco nervoso, o que era totalmente inédito. Acenou para mim e sentou-se ao meu lado, quase não notou o meu novo companheiro.

— É um gato? — perguntou sem ter certeza.

Marcus cutucou-o com um dedo e o pequenino abriu os olhos.

— Sim. Encontrei ele ontem à noite quando fui te buscar — disse.

Marcus olhou para o gatinho por um tempo, pensativo.

— Podemos chamá-lo de Whi...

— O nome dele é Kailo, não Whisky — deixei claro.

Nos entreolhamos e ele sorriu.

— Um dia eu ainda vou ter um bichinho e ele se chamará Whisky — me garantiu.

Neguei com a cabeça.

— Kailo... Gostei. — Ele fez uma pausa e logo ficou sério. — Mads, eu não me lembro de todos os detalhes da noite passada, mas eu sei que disse a você alguma coisa que não deveria ter dito.

Continuei olhando para o laptop, pensando no que dizer.

— Não quero que as coisas fiquem estranhas entre nós — continuou Marc. — Desculpa se eu disse alguma coisa que possa criar uma situação incômoda entre a gente, Ashford.

Virei para ele, que me olhava esperançoso.

— Nós estamos bem, Marc — disse. — Se você vai se desculpar por alguma coisa, que seja por ter me arrancado deste sofá no meio da noite.

O som de sua risada me relaxou e a tensão desapareceu.

— Se eu não tivesse feito isso, o pequeno Kailo não estaria aqui. Então, de nada — respondeu.

Era verdade. Ou não. Eu acho que o teria encontrado de um jeito ou de outro, naquela noite ou em qualquer outra.

— Agora a Maisy, a Lyn e você podem montar um clube de gatos pretos — disse brincando.

Suas palavras me deixaram assustada. Ri um pouco para ele não pensar que eu estava levando a sério, mas ele tinha razão. Gatos pretos, Dia dos Mortos, fantasmas... Tinha alguma coisa acontecendo, alguma coisa que eu estava insistindo em ignorar.

Passei o resto do dia com Marcus, até que Lucy chegou com Alyssa e escolhemos um filme para assistir. Quando eu estava com eles tudo parecia normal, como se jamais tivesse acontecido qualquer coisa fora do comum. Era nessas horas que eu me perguntava se realmente tinha visto todas aquelas coisas que pareciam não ter explicação.

Magia

Quando a noite caiu, Michael veio me visitar. Ele havia falado em sair para jantar, mas eu preferia ficar com o Kailo. Além disso, parecia fazer muito frio lá fora.

Alyssa abriu a porta para ele enquanto eu guardava a louça.

— Michael Darmoon, não é isso? — disse ela.

— Isso mesmo. E você é a dama do bosque — respondeu Michael.

Eles se cumprimentaram de maneira amistosa, como se já se conhecessem e compartilhassem alguma brincadeira. Eu não lembrava de já tê-los visto conversando antes.

Michael veio até mim e me cumprimentou com um beijo. Encostei meu rosto no peito dele para que ele me envolvesse em seus braços e apreciei seu perfume.

— Dama do bosque? — perguntei. — Você já conhecia a Alyssa?

— Na verdade, não. Só lembrei que ela estava vestida de fada no Halloween — respondeu.

Me afastei um pouco para olhá-lo melhor.

— Quero te mostrar uma coisa — eu disse.

Peguei Michael pela mão e o levei para o meu quarto. Ele acenou para o resto das pessoas e me seguiu. Eu estava prestes a acender as luzes quando ele me puxou para perto de si. Seus lábios se apoderaram dos meus e ele me encurralou contra a parede. Não era exatamente o que eu tinha em mente, mas não pude resistir àquele beijo. Era uma delícia sentir o corpo dele contra o meu e seus cabelos pareciam seda nas minhas mãos. Ele sussurrou alguma coisa ao pé do meu ouvido e suas palavras causaram uma sensação gostosa que tomou conta meu corpo.

— Michael — tentei repreendê-lo sem muito sucesso. — Eu não trouxe você aqui para lhe mostrar uma lingerie nova.

— Não precisa ser nova — respondeu.

Ele beijou meu rosto e aproveitei para esticar o braço até o interruptor. Kailo estava deitado na cama, e era ele quem eu queria mostrar a Michael. Não tinha certeza se ele estava nos vendo, apesar de acreditar que os gatos enxergavam no escuro, mas ele com certeza estava nos escutando.

Consegui acender a luz e dei de cara com os olhos azuis de Michael. Ele era tão irremediavelmente lindo que não era fácil me desvencilhar dele para conseguir me concentrar em outra coisa.

— Eu trouxe você aqui por causa dele — disse apontando para a cama.

Ele fez uma cara de surpresa e virou o rosto para onde eu estava apontando. Kailo estava encolhido contra o travesseiro, seus olhos examinavam Michael com curiosidade.

— Encontrei esse pequenino ontem. O nome dele é Kailo — disse.

Michael o observou sem dizer nada. Havia tantas coisas em sua expressão que eu não conseguia decifrá-la.

— O que você achou? — perguntei.

Ele olhou para mim como se tivesse saído de um transe.

— Acho que ele será um perfeito companheiro — Michael respondeu.

Então, ele foi até a cama para ver Kailo de perto. O gatinho continuou quieto e com os olhos fixos em Michael.

— Como você o encontrou?

— O Marc me pediu para buscá-lo no Loxi ontem à noite. Na volta, eu encontrei esse pequenino perdido em um beco e não resisti — disse.

Sentei na cama e Kailo veio deitar no meu colo.

— Lyn parecia irritada ontem — disse Michael. — Você foi ao bar buscar o Marcus? Que horas eram?

— Tarde. Ele não estava muito bem — respondi.

Michael refletiu por um momento.

— Ele não conseguia voltar sozinho?

Seu tom de voz era neutro, eu não sabia se aquilo era uma simples pergunta ou se ele desaprovava o fato de eu ter ido buscá-lo.

— As coisas entre Lyn e ele não deram muito certo e ele precisava conversar com alguém — respondi no mesmo tom que ele havia usado.

Ele olhou para mim por um momento, como que esperando eu dizer mais alguma coisa. Como eu não falei mais nada, ele se sentou ao meu lado e acariciou o gatinho preto.

— Ele teve sorte de ser encontrado. Está fazendo frio lá fora — disse Michael. — Como você disse que o seu novo amigo se chama?

— Kailo — disse orgulhosa.

Eu não sabia muito bem de onde havia tirado aquele nome, mas combinava com ele.

— Kailo? — ele não parecia convencido.

— Você acha que devia se chamar Whisky? — perguntei brincando.

— Não, a não ser que você tenha algum problema com bebida alcoólica e ainda não tenha me contado — ele respondeu franzindo as sobrancelhas.

Soltei uma risada.

— Você esperava algum nome como Eclipse ou Maléfico? — perguntei cínica.

— Não...

A resposta contradizia a expressão em seu rosto, aparentemente ambos os nomes eram aceitáveis para ele.

— É Kailo. Kai para os íntimos — insisti.

A bolinha de pelos miou, reafirmando minhas palavras. Michael abriu um leve sorriso, dando-se por vencido. Aproveitei o momento para pegá-lo desprevenido. Segurei Kai nas mãos e levei-o para mais perto de Michael.

— Você não acha curioso? A Maisy, a Lyn e você... todos têm animais de pelagem preta. E ontem este aqui me encontrou no meio da noite — eu disse num tom mais sério.

Michael continuou me encarando enquanto escolhia suas palavras.

— Pode ser atípico, sim — cedeu.

— Eu não sou supersticiosa, mas ainda assim sinto como se, ultimamente, alguma coisa estivesse constantemente desafiando as minhas crenças — repliquei.

— Aquilo em que uma pessoa acredita nem sempre coincide com a forma como as coisas realmente são — disse Michael.

Esperei para ver se ele se explicaria melhor, mas isso não aconteceu. Simplesmente me encarou com uma expressão vazia, como se esperasse que eu tirasse as minhas próprias conclusões. O que será que ele não estava me contando?

— Mads!

Marcus gritou da porta, anunciando-se.

— Pode entrar — eu disse.

Entrou com uma tigela na mão e um enorme sorriso.

— O sorvete chegou — disse. — Se você não for logo, pode ir dizendo adeus ao sabor baunilha.

Ele disse isso e voltou para a sala. Levantei para ir atrás dele, mas antes de sair do quarto eu virei para trás.

— Pelo menos ele não é completamente preto — eu disse.

— Como assim? — perguntou Michael.

Levantei Kailo e lhe mostrei a mancha branca na ponta do rabo.

A enorme biblioteca de Van Tassel era um lugar com o qual Marcus não estava familiarizado. Lucy e eu tivemos que praticamente arrastá-lo até lá. Eu gostava daquela atmosfera silenciosa e pacífica e Lucy adorava estar rodeada de livros.

Estávamos escrevendo um relatório para História da Arte e nas vezes em que havíamos tentado fazê-lo no apartamento o progresso havia sido nulo. Entreguei um dos livros a Marc, mostrando o parágrafo que ele devia resumir.

Kailo aparecia nos meus pensamentos de cinco em cinco minutos, era a primeira vez que eu o deixava sozinho. Quando saí, ele estava dormindo junto de Tani, e aquela imagem tinha me deixado tranquila.

Marcus sacou o café que havia escondido ao entrar na biblioteca e Lucy olhou para ele com desaprovação. Eu estava louca para pedir um gole, e Marcus logo percebeu, porque me passou o copo de plástico com um sorriso cúmplice.

Eu estava evitando tomar café, porque não andava dormindo bem, mas sentia falta. E, de qualquer forma, eu duvidava que o meu sono conturbado era culpa da cafeína. Eu continuava tendo o mesmo sonho – alguma coisa relacionada a velas e escuridão – mas a cena fugia da minha mente assim que eu abria os olhos.

O barulho de alguém andando de salto alto me arrancou dos meus pensamentos e momentos depois eu vi Lyn e Maisy vindo na nossa direção. Um olhar de pânico surgiu no rosto de Marcus, que enfiou o nariz no livro que devia resumir e se esforçou ao máximo para parecer concentrado.

— Madison, Lucy… Marcus — Lyn nos cumprimentou.

Os três deram oi ao mesmo tempo, Marc, no entanto, em voz mais baixa.

— Se eu soubesse que você tinha tanto medo de mim, não o teria chamado para ir ao Loxi comigo. Não precisa se esconder atrás dessa muralha de livros, Marcus — disse Lyn.

Ela tentou parecer meiga, mas havia veneno em sua voz. Claramente ela não lidava bem com a rejeição. Mas para ser sincera, eu não conhecia ninguém que lidasse.

— Desculpa se naquela noite eu pareci... insensível — disse Marc. — Se você tirasse esse olhar assassino do rosto, eu não teria que me esconder atrás dos livros.

Lyn continuou encarando-o irritada até que voltou sua atenção a um menino que estava passando pelo corredor com uma pilha de livros.

— Alejandro! — ela gritou chamando a atenção dele.

O rapaz de cabelos pretos levantou a cabeça como um suricato e, ao vê-la, sorriu como se tivesse ganhado na loteria.

— Talvez eu devesse agradecê-lo por ter evitado que eu perdesse meu tempo com você — disse Lyn a Marcus antes de se afastar.

Ela caminhou em direção à sua nova vítima como se estivesse em uma passarela e não em uma biblioteca, mas não sem antes nos lançar um beijo de despedida.

— Quem é esse tal de Alejandro? — perguntou Marcus indignado.

— Não sei, mas fiquei feliz por não ser você — respondi.

Marc abriu um sorriso amarelo, sua expressão me dizia que estava um pouco machucado, principalmente seu orgulho.

— Ele está na nossa aula de Cálculo. É latino e muito atraente — disse Maisy. — Mas eu duvido que dure muito.

Marcus deixou a cabeça cair contra a mesa em sinal de derrota.

— Por que você se incomoda? Foi você quem terminou as coisas com ela, Marc — eu disse.

— Eu achei que ela ia levar na esportiva, não que ia me pisotear — respondeu.

Lucy olhou para ele com ternura e Maisy abafou o riso.

— Não seja ingênuo, você sabia que a Lyn não ia gostar. Aliás, eu estou morrendo de curiosidade. O que aconteceu exatamente? — perguntou Maisy.

— Eu só decidi que quero ter um relacionamento de verdade e duvido que isso fosse acontecer com a sua irmã. Sem querer ofender — replicou Marcus.

Maisy olhou para ele surpresa. Eu não esperava uma resposta sincera e, aparentemente, ela também não.

— Espero que você mantenha a sua decisão — ela respondeu com empatia na voz.

— Vou manter — assegurou Marc.

Eles trocaram olhares e Maisy sorriu de maneira gentil. Ela parecia mais impressionada com a mudança de atitude de Marcus do que incomodada com o fato de ele ter ofendido sua irmã.

— O Marc é o primeiro cara a rejeitar a Lyn? — perguntou Lucy curiosa.

— Não, o primeiro foi Samuel Cassi... — Maisy se deteve, arrependida do que havia dito. — Ah, esqueçam, isso não tem importância.

Ela devia achar que estava traindo a intimidade de Lyn. O nome me era familiar. Samuel Cassi... Claro, Samuel Cassidy, eu lembrava dele da minha visita a Salém. Eu não poderia me esquecer da cena em que ele chamava sua noiva morta, Cecily, no gramado da estação de trem.

— Amanhã vocês têm que ir lá em casa para terminarmos a nossa segunda apresentação — disse Maisy mudando de assunto. — Ela tem que estar pronta para a próxima aula de História.

Lucy assentiu e eu também, sem muito entusiasmo.

A risada de Lyn chegou à nossa mesa como se ela estivesse a poucos passos de nós. Ela parecia estar mesmo decidida a nos mostrar o quanto estava se divertindo com o tal Alejandro.

Era um milagre que a bibliotecária não tivesse aparecido para expulsá-la dali, todo mundo estava ouvindo sua risada.

— Isso é falta de educação — apontou Lucy.

Marcus deixou a cabeça cair na mesa outra vez, fazendo um barulho. Por que Lyn não podia ter mais classe? Olhei para ela irritada, realmente irritada. Senti uma sensação estranha, como se a minha raiva estivesse se materializando.

De uma hora para a outra, o copo de café de Marcus estourou, espirrando a bebida em todos nós e, o que era pior, nos livros. Era como se o líquido tivesse saído sozinho do copo.

Levantei sobressaltada, com uma grande mancha marrom na camisa. Nós quatro nos entreolhamos confusos e em seguida cada um se concentrou no que lhe cabia.

— Este é um dos meus suéteres preferidos — disse Maisy de mau humor.

— Os livros! — exclamou Lucy tentando secá-los com a manga do casaco — O que foi isso? Parecia coisa de... magia.

A palavra gelou o meu sangue. Magia.

— Vocês acham que a Lyn colocou alguma coisa no meu café? — perguntou Marcus olhando o copo vazio.

A bibliotecária apareceu entre as estantes com uma expressão de horror que logo se tornou fúria. Pedi desculpas e corri para o banheiro fingindo que o café estava me queimando.

Quando cheguei lá, parei em frente ao espelho com uma expressão de medo no rosto. O que realmente havia acontecido? Havia sido eu? O que estava acontecendo comigo?

Molhei o rosto com água fresca para tentar me acalmar. Eu estava irritada com Lyn e senti uma coisa estranha, uma espécie de descarga de energia percorrer o meu corpo. Eu não podia continuar ignorando aquilo, mesmo que eu não quisesse acreditar, não podia mais negar que alguma coisa estava realmente acontecendo.

— Lyn, você esqueceu que eu também estava ali!

A voz furiosa de Maisy vinha do corredor.

— Não fui eu — respondeu Lyn com firmeza.

— Você sabe muito bem que eu adoro esse suéter.

— Maisy, não fui eu — Lyn assegurou. — Você tem certeza que foi magia?

A porta do banheiro abriu e as duas se assustaram ao me ver ali. Era como se um coro de vozes estivesse repetindo a palavra "magia" na minha cabeça. Elas devem ter notado alguma coisa em minha expressão, porque Maisy começou a se limpar como se nada estivesse acontecendo.

— Espero que não tenha manchado sua bolsa — disse Lyn olhando para mim. — Ela é tão bonita.

— Acho que ela sobreviveu — respondi.

Continuei ali, sem saber o que fazer. Eu queria poder colocá-las contra a parede e perguntar o que era essa história de magia, mas não me encontrava em meu melhor estado mental. Estava me sentindo estranha e muito nervosa.

— Você está bem? — perguntou Maisy.

No dia seguinte, Lucy e eu iríamos à casa delas para terminar a apresentação e eu aproveitaria a oportunidade para descobrir que diabos estava acontecendo. O banheiro da universidade não era o melhor lugar para falar desses assuntos ou acusá-las de bruxaria.

— Estou, eu só me queimei um pouco — disse mostrando a mão.

Peguei as minhas coisas e fiz um esforço para agir normalmente.

— Vou para casa me trocar. Até amanhã — disse.

— Vá lá pra casa depois da aula amanhã — disse Maisy.

Assenti e me despedi, saindo depressa pela porta.

Caminhei pelos corredores da universidade sem prestar a menor atenção na multidão de pessoas que passava por mim. Eu estava ansiosa para ficar sozinha e tentar decifrar o que estava acontecendo comigo. Ao sair do grande prédio eu estava tão distraída que por pouco não trombei com Michael. Ele estava parado na calçada, com seu grande cachorro ao lado, como se estivessem esperando por mim.

Dusk latiu ao me ver e eu olhei para o animal como se ele tivesse todas as respostas que eu procurava. Mas ele só ficou me olhando fixamente.

— Ei, menina bonita — cumprimentou-me Michael.

Abracei-o e apoiei minha cabeça em seu peito. Eu estava vulnerável e junto a ele me sentia protegida.

Ele me segurou e apoiou o queixo na minha cabeça.

— Madison? Você está bem? — perguntou em voz baixa.

Fiz que sim com a cabeça, não queria falar.

— Estou de carro. Quer que eu te leve para casa?

Assenti de novo. Michael me pegou pela mão e me levou até a esquina onde o carro estava estacionado. Eu sabia que ele não era exatamente inocente em relação a tudo o que estava acontecendo, que havia alguma coisa que não estava me dizendo. Mas ainda assim, só de vê-lo eu já me sentia melhor. Estava completamente apaixonada por ele.

Relaxei no banco do carro e então tomei consciência do frio que estava sentindo e de que havia estragado a minha camisa. Eu nem sabia como se fazia para tirar mancha de café.

Michael ligou o carro sem dizer mais nada. O silêncio durou duas ou três quadras, foi aí que eu comecei a balbuciar sobre o que havia acontecido com o copo de café. Falei de como havia estourado sem explicação e da sensação de que havia algo de errado comigo.

Michael não tirava os olhos do caminho. Em dois momentos ele abriu a boca e voltou a fechá-la, arrependido do que pretendia dizer.

— O que está acontecendo? — perguntei.

Parou o carro em frente ao meu prédio e disse:

— Semana que vem é meu aniversário.

Olhei para ele desconcertada.

— O que isso tem a ver com...

— Vai ficar tudo bem, amor — ele me interrompeu.

Segurou meu rosto com as suas mãos, seus olhos apoderando-se dos meus.

— Você está um pouco pálida, precisa descansar — disse com uma voz mais firme. — Vai ficar tudo bem, eu prometo.

Parte de mim queria afastá-lo e obrigá-lo a me dar as respostas que eu tanto procurava. No entanto, eu confiava nele e no quanto eu me sentia bem em seus braços. Além disso, eu nem sabia exatamente por onde começar meu questionamento.

Existe magia? Eu estou ficando louca? Você pertence a algum culto esquisito de Salém?

Dusk meteu a cabeça entre os assentos e lambeu o meu rosto, tranquilizando-me.

— Você quer subir? — perguntei a Michael.

— Eu adoraria, mas só passei pra buscar você na universidade e avisar que preciso ir pra Danvers. Amanhã eu volto — respondeu.

Lembrei que sua família trabalhava em Salém, mas morava em Danvers, que ficava a poucos quilômetros de lá.

— Vai visitar seus pais? — perguntei.

— Vou, temos um jantar em família.

Maravilha, isso me daria tempo de sobra para pensar em tudo o que estava acontecendo e enlouquecer de vez.

— Certo. Me avisa quando você chegar lá. Quero ter certeza de que você está bem — respondi.

— Combinado.

Seus lábios se fundiram com os meus. Puxei-o pela jaqueta, intensificando ainda mais o beijo. Todos os meus pensamentos desapareceram completamente. A única coisa que importava era a sensação calorosa e agradável que me envolvia naquele momento. Sua mão deslizou pelas minhas costas e me provocou deliciosos arrepios.

— Acho que posso subir com você um pouquinho... — ele sussurrou contra meus lábios.

Uma hora depois eu estava me despedindo dele pela segunda vez. Dusk estava na cozinha, surpreendentemente quieto no chão, enquanto Kailo e Tani o inspecionavam.

Michael me beijou e desapareceu pela porta com o grande cachorro preto em seu encalço. Pelo menos agora eu estava melhor do que antes, havia conseguido afastar aqueles pensamentos aterradores da minha cabeça.

Infelizmente, depois de um banho e de um tempo sozinha em casa, eles invadiram a minha mente outra vez. As dúvidas, as teorias sobre magia e bruxaria, a confusão com o copo de café. E para piorar, quanto mais eu pensava, mais eu me desesperava e coisas incomuns aconteciam.

As luzes piscavam sozinhas, uma vela decorativa que Lucy havia comprado acendeu do nada, os livros abriam sozinhos na última folha que eu havia lido. Era tudo muito, muito estranho.

Sentei no sofá tentando me acalmar. Kailo veio para o meu lado e ficou esfregando a cabeça em minhas mãos.

— O que está acontecendo, Kai?

Seus olhos amarelos me fitaram de maneira reconfortante.

A meu ver, eu tinha duas opções. Ou me entregava a todos os pensamentos estranhos que eu estava tendo e tentava voar montada em uma vassoura ou eu me acalmava, procurava uma distração para passar a noite sem perder a cabeça, e, no dia seguinte, investigaria a casa das irmãs Westwood.

Vesti um agasalho, atravessei o corredor e bati à porta da frente. O rosto alegre de Marcus não demorou para aparecer do outro lado.

— Ashford, em que posso ajudar?

— Quer jogar videogame e beber vitaminas? — perguntei.

Ele me olhou surpreso. Na sequência, uma expressão desconfiada surgiu em seu rosto, esperando a confirmação de que se tratava de uma brincadeira.

— É sério — garanti. — Eu preciso parar de pensar por algumas horas.

Marc soltou uma risada e abriu a porta, empolgado como uma criança em dia de Natal.

— Vitaminas e videogame, parece ótimo.

A menina da fotografia

Me afundei no sofá enquanto Marcus procurava o liquidificador. Eu gostava de videogame e havia passado boa parte do meu tempo livre no ano passado jogando com Marc. Era uma ótima maneira de me distrair e espantar meus pensamentos estranhos.

— Eu vou colocar rum na vitamina, você sabe, né?

— Eu sei — respondi.

Marcus piscou um olho para mim. Eu não pretendia me embebedar, só precisava acalmar um pouco meus pensamentos. Ou talvez eu beberia até o mundo se tornar um lugar alegre.

— Achei que você gostava de diversão saudável, sem álcool. — Fez uma pausa. — Mas não estou reclamando, pelo contrário.

Sem responder, procurei a caixa do videogame e liguei o aparelho. Dali a pouco Marcus se juntou a mim, entregando-me um copo. Era suave e refrescante, nada que fosse me causar dor de cabeça no dia seguinte.

Jogamos por bastante tempo, entre risos e comentários relacionados ao jogo. Coisas como "mata ele, mata ele", "nããããão, meus pontos", "o da esquerda é meu"... Quando chegamos ao nível oito eu já me sentia leve e as coisas pareciam mais normais.

— Cadê o Michael? — perguntou Marc despretensiosamente.

— Em Danvers, ele foi visitar os pais — respondi.

Marcus soltou um grunhido de compreensão, sem desgrudar os olhos da tela, concentrado em matar um ninja.

— Acho que ele está escondendo alguma coisa de mim. O Michael...

As palavras foram saindo sozinhas, sem que eu as controlasse.

— Como o quê? Um presente?

Seu tom de voz mostrava que ele não estava prestando atenção.

— Não, não um presente! — respondi um pouco irritada. — Um segredo, tem alguma coisa que ele não está me dizendo, alguma coisa sobre a família dele.

Marc pausou o jogo e voltou-se para mim.

— Do que você está falando?

— Acho que a família dele faz parte de um culto ou alguma coisa do tipo — respondi.

A expressão de Marcus passou de séria a insólita e de repente ele caiu na gargalhada.

— Você está preocupada porque acha que Michael faz parte de um culto? — perguntou incrédulo.

— Esquece — retruquei.

Se ele já achava que isso era bobagem, imagine se eu dissesse o que eu realmente acreditava que era. Havia sarcasmo em seus olhos, mas ele tentou se recompor.

— Ele disse ou fez alguma coisa para você? — perguntou.

— Não, mas... — eu me interrompi antes de continuar. — Ah, deixa pra lá.

Marcus se levantou para buscar a jarra e começou a beber seu terceiro copo. Levantei o meu, pedindo que me servisse. Com os copos cheios, ele se sentou ao meu lado e apoiou a mão no meu joelho.

— Eu não sei o que exatamente está passando pela sua cabeça, Mads, mas estou aqui para o que você precisar — disse.

Balancei a cabeça agradecida.

— Até mesmo se você quiser companhia para espionar a família do Darmoon ou montar um esquema de conspiração na parede — acrescentou.

Bati meu ombro de leve no seu, soltando uma risada.

Retomamos o jogo e continuamos subindo de nível. Não sei se foi o cansaço ou o rum, mas eu atingi meu objetivo e consegui relaxar. Ambos estávamos gritando com a televisão como se nossas vidas dependessem daquilo quando alguém bateu à porta. Provavelmente era para reclamar da algazarra. Marcus e eu nos entreolhamos e caímos na gargalhada. A porta se abriu e Lucy entrou acompanhada por Ewan.

— A gente escutou vocês gritando lá da rua — disse Lucy com um olhar confuso.

— Desculpa — eu disse. — É o poder do videogame.

— O Ewan ouviu vocês gritarem que tinham que "matar o maldito" e ficou preocupado — disse Lucy olhando para o garoto ao seu lado com carinho.

Ele lhe devolveu o olhar.

— A Lucy disse que com certeza vocês estavam jogando, mas todo cuidado é pouco — disse Ewan. — Meu medo era que fosse um assalto.

Seus cabelos estavam cuidadosamente penteados e ele vestia um de seus suéteres de losangos. Me perguntei quantos ele teria. Pareciam todos iguais e ao mesmo tempo tinham detalhes e cores diferentes.

— O que você faria se fosse um assalto? — perguntou Marc. — Ia chamar a polícia? Enforcar os bandidos com o seu suéter?

Me segurei para não rir, mas com certeza havia um grande sorriso estampado no meu rosto.

— Marcus! — Lucy o repreendeu.

— Você ficaria surpreso — respondeu Ewan tranquilamente.

Havia uma certeza em sua voz que me fez acreditar no que ele dizia.

— Madi, você está bem? — perguntou Lucy chegando mais perto. — Você parece... cansada.

— É, acho que eu vou dormir.

Lucy continuou olhando para mim, mas não disse nada. Parecia preocupada.

— Está tarde e amanhã vocês têm aula — disse Ewan. — Vou indo pra casa.

— Eu te acompanho até a porta — respondeu Lucy.

Ela foi até ele e Ewan segurou a porta para ela passar, como um cavalheiro. Os olhos de Lucy brilharam por causa daquele gesto e os dois deram as mãos.

— Ele parece um membro da realeza, todo elegante e atento — observei.

— Exatamente o que a Lucy merece — respondeu Marcus. — Se bem que não gostei muito de saber que ficaram sozinhos esse tempo todo.

Lancei um olhar cínico a ele.

— A Lucy é tímida e delicada, só de pensar que ela estava sozinha com um cara bem mais velho do que ela... — Marc fez uma pausa, mas sua expressão disse tudo. — Se ele não fosse inglês, eu bateria nele.

— Ele é norueguês e a Lucy é muito mais forte do que você pensa, não a subestime — rebati.

Ajudei-o a arrumar a sala e me despedi.

— Foi divertido, deveríamos fazer isso mais vezes.

— Deveríamos fazer isso toda noite — respondeu Marcus.

As aulas do dia seguinte foram bem arrastadas. Era difícil me concentrar nos objetivos que uma boa publicidade deve cumprir quando o mundo havia se transformado em um lugar desconhecido. Ou melhor, o mundo continuava o mesmo, era eu quem estava percebendo as coisas de um jeito diferente.

Saí da sala antes da minha última aula começar e esperei Lucy na biblioteca. Aproveitei aquele tempo para pesquisar sobre Salém e suas bruxas, mas tudo o que lia eram relatos históricos com explicações lógicas.

Acabei encontrando um panfleto de 1692 que ensinava a reconhecer uma bruxa. Ele dizia o seguinte:

- Se foi vista na companhia de espíritos, é uma bruxa.
- Se tem a marca do diabo na pele, quer seja em forma de uma mancha ou de alguma anomalia, é uma bruxa.
- Se confessa ter vendido sua alma ao diabo em troca de poderes obscuros, é uma bruxa.

Aquilo não me ajudava muito. "Se foi encontrada beijando o seu namorado em um banheiro, é uma bruxa."

Fechei o livro e sentei a uma das mesas. A história dos gatos pretos era só uma coincidência e eu achava difícil acreditar que existiam corvos com a astúcia do diabo ou roedores espiões. Para mim, esses pobres animais só haviam tido a má sorte de não ter uma aparência muito amistosa e acabaram sendo associados às bruxas.

O primeiro item ecoou na minha mente: "Se foi vista na companhia de espíritos".

Samuel Cassidy havia conversado com o espírito de sua namorada Cecily, ou pelo menos era isso que ele pensava estar fazendo. E por mais que eu quisesse esquecer aquilo, eu havia visto um espírito no trem quando voltava de Salém para Boston: uma menina pálida e triste junto à minha janela.

Quando Lucy veio ao meu encontro, a minha mente parecia um novelo de lã, uma bagunça de pensamentos que não levavam a lugar algum.

Quando estávamos a caminho da casa das irmãs Westwood, Lucy me olhava de esguelha de quando em quando sem comentar nada. Eu devia estar horrível: olheiras, pouca maquiagem e a expressão de uma pessoa seriamente perturbada.

Ao chegar, notei Hollín sentado no jardim. Ele olhou para nós como se estivesse nos esperando e soltou um leve miado. Maisy apareceu em seguida. Ela vinha do quintal dos fundos com um regador na mão.

— Você precisa de ajuda? — perguntou Lucy.

— Não, acabei de terminar — respondeu admirando as flores.

Fomos atrás dela até a porta, Hollín marchava ao nosso lado. Maisy nos pediu para esperar na sala de jantar e foi chamar Lyn.

Passeei pela sala sem saber direito o que procurar, tentando me concentrar nos detalhes. Por que elas não podiam ter um baú, grande e visível, onde guardassem todos seus segredos?

Parei em frente à estante para observar os livros, muitos volumes estavam tão velhos que eu mal podia ler os títulos. Estava esticando o braço para pegar um deles quando um porta-retratos me chamou a atenção. Eu me lembrava de tê-lo visto da última vez.

Michael, Maisy e Lyn na frente de um grupo de pessoas. Atrás deles reconheci Samuel Cassidy. Ele estava muito diferente da vez em que o vi, seus cabelos eram mais claros e parecia bem mais comedido.

Continuei analisando a foto até que meus olhos se detiveram em um rosto novo. No espaço que havia entre Michael e Maisy havia aparecido uma menina.

Meu coração por pouco não parou de bater. Eu me lembrava de ter visto um espaço vazio entre Michael e sua prima e achado aquilo estranho, como se estivesse faltando alguém ali no meio. E de repente surgia aquela menina, como se houvesse estado ali o tempo todo.

Ela tinha um rosto bonito e cabelos castanhos um pouco mais claros que os de Lyn. Usava um suéter preto e tinha os olhos muito delineados, como os de um guaxinim.

— Madi? — perguntou Lucy.

Ela estava atrás de mim, com a mão nas minhas costas e com uma expressão preocupada.

— Você está vendo essa menina? — perguntei mostrando a fotografia para ela. — A que está entre o Michael e a Maisy.

Ela observou a imagem em silêncio e notei que estava fazendo um esforço para não alterar sua expressão.

— Madi, não tem ninguém entre o Michael e a Maisy — ela disse em tom firme.

Suas palavras detonaram alguma coisa dentro de mim.

— Lucy, tem uma menina entre eles! Talvez você só veja um espaço mas eu juro que tem alguém! — eu disse aproximando a fotografia de seu rosto. — Olhe bem!

Lucy deu um passo para trás, assustada.

— A gente devia comer alguma coisa antes de começar o trabalho, eu estou com fome... — Lyn parou ao nos ver. — O que você está fazendo com essa foto na mão?

— Tem uma pessoa entre o Michael e a Maisy! Uma menina! — gritei. — A Lucy não consegue vê-la e eu também não conseguia antes, mas agora eu a vejo. Bem aqui!

Fui até elas, apontando para a menina gótica.

— Quem é ela? Por que eu consigo vê-la? — eu podia ouvir a histeria na minha voz. — O QUE DIABOS ESTÁ ACONTECENDO COMIGO?!

Lyn e Maisy se entreolharam alarmadas.

— Madi, você está me assustando — cochichou Lucy. — Acho que nós temos que chamar um médico, você claramente não está bem.

Mantive os olhos cravados nas irmãs Westwood, exigindo uma resposta.

— Essa menina que você vê na foto é Alexa Cassidy — disse Maisy calmamente.

— É a ex-namorada do Michael — acrescentou Lyn.

O porta-retratos caiu da minha mão e se espatifou no chão, espalhando cacos de vidro. Eu precisava ignorar as palavras de Lyn e me concentrar no que era importante.

— Por que ela não estava aqui antes? Por que eu consigo vê-la agora? — perguntei fazendo um grande esforço para manter a calma.

— Não tem ninguém ao lado do Michael — insistiu Lucy. — Por que vocês estão dizendo a ela que sim?

Ninguém falou por alguns instantes.

— Que desastre — exclamou Maisy.

— Foi o Michael, ele fez o ritual — disse Lyn a Maisy.

As duas começaram a cochichar entre si.

— Eu quero saber o que está acontecendo, AGORA! — eu disse perdendo a paciência de novo. — A foto, o café que estourou ontem, Kailo...

— Kailo? — perguntou Lyn.

— O gato preto que encontrei outra noite, meu novo bicho de estimação — retruquei.

— Oh... — Maisy mal conseguia falar.

— É um familiar, não um bicho de estimação — disse Lyn. — E antes você não conseguia ver a Alexa porque eu não suporto essa menina e fiz um feitiço para apagá-la da foto.

Foi então que perdi a última migalha de controle que eu ainda tinha. Olhei para elas furiosa, as lágrimas umedeciam meus olhos. Lucy veio para o meu lado e me abraçou.

— Madi, você não está nada bem. Vamos chamar um médico — disse preocupada.

— Ela não precisa de um médico — respondeu Maisy voltando-se para Lyn. — Leve-as para o meu quarto. Vou buscar o Grimório e ligar para o Michael, é hora de uma intervenção.

Grimório

— Nosso primo é um idiota, não podia fazer isso com você sem dar nenhuma explicação — disse Lyn balançando a cabeça. — Você não está enlouquecendo, Madison, eu lhe garanto.

Lucy vinha atrás de nós com uma expressão de temor – quase de pânico – no rosto. Eu não podia culpá-la, ela sequer sabia o que estava acontecendo. Eu não havia dito nada a ela sobre as coisas estranhas que eu vinha vivendo.

De repente, começamos a ouvir a voz de Maisy, ela estava berrando ao telefone.

— Como você pôde ser tão burro?! A Madison está aqui, assustada e confusa. Você devia ter explicado a ela, a coitada da menina está tendo um ataque de nervos. Vem para cá agora, Michael.

Lyn segurou a porta e pediu que entrássemos. O quarto de Maisy era grande e organizado. Tinha paredes azuis e uma linda penteadeira em um dos cantos, com um espelho alto de moldura dourada. Parecia algo tirado de um filme de época. A cama era majestosa, com uma colcha azul-celeste que combinava perfeitamente com as paredes e três grandes travesseiros em tons pastel.

Sentei na beirada da cama e Lucy me acompanhou, permanecendo ao meu lado. Depois de alguns minutos de silêncio, Maisy entrou carregando um livro que parecia estar caindo aos pedaços.

— O Michael tentou me machucar? — perguntei.

Com tudo o que estava acontecendo, eu tinha que deixar meus sentimentos de lado e saber a verdade.

— Não, ele só fez as coisas de um jeito...

— Errado — Lyn terminou a frase pela irmã.

Maisy assentiu.

— Ela não deveria estar aqui — disse Lyn apontando para Lucy.

Lucy ficou de pé, adotando uma postura firme.

— A Madi é a minha melhor amiga e eu não vou a lugar algum — disse.

Lyn olhou para ela como se não soubesse se devia levar suas palavras a sério.

— Ela pode ficar, eu tenho quase certeza de que ela é uma Gwyllion. Ela também está envolvida nisso — disse Maisy.

Gwyllion? Onde eu havia lido essa palavra antes?

— Do que você está falando? — perguntou Lucy.

Lyn e Maisy se entreolharam.

— Tudo bem, ela fica. — Lyn fez uma pausa e acrescentou — Isto é estressante. Por onde a gente começa, Maisy?

— Pelo começo — respondeu.

Maisy levantou o livro nas mãos para podermos vê-lo melhor. Era todo preto e parecia ser muito velho. Para dizer a verdade, acho que era o livro mais velho que eu já havia visto na vida.

Estava envolvido por uma fita que segurava as folhas no lugar.

— Este livro pertenceu a Thomas Westwood, um antepassado nosso que viveu em 1692. É um Grimório, um livro onde nós guardamos segredos e feitiços. Ele conta a verdade sobre o que aconteceu em Salém — disse Maisy.

Ela me ofereceu o livro e o tomei nas mãos um tanto trêmulas, sabendo que não haveria volta.

— Eu sei o que é um Grimório — interveio Lucy. — Mas por que nós estamos falando de bruxas?

— Porque é o que nós somos — respondeu Lyn.

A tensão no quarto era palpável como também o ar.

— Madi, você não acredita nisso e, para dizer a verdade, eu também não. São fantasias que vêm dos livros — disse Lucy.

Maisy abriu o livro nas minhas mãos, mostrando-me uma página. As folhas eram de um papel amarelado e desgastado, mas a tinta estava intacta. Como se alguma coisa a preservasse, impedindo que se apagasse.

— Leiam isto e depois nós continuamos a conversa — disse Maisy.

Lucy parecia pronta para sair correndo e uma parte de mim queria fazer o mesmo. Mas eu não podia, não solucionaria nada e não mudaria a verdade.

— Lucy, eu preciso que você leia isto comigo, por favor — disse.

Ela voltou para o meu lado sem pensar duas vezes, com um carinho incondicional em seus olhos.

— Está bem.

Salém, 1692

20 de janeiro

Tempos sombrios se aproximam. Tempos que ameaçam modificar tudo. Comenta-se que a menina Abigail tem apresentado comportamento estranho e sussurra palavras de bruxaria. Fala-se em uma terrível aflição que a espreita. O medo ao desconhecido cresce, as palavras dos puritanos incutem terror no coração de muitos. Acusam-nos de pensamentos perversos, acusam-nos de haver vendido nossa alma ao diabo.

Agora, mais do que nunca, devemos permanecer unidos e ocultar o nosso dom.

15 de fevereiro

Comenta-se que mais meninas estão sofrendo da mesma aflição. Fala-se sobre demônios que lhes causam mal-estar para roubar sua alma. O doutor Griggs garante que a bruxaria é a causa do comportamento peculiar das jovens.

Como chegaram a essa conclusão? O que se esconde por detrás dessa farsa? Algum de nós realmente as teria enfeitiçado? Acredito que não. Não é possível...

1º de março

As coisas pioraram. Murmúrios sobre bruxaria e artes das trevas estão por todos os lados. Sarah Osborne, uma mulher pobre e doente, foi acusada de bruxaria e atirada em uma cela.

Elizabeth Hubbard acusou Osborne de torturá-la durante as noites, espetando-a com uma agulha.

Se uma pessoa inocente, que não sabe nada sobre isto, sofreu esse destino, o que será de nós, que temos acesso à magia? Que recebemos o nome de "bruxas".

21 de abril

Meu pior temor aconteceu. A filha dos Good, Dorothy, foi vista no bosque fazendo magia. Arthur Corwin, irmão de Jonathan Corwin, foi testemunha e decidiu que seria perigoso demais submetê-la a julgamento por conta de seus poderes. Ele e Nicholas queimaram a garota no bosque e o homicídio mantiveram em segredo.

Temo que John vá atrás deles.

15 de junho

Salém virou um caos. Medo, histeria e acusações absurdas. Dois dos nossos foram acusados de bruxaria e declarados culpados por Hathorne e Gedney.

19 de agosto

Martha e George foram enforcados esta manhã. A imagem de seus corpos sem vida ainda me persegue, seus olhares vazios me consomem. Ambos preferiram a morte, recusaram-se a utilizar a magia e expor suas famílias.

Se não pararmos isso, todos nós arderemos em Salém.

2 de setembro

O povoado fede a sangue e cadáveres. As pessoas mal saem de casa e tudo o que se escuta são rumores sobre bruxas e demônios. Se não agirmos rápido, acabaremos com uma corda no pescoço ou em um inferno de labaredas em algum canto esquecido do bosque.

William concorda que devemos fazer alguma coisa. Todos os clãs se reunirão no sótão dele esta noite para pensarmos juntos em uma solução. É hora de virar o jogo.

3 de setembro

"Se nós não tomarmos o controle de Salém, acabaremos junto aos nossos antepassados e nossos filhos logo terão o mesmo fim. Temos que proteger este povoado e o nosso legado." Estas foram as palavras de minha querida irmã Elise Westwood.

Montamos uma lista com aqueles sedentos de sangue que, em sua ignorância e paranoia, praticaram terríveis torturas e mortes ainda piores. Faremos acreditar que eles são aquilo que tanto temem e vamos voltar contra eles suas próprias palavras.

8 de setembro

Margaret Scott foi acusada de bruxaria. Nós usamos uma forma de hipnotismo para fazê-la perambular de camisola pelos arredores de sua casa ao anoitecer. Isso levantou as suspeitas de Betty Parris.

17 de setembro

Escondemos restos de animais no quarto de Margaret Scott, o qual foi revistado após a pequena Rebecca, sobrinha dos Darmoon, dizer que havia tido pesadelos com ela durante vários dias.

Um por um, os culpados desta matança cairão, e não só salvaremos vidas inocentes, como também garantiremos que ninguém volte a cogitar a existência de bruxas.

19 de setembro

Com paciência e cautela estamos conquistando nosso objetivo. Incriminamos com sucesso John DeRich, Daniella Dilorio e Gedney.

Corwin os executou em segredo e ocultou tudo. Gedney era juiz, assim como Corwin. Se pessoas abastadas e de cargos importantes podem ser acusadas de bruxaria, ele agora deve temer por sua própria vida.

22 de setembro

Não há mais nomes em nossa lista. Aqueles que foram sentenciados culpados encontraram seu fim na forca. Entre eles havia inocentes. Camponeses. Marginalizados. Pobres-diabos, derrotados pelos caprichos de uma jovem. Ann Putnam não estava em nossa lista, a culpa será um castigo melhor.

Muitos lembrarão da caça às bruxas de Salém, poucos saberão a verdade. No fim, nós fomos os caçadores e, eles, os caçados.

Bruxas

O livro pesava em minhas mãos. Se o que este homem havia escrito era verdade, as bruxas existiam e a verdadeira história de Salém não era aquela que conhecíamos.

Eu não sabia o que dizer ou pensar. Não queria aceitar que uma coisa assim pudesse ser verdade, porque aquilo não se encaixava no meu mundo, pelo menos não no mundo que eu conhecia. Mas, aparentemente, havia estado sempre ali. A magia e as bruxas tinham um lugar em nossa história.

— Foi isso o que realmente aconteceu em Salém? — perguntei.

Lyn assentiu.

— Quando as coisas começaram a fugir do controle, nossos antepassados viraram o jogo. Eles garantiram a proteção do nosso legado e acabaram com aqueles que os estavam ameaçando — respondeu Maisy.

— Vocês são bruxas, e o Michael também... — balbuciei.

— Tecnicamente, ele é bruxo — rebateu Lyn.

Lucy ficou de pé, ela estava pálida.

— Isto não pode ser verdade — disse. — Como vocês sabem que a pessoa que escreveu esse livro não sofria de esquizofrenia ou alguma coisa assim?

Maisy fechou o livro e murmurou algumas palavras. As luzes do quarto se acenderam e se apagaram, em seguida uma das janelas se abriu sozinha e uma lufada de vento entrou por ela, fazendo algumas folhas que estavam na escrivaninha dançarem pelo ar.

Lucy assistiu boquiaberta.

— Bem-vindas à realidade. A magia existe — disse Lyn.

— Isto é assombroso! É como nos livros... — exclamou Lucy. — Vocês conseguem voar numa vassoura?

Maisy e Lyn se entreolharam e caíram na gargalhada.

— Não, e também não conseguimos nos transformar em animais nem fazer com que nossa pele fique verde — disse Maisy.

Isso pareceu decepcioná-la um pouco.

— Mas vocês são de Danvers, não de Salém — lembrou-se Lucy.

— Danvers é a verdadeira Salém dos livros. Em 1752, mudaram o nome de Salém para Danvers, mas continua sendo o mesmo povoado — respondeu Lyn.

Lucy balançou a cabeça.

— Mas eu não sou como vocês — eu disse. — O que está acontecendo comigo?

— O Michael vai chegar daqui a pouco. É ele quem tem que lhe explicar — respondeu Maisy.

Meu corpo estremeceu.

— O Michael andou brincando comigo? O que ele sente por mim… não é verdadeiro? — eu disse com um fio de voz.

Fiz um esforço para que não surgisse uma única lágrima em meus olhos.

— O Michael ama você, Madison. Por isso ele fez o que fez — disse Lyn.

Eu não esperava ouvir algo assim da boca dela. Até Maisy e Lucy se surpreenderam.

— Pelo menos um de nós merece encontrar o amor — continuou.

Havia certa tristeza em sua voz, um tom pessimista.

— Espere aí, você disse que eu sou uma Gwyl... — disse Lucy, lembrando-se de repente do que Maisy havia dito sobre ela.

— Uma Gwyllion — Maisy completou. — Algumas culturas as chamavam de ninfas, outras, de damas do bosque.

Damas do bosque.

— O Michael chamou a Alyssa assim — eu disse.

— Isso mesmo, Alyssa Roslyn é uma Gwyllion. E ela sabe disso — replicou Maisy.

Lucy ficou pensativa, tão surpresa que não conseguia dizer nada. Como era possível que a minha melhor amiga fosse uma ninfa?

Observei-a com calma. Lucy sempre havia tido certa beleza ligada à natureza, algo que realmente fazia lembrar uma fada. Assim como Alyssa.

— Bruxas, ninfas... O que mais existe? Os humpiros são na verdade vampiros? — perguntei.

— Não, não existem vampiros — disse Lyn. — Só existem mesmo os humpiros, que não são nada mais do que jovens obcecados por sangue e imortalidade.

Ao menos uma boa notícia, a ideia de alguém bebendo o meu sangue não era nada agradável.

— E eu? Tenho poderes? Posso fazer magia? — perguntou Lucy.

Sua expressão misturava medo e entusiasmo. Eu já podia imaginá-la saltitando por um bosque com uma coroa de flores na cabeça. De algum modo, parecia natural pensar nela desse jeito.

A porta se abriu sem fazer o menor ruído, eu acompanhei seu movimento até que ficasse completamente aberta. A seguir, Michael entrou no quarto com uma expressão sombria no rosto. Senti o nó no meu estômago apertar e meu coração começou a bater com muita força contra meu peito.

— Preciso conversar com a Madison — disse com firmeza.

Seus olhos não se desviavam dos meus.

— Sim, você precisa — disse Maisy zangada.

— Boa sorte, primo — disse Lyn.

Ela deu algumas palmadinhas em seu ombro e saiu do quarto.

Lucy olhou para mim com uma expressão de dúvida.

— Eu vou ficar bem sozinha — eu disse.

— Venha comigo, Lucy. Acho que eu tenho um livro sobre Gwyllions, posso lhe mostrar — disse Maisy.

Assim que elas saíram do quarto, a tensão se triplicou. Michael e eu nos olhamos por um bom tempo. Reprimi todos os impulsos de me aproximar dele e fiquei parada onde estava. Sua simples presença ameaçava partir o meu coração.

— Madison...

Ele deu um passo na minha direção e eu levantei a mão em sinal de advertência.

— Não se mexa — disse. — Eu sei que você é um bruxo.

Ele parou.

— Você manipulou os meus sentimentos com magia? — perguntei.

Contive as lágrimas temendo sua resposta.

— Não. Como você pode pensar uma coisa dessas? — respondeu.

— Meus sentimentos por você são tão... fortes. Nunca senti isto por outra pessoa. Pelo menos não deste jeito — eu disse.

— Os seus sentimentos são genuínos, a magia não é capaz de manipular as emoções.

Senti um imenso alívio ao ouvir aquilo. Michael tentou se aproximar, mas eu me afastei.

— Você tem medo de mim? — ele parecia chateado.

— Não. Mas agora eu tenho certeza que você fez alguma coisa comigo naquela noite no seu quintal. Tenho me sentido diferente desde então e não lembro direito o que aconteceu — disse.

— A minha família, assim como a da Maisy e da Lyn, vem de uma longa linhagem de praticantes de magia. Nós somos bruxos. Depois do que aconteceu em Salém, nossos antepassados tomaram certas decisões para garantir a sobrevivência da nossa comunidade. Uma delas foi ocupar cargos importantes para controlar a informação. É por isso que, há anos, a minha família cuida do Museu de Salém. Do mesmo modo, os Westwood são responsáveis pelo Centro de Turistas e, os Cassidy, pela biblioteca. Não há nenhum livro ou evidência em Salém que comprove a existência das bruxas, tudo é faz de conta para alimentar a imaginação dos turistas. Outra decisão tomada por eles, a pior de todas, foi que nós teríamos que nos casar ainda novos e com alguém da nossa mesma condição. Isso foi mudando um pouco com o passar dos anos, porque, do contrário, nós eventualmente teríamos que nos casar com nossos parentes. — Ele fez uma pausa. — Se aos vinte e cinco anos nós ainda não estivermos noivos, nossas famílias têm o direito de escolher alguém por nós.

— Mas isso é antiquado e injusto. Arcaico até — disse sem conseguir me controlar.

— Eu sei. Mas nossas linhagens sobreviveram dessa maneira e nossa comunidade se fortaleceu graças a isso. É exatamente por isso que até hoje não foi permitido a ninguém quebrar a tradição — respondeu Michael com amargura na voz.

— É por isso que você falou do seu aniversário ontem à tarde, agora eu me lembro. Em poucos dias você faz vinte e quatro, só falta um ano...

— Eu tenho que escolher alguém que tenha acesso à magia, mas isso não significa que a pessoa tem que vir de uma família de bruxas — disse com alguma intenção no olhar.

Meu corpo estava rígido e percebi que tinha parado de respirar.

— Muitas pessoas têm certo dom para a magia, mas não sabem disso. Passam a vida toda sem saber porque não acreditam nesse tipo de coisa. Na realidade, nem mesmo imaginam que isso possa existir. A hora do dia em que nós nascemos e a fase da lua determinam se teremos ou não potencial para fazer magia — continuou Michael.

Lembrei do calendário lunar no quarto dele, a anotação com a data do meu aniversário.

— Michael...

— Você nasceu em uma noite de lua cheia. Uma noite em que a lua e as estrelas podiam ser vistas claramente no céu, e isso indica um potencial para a magia — disse Michael empolgado. — A única coisa que eu fiz foi um ritual para que você conseguisse sentir essa magia, a sua magia.

Levei as mãos ao rosto, horrorizada.

— Você não correu nenhum perigo — ele garantiu chegando mais perto de mim. — A lua naquela noite estava na mesma posição do dia em que você nasceu e eu só tinha que dizer algumas palavras na mesma hora em que você havia nascido. Foi como um renascimento. Uma renovação para conectar você com a sua magia.

— Como você foi capaz?!

Eu quase não tinha forças para dizer aquelas palavras. Michael olhou para mim sem entender.

— COMO VOCÊ FOI CAPAZ?! — gritei.

Eu podia sentir minha raiva circulando no meu sangue. Um objeto explodiu ao lado de Michael, era uma caixinha de cerâmica que decorava a penteadeira de Maisy.

— O ritual leva um ano para se completar. Essa era a única maneira para ficarmos juntos — disse.

— Você me transformou em uma bruxa... — Deixei escapar uma risada, um som aflito e perturbador.

Dizer aquilo era surreal.

— Você tem o que é preciso para ser uma, do contrário, o ritual não teria funcionado — respondeu Michael.

Ele veio até mim e me afastei, fazendo questão de manter um espaço entre nós.

— Você tinha que ter me perguntado, Michael. Se você tivesse levado meus sentimentos em consideração, teria dito a verdade sobre quem você é. Era uma decisão minha, não sua — retruquei.

Alguma coisa caiu aos seus pés. Mais pedaços de porcelana. Respirei fundo, esforçando-me para controlar o que estava sentindo. Maisy me odiaria se eu continuasse quebrando suas coisas.

— Eu sei. Sei que fui egoísta — respondeu. — Eu tenho apenas um ano e alguns dias pra ficar noivo e o ritual para fazer você acessar sua magia leva um ano pra se completar. Eu não podia arriscar que você se assustasse e demorasse para tomar uma decisão.

Olhei para ele sem poder acreditar, apertando os punhos para não explodir.

— Você está lidando com a minha vida, brincando com o meu futuro. Você está tomando decisões que vão me afetar para sempre e sua única preocupação era que eu demorasse para me decidir... Que tipo de idiota você é?!

— Um idiota que te ama! — gritou Michael. — Um idiota que se recusa a ter uma vida infeliz. Eu quero estar com você, não com uma mulher escolhida por meus pais.

Eu queria beijá-lo e estrangulá-lo ao mesmo tempo. Eu queria... eu não sabia o que queria. Dava para ver que ele se sentia um pouco culpado, seus olhos me diziam isso. Mas ainda assim ele também parecia convencido de que tinha razão. Aquele meio sorriso encantador não abandonava seu rosto.

— Você está falando do resto das nossas vidas, sendo que nós só nos conhecemos há alguns meses. Talvez você tenha sido criado sabendo que deveria tomar essa decisão ainda jovem, mas eu não — disse.

Michael bufou irritado.

— O ritual leva um ano. Tem que ser finalizado na mesma noite do ano que vem. Se você fizer isso, sua conexão com a magia será permanente. Se decidir não completá-lo, você acabará perdendo a magia aos poucos e voltará a ser como antes — disse Michael. — Eu estou dando a você uma opção.

Suspirei aliviada ao saber que aquilo não era irreversível.

— Eu passei dias me sentindo mal, achando que estava doente. E você não disse nada...

— Desculpa. Eu não sabia como dizer — o conflito em sua voz intensificava o vazio no meu estômago. — Aquilo era o seu corpo se acostumando com a magia.

Desviei os olhos.

— Isso é demais pra mim. Bruxas, magia, a verdadeira história de Salém, Gwyllions... — Levei as mãos à cabeça. — Não sei se eu quero fazer parte de tudo isso.

Michael se aproximou mais uma vez e me tomou nos braços antes que eu pudesse fugir. Virei minha cabeça para o lado, mas ele puxou meu queixo, obrigando-me a olhar para ele.

— Você é o meu destino, Madison. Eu tenho certeza disso. Senão eu não teria feito o que fiz.

Antes que eu pudesse dizer alguma coisa, ele me beijou. Seus lábios acalmaram minha cabeça e me fizeram lembrar a intensidade dos meus sentimentos. Agarrei-me a eles, guardando na memória a doçura de seus lábios e a suavidade de sua pele. Deixei que seu perfume me contaminasse e, então, me afastei.

— Isso tudo é muita informação para minha cabeça, preciso de um tempo pra pensar.

Dei as costas a ele e praticamente corri para a sala de jantar. Lucy estava sentada no sofá com um livro nas mãos e Maisy estava sentada ao lado dela.

Parei, de repente, e fiquei olhando para elas. Minha cabeça era um redemoinho de pensamentos e emoções. Lucy, minha melhor amiga desde a infância, era uma criatura da floresta. Isso ameaçava mudar completamente as nossas vidas, mas, no entanto, ver seu jeito cuidadoso de pegar no livro só me reafirmava que ela ainda era aquela menininha ruiva com quem eu havia crescido.

Ouvi passos atrás de mim e continuei andando para a sala, praticamente me atirando em cima de Lucy.

— Nós temos que ir embora — disse.

Ela deve ter notado a urgência em minha voz, porque ficou de pé e assentiu.

— Sim, vamos pra casa, Madi — tranquilizou-me Lucy. — Tudo bem se eu levar este livro?

— Acho que eu não preciso nem dizer que mais ninguém pode vê-lo — respondeu Maisy. — Eu levo vocês para casa.

— Não. A gente vai andando — eu disse.

Eu precisava me afastar deles, ou melhor, de tudo o que estivesse relacionado a Michael e à magia.

— Trinta quadras a pé? — perguntou Maisy em tom sarcástico. — Eu posso levá-las de carro, está tarde e você não está no seu melhor estado mental.

Olhei para Maisy, refletindo sobre o que ela me dizia.

— Tudo bem.

Cruzei os braços e esperei Lucy recolher suas coisas.

— Eu posso levá-las — interveio Michael.

Abaixei a cabeça para não olhar para ele. Eu já podia imaginar seus olhos azuis, aquela carinha para a qual eu nunca conseguia dizer não.

— Acho que você já fez o suficiente, Mic. Dá um pouco de espaço para a menina — disse Maisy.

Fui andando em direção à porta, sentindo-me imensamente grata a Maisy. Ela não podia ter escolhido melhores palavras, eu precisava de espaço.

— Não se esqueça de que eu fiz isso para poder ficar com você. Não se esqueça, Madison.

Maisy nos levou até nossa casa. Agradeci rápido e logo saí do carro. Ao entrar no meu quarto, desmoronei na cama e fiquei ali por um bom tempo. Não fiz nada em particular, só olhei para o teto e pensei em tudo o que havia acontecido. Em algum momento, Kailo veio para perto de mim, mas minha cabeça estava tão longe, que não fiz mais do que acariciá-lo.

Eu tinha perguntas sobre tudo o que havia acontecido desde que conheci Michael. Será que ele tinha estourado as lâmpadas de propósito para tornar nosso primeiro encontro mais memorável ou havia sido involuntário? Vi o desenho de nós dois caminhando debaixo da chuva e, de repente, tive certeza de que ele havia quebrado o meu guarda-chuva.

E quando minha bebida se derramou magicamente sobre mim no baile de Halloween fazendo com que eu fosse até o banheiro? Será que havia sido ele, para que eu flagrasse Lyn e Derek? Ou será que tinha sido Lyn? Ou Maisy? Malditas bruxas, eu não podia ter certeza de nada.

Lucy apareceu na fresta da porta, parecia tão cansada e confusa quanto eu. Seu rosto revelava sua exaustão, embora seus olhos continuassem um pouco fora de órbita.

— Você também sente como se sua cabeça fosse explodir? — perguntou.

— Sim — respondi. — Não sei se devo experimentar essa história de fazer magia ou se xingo Michael até me cansar.

Lucy me olhou sem entender.

— O Michael. Ele fez tudo isso de um jeito tão egoísta. Não parou nem um segundo para pensar em mim. Nem mesmo me disse a verdade sobre ele.

— Não é uma coisa fácil de se dizer — replicou Lucy. — Se bem que eu sei como você se sente. Não consigo parar de me perguntar se meus pais sabem o que eu sou. Qual deles será que vem de uma linhagem de Gwyllions. E Alyssa... eu achava que ela era minha amiga.

Assenti de maneira enfática. Traidores.

— O que você é exatamente? O que você pode fazer? — perguntei.

Lucy entrou no quarto, dava para ver seu rosto se iluminando levemente.

— Não é exatamente magia, pelo que andei lendo eu tenho certa habilidade para manipular a natureza. — Fez uma pausa. — Eu também deveria ser boa em criar ilusões. A Alyssa sempre emana um brilho sutil, que a torna bonita de um jeito natural. Acho que tem a ver com isso.

— Sempre achei que ela parecia uma fada — eu disse.

— E os pesadelos que eu tenho com um bosque pegando fogo aparentemente são memórias dos meus antepassados. Algo que sempre esteve em mim, tentando me mostrar um pouco da minha história — acrescentou.

— Isso explica por que você sonha com isso desde pequena — respondi. — Eu me lembro de quando você dormia lá em casa e acordava chorando.

Lucy ficou pensativa, como se estivesse se lembrando daqueles sonhos. Meu estômago fez uma espécie de grunhido e percebi que eu estava morrendo de fome.

— Nada disso importa desde que nós continuemos sendo você e eu — murmurou Lucy.

Balancei a cabeça. Sabia ao que ela se referia. Eu gostava da minha vida, de quem eu era, não queria que isso mudasse.

Kailo me acordou, roçando a cabeça no meu braço. Eu não me lembrava de ter adormecido e não sabia que horas eram. Estiquei o braço, peguei meu celular e vi uma mensagem de texto da noite anterior na tela.

Michael: 0h05
Espero poder te ver nos meus sonhos.

Soltei um suspiro e minha cabeça caiu outra vez no travesseiro.

Ainda era cedo, eu tinha tempo suficiente para chegar à universidade. Felizmente, naquele dia eu só teria aula com Marcus, o que me permitiria evitar um encontro com Michael.

Saí da cama decidida, se eu queria que tudo continuasse igual, não podia me trancar em casa nem descuidar dos meus estudos.

O gatinho preto parou ao meu lado e me olhou ansioso. Estava me animando e me cobrando alguma reação. Ainda não compreendia como eu era capaz de entendê-lo, era como se seus grandes e expressivos olhos falassem comigo.

Olhei para o guarda-roupa e levantei a mão sem saber direito o que fazer. Eu queria experimentar a minha suposta magia, mas não sabia como.

Kailo miou, como se estivesse me repreendendo.

— Abre — disse, olhando para a porta do guarda-roupa.

Nada. Nem um mínimo movimento. Fechei os olhos tentando relaxar e os abri novamente. Concentrei-me na porta de novo, desejando que abrisse; desejando com muita certeza de que aquilo aconteceria.

Então, a porta se abriu com força e bateu contra a parede. O baque da madeira foi tão repentino que levei um susto.

Fiquei quieta por um momento, espantada com o que havia acontecido. Não havia sido nada sutil, e sim rápido e brusco. Escolhi minha roupa sem tentar mais nada e fui tomar café da manhã.

Marcus estava me esperando no corredor do prédio. Seu rosto alegre e sereno contrastava com a nuvem negra sobre a minha cabeça. Eu me sentia estranha e incomodada, além de cansada e confusa.

Tentei acompanhar a conversa e sorrir como se estivesse tudo bem, mas quando estávamos quase chegando à universidade eu percebi que havia escutado apenas duas palavras do que ele estava dizendo.

— O que você tem, Ashford? Sinto como se você estivesse em uma galáxia muito, muito distante...

Sorri para aquela referência a *Guerra nas Estrelas*.

— Michael e eu discutimos — disse.

— E depois fizeram as pazes apaixonadamente? — brincou.

— Não, só discutimos — repliquei.

Peguei meu celular para reler a mensagem dele e guardei de novo antes que sentisse vontade de responder. No fundo, eu esperava que ele tivesse sonhado comigo. Aliás, esperava ter dado uma bronca nele em seus sonhos.

— Está na cara que ele é louco por você. O que ele pode ter feito para te deixar chateada?

Um ritual esquisito e inoportuno para me transformar em bruxa.

— Ele tomou decisões que dizem respeito ao meu futuro sem a minha permissão — respondi.

Marc olhou para mim, esperando uma explicação.

— Ele não tem consideração comigo e é mimado e...

A visão de Michael parado na entrada da Van Tassel me fez esquecer o que ia dizer. Lá estava ele, perfeitamente quieto, como uma miragem tentadora demais para ser real.

Não era só o modo como seus cabelos caíam sobre o rosto, nem sua postura despreocupada, nem sua aparência de menino mau... Era tudo, havia algo nele tão letal quanto atraente.

— Darmoon — Marc o cumprimentou com um aperto de mãos. — O que você fez pra deixar a Mads mal-humorada deste jeito? Comporte-se, cara.

Michael cumprimentou-o sem dizer nada, seus olhos iam de Marcus para mim.

— Estou falando sério, só eu posso encher o saco da Ashford — disse Marcus apoiando o braço em volta do meu ombro de maneira protetora.

— A Madison não valoriza o que eu faço por ela — respondeu Michael fingindo estar machucado.

Seus olhos estavam cravados no braço de Marc e havia uma ameaça implícita neles. Marcus deve ter percebido, porque me soltou e foi entrando na universidade. Ele não suportava situações tensas.

— O que você disse a ele? — perguntou Michael.

— Só disse que estava chateada com você — respondi.

Ele passou a mão nos meus cabelos e ajeitou uma mecha atrás da minha orelha. Seus olhos continuavam fixos nos meus. Eu sabia onde ele queria chegar com aquele gesto.

— Não posso ficar perto de você — disse dando um passo para trás.

— Por que não? — perguntou contendo um sorriso.

— Não posso. E não importa o quanto eu queira estar nos seus braços. O que você fez foi errado e eu preciso conseguir pensar sem a interferência de todos esses sentimentos — disse.

Michael olhou para mim resignado, mas se manteve onde estava.

— Você deve ter muitas perguntas. Sobre mim, Kailo e você. Onde é que você vai encontrar as respostas? — perguntou com sensatez.

— Não vai ser com você — respondi.

Vi Maisy e Lyn e acenei para que elas se aproximassem. Elas se entreolharam desconfiadas.

— Se você pretende dar um chilique com a gente, tome muito cuidado com o que vai dizer — alertou Lyn.

Encarei-a com seriedade no olhar. Eu não planejava gritar com elas, mas não gostava que ela me ameaçasse.

— Você sabe que eu posso te transformar em um sapo, não sabe? Em um sapo grande e fedorento.

— Lyn... — Michael olhou para ela e depois para mim. — Ela não pode fazer isso. Não podemos transformar pessoas em animais.

Que alívio.

— Eu quero que você e a Maisy venham à minha casa depois da aula. Tem algumas coisas que eu preciso saber — eu disse.

Fiz um esforço para ser simpática, se elas não viessem eu não teria outra opção senão aceitar a ajuda de Michael.

— Eu tenho planos com o Alejandro — disse Lyn.

— Então cancele os planos. — Fiz uma pausa e emendei — Por favor.

Achei que ela iria rir da minha cara, mas não foi o que aconteceu. Ficou calada, refletindo.

— A gente passa na sua casa à tarde — disse Maisy gentilmente. — Fica à vontade para comprar alguma coisa para o chá da tarde.

Dito isso, ela virou as costas e saiu andando.

— E espero não encontrar o seu amigo Marcus por lá — acrescentou Lyn antes de ir atrás da irmã.

Assenti. Eu estava agradecida por ela estar disposta a mudar seus planos por minha causa.

— Eu teria sido menos pretensioso — comentou Michael.

— Você só precisava ter sido honesto — rebati.

O lado escuro do gelo

Na volta para casa passei por uma confeitaria para satisfazer o desejo de Maisy. Não sei se elas estavam no direito de exigir doces como se eu as tivesse simplesmente convidado para tomar um chá da tarde. Mas a verdade era que elas não haviam participado do meu ritual e eu precisava de sua ajuda.

Quando faltava uma quadra para chegar em casa notei uma grande sombra negra me observando do outro lado da calçada. Dusk.

Michael havia mandado seu cachorro me seguir. Eu não conseguia decidir se isso era fofo ou se era o primeiro passo para eu começar a considerá-lo um assediador. Encarei o cachorro e fiz um gesto para que ele fosse embora. Depois disso, continuei andando.

Talvez eu devesse mandar Kailo atrás dele para ele ver como isso é estranho. A imagem daquele pequeno gato preto perseguindo Michael me fez sorrir.

A minha bolsa estava tão pesada que eu quase já não sentia o meu ombro. Parei de súbito me perguntando o que é que pesava tanto. Eu jurava que de manhã ela estava mais leve. Abri o zíper e encontrei um livro que não me lembrava de ter colocado lá dentro. *Malleus Maleficarum.*

O nome me era familiar. Era o livro exposto na biblioteca de Katelyn Spence. Definitivamente não era a mesma cópia, suas folhas estavam em um estado ainda pior. Alguém deve tê-lo colocado ali quando eu não estava olhando. E, já que estava relacionado a bruxas, provavelmente tinha sido Michael ou suas primas. Guardei-o de volta e continuei andando.

Desci do elevador e estava procurando as chaves da porta quando ouvi vozes vindo de dentro da casa. Avancei pelo corredor e parei perto da porta.

— Você sempre soube que eu era uma Gwyllion? É por isso que nós somos amigas? — perguntou uma vozinha chateada.

Lucy.

— Eu suspeitava — respondeu Alyssa. — Mas é claro que esse não era o único motivo para eu querer ser sua amiga. Eu gostaria de você mesmo que não fosse como eu.

— Por que você não me contou? Nós nos conhecemos há mais de um ano.

— Você teria pensado que eu era louca. Eu venho esperando o momento certo pra lhe dizer isso há muito tempo e, quando vi que havia um clã de bruxas nas nossas aulas, eu soube que esse momento estava prestes a chegar — disse Alyssa com naturalidade.

— Você sabe sobre o Michael, a Lyn e a Maisy? — perguntou Lucy.

— Sim, eu pude perceber a magia deles.

Abri a porta. As duas se assustaram ao me ver.

— Desculpa, eu não quis interromper — disse. — Mas pelo visto eu estou me convertendo em uma bruxa e chamei duas delas para virem aqui em casa me explicar algumas coisas.

— "Converter" não é o termo correto, não é como se você estivesse se transformando em um vampiro. E, aliás, eles não existem. Eu diria que você está aceitando uma parte sua que nunca soube que existia — disse Alyssa.

Olhei para ela um pouco irritada, não era tão simples assim.

— Não é uma coisa ruim — continuou Alyssa.

— Também não sei dizer se é uma coisa boa. Pelo menos não para a vida que eu quero levar — respondi.

Fui até a mesa e comecei a ajeitar tudo. Eu tinha muitas perguntas. Queria saber desde como a magia funcionava até o que era essa besteira de eles serem obrigados a ficar noivos antes dos vinte e cinco anos.

Lucy me lançou um sorriso encorajador e passou a conversa com Alyssa para o quarto dela. Sentei no sofá e me perdi em meus pensamentos por um tempo, até que ouvi as batidas à porta.

As irmãs Westwood entraram e Maisy logo se sentou à mesa. Lyn, no entanto, deu uma volta na sala observando tudo. Sua expressão dizia que ela preferia estar em outro lugar.

Servi chá a elas e fui buscar minha grande caneca de café. Era provável que eu precisasse dela para prestar atenção em tudo o que elas tinham para dizer.

— Falta açúcar — disse Maisy.

— Isto não é nenhuma visita social. Eu quero respostas — respondi.

Ainda assim, passei o açucareiro para Maisy.

— A decoração deste lugar deixa um pouco a desejar — comentou Lyn.

— Lucy e eu nos esquecemos de colocar o Ouija e os morcegos na lista — respondi sarcástica.

Lyn e Maisy se entreolharam e riram. Eu ia começar a falar quando Kailo pulou para cima da mesa e se sentou em frente a elas, com um olhar de curiosidade. Isso fez com que elas parassem de rir e adotassem uma postura mais séria.

— Você tem um familiar — disse Maisy.

— Encontrei na rua algumas noites atrás, e me sinto vinculada a ele de alguma maneira — disse. — O que é um familiar?

— Muitos animais conseguem perceber a magia, mas só alguns têm certa afinidade com aqueles que fazem uso dela. Esses são os familiares — Maisy disse e pegou Kailo nas mãos. — Ele a sentiu em você e isso lhe inspirou confiança. A magia permite que vocês se entendam melhor, certamente foi isso que gerou esse vínculo afetivo.

— Os familiares acompanham e protegem os praticantes de magia. Assim como nós cuidamos deles. E esse gato escolheu você — acrescentou Lyn.

Kailo miou e veio até mim, roçando a cabeça contra a minha mão.

— O Hollín, a Missinda e o Dusk também são familiares, imagino que você já tenha deduzido isso — disse Maisy.

Assenti.

— São sempre pretos? — perguntei.

— Não, nem sempre. A familiar da minha mãe é uma gata branca — respondeu Maisy. — Mas os animais de pelagem preta sempre foram associados à bruxaria. Esse preconceito criou empatia e os uniu a nós.

Aquilo me tranquilizava. Eu não era supersticiosa, mas era bom saber que Kailo não tinha me escolhido por ter uma alma escura como a sua pelagem, que era o que alguns livros sugeriam.

— Se o Michael não tivesse feito aquele ritual com a lua, eu nunca saberia sobre a minha magia?

— Não. Muitas pessoas possuem magia e nunca vão saber. Só os que nascem dentro da nossa comunidade é que têm conhecimento disso desde crianças — explicou Maisy. — Nossos pais fizeram esse mesmo ritual conosco quando tínhamos cinco anos. É como uma iniciação.

Isso não diminuía a raiva que eu estava sentindo de Michael. Se não fosse pelo que ele fez, eu continuaria sendo uma garota normal.

— Você não parece feliz. Eu achava que as pessoas comuns adoravam fantasiar com a ideia de magia — comentou Lyn.

— A Lucy talvez. Mas para mim a magia não ia além dos contos de fadas. Meu sonho sempre foi ser uma publicitária famosa, casar e ter dois filhos — respondi. — Nunca me passou pela cabeça fazer parte de uma comunidade de bruxas.

As duas esperaram em silêncio, dava para ver em seus olhos que elas também tinham seus sonhos.

— O Michael me disse que vocês têm que ficar noivas até os vinte e cinco anos, e que se não o fizerem suas famílias têm direito a escolher alguém por vocês — eu disse.

Maisy assentiu lentamente, Lyn não disse nada.

— Nós estamos no ano de 2015, não em uma novela da dinastia Tudor. Suas famílias não podem impor um casamento a vocês — disse irritada. — Simplesmente não podem.

— Essa é uma das nossas regras mais antigas e, gostando ou não, é um dos principais motivos pelo qual a nossa comunidade tem sobrevivido há tanto tempo — disse Maisy. — Eu também não gosto da ideia, mas nós crescemos sabendo que seria assim.

Seus olhos azuis se entristeceram.

— É a maior injustiça do mundo — explodiu Lyn.

— E o que acontece se vocês não aceitarem isso? Se vocês se recusarem a ficar com a pessoa escolhida por seus pais? — perguntei.

Eu achava difícil que eles as acorrentassem e as obrigassem a se casar.

— Seremos obrigadas a abdicar de...

— Perderemos tudo — Lyn interrompeu a irmã. — Nossa família, nosso lar, nosso legado. Ficaremos sozinhas no mundo, por nossa conta e risco.

A voz de Lyn estava carregada de uma mágoa profunda.

— Você tem quatro anos para encontrar alguém especial. — De repente, tudo ficou claro para mim. — É por isso que você sai com tantos garotos.

— Três. A Maisy tem vinte e um, eu tenho vinte e dois — murmurou Lyn.

Eu me senti mal por ela e entendi finalmente por que ela agia daquela maneira.

— Já está tarde, ainda tenho que me encontrar com o Alejandro — disse Lyn mudando o tom de voz.

Ela pegou suas coisas e desapareceu antes que eu pudesse falar qualquer coisa. Fiquei com as palavras por dizer e os olhos fixos na cadeira onde ela estava sentada. Não podia imaginar como poderia ser ter uma data de validade para encontrar o amor verdadeiro.

— A Lyn não gosta de falar sobre isso — disse Maisy.

— Em todo esse tempo, ela nunca se apaixonou? Só saiu durante algumas semanas com cada um desses rapazes? — perguntei.

Era difícil acreditar, principalmente levando em conta a quantidade de meninos com quem ela já havia ficado.

— Ela gostou de um, mas ele tinha namorada — respondeu Maisy.

O nome de Samuel Cassidy veio à minha cabeça.

— E você? — perguntei.

— Se for para eu conhecer alguém, eu vou conhecer — ela respondeu tranquilamente. — Mas eu não vim aqui para falar disso. Tem mais alguma coisa que você queira saber?

— Como funciona a magia? O que eu tenho que fazer?

Maisy sorriu e tirou um livro da bolsa. Era parecido com o Grimório que ela havia me mostrado, mas não tão velho.

— Feitiços e prática — ela disse me mostrando o exemplar. — Nossa comunidade é formada por vários clãs, que são grupos de bruxas com o mesmo sangue ou com afinidades.

Lyn, Michael e eu formamos um. Nossa magia está entrelaçada e isso nos torna mais poderosos quando fazemos feitiços juntos. Você se tornará parte do nosso clã se decidir completar o ritual.

Madison Ashford membro de um clã de bruxas. Aquilo me dava calafrios só de pensar.

— Este é o nosso Grimório, vou deixá-lo aqui para você dar uma olhada — disse apoiando o livro na mesa. — Não tente fazer nenhum feitiço complicado, isso poderia acabar em desastre.

Fiz que sim com a cabeça, eu não pretendia fazer nada drástico. A não ser que eu pudesse fazer alguma coisa para suspender minha prova final de Teoria da Publicidade. Ela ia acontecer em dois dias e eu mal havia estudado.

— Alguns feitiços requerem certos ingredientes — continuou Maisy.

— Por favor, me diga que não são partes de animais — supliquei preocupada.

Seu aborrecimento foi evidente.

— Não, a magia branca canaliza poder a partir da natureza, não da morte — rebateu. — Plantas, certos tipos de flores, sementes...

Essa era uma boa notícia e explicava o porquê de eles terem uma estufa em casa.

— Pensa bem no que você quer, Madison. Se decidir ficar com o Michael, você será uma de nós, uma bruxa. E isso mudará tudo — disse Maisy. — Será uma parte da sua vida que deverá ser escondida até mesmo da sua família.

Aquilo era exatamente o que eu não queria escutar. Desconsolada, eu tomei o resto do café. Eu amava Michael, mas não estava disposta a mudar toda a minha vida por ele. Ou pelo menos achava que não. Como eu podia tomar essa decisão?

Ouvi a voz de Marcus cantarolando uma música no corredor e logo depois sua cabeça apareceu pela fresta da porta. Lyn a tinha deixado aberta.

Entrou como se estivesse em sua própria casa e foi direto para a geladeira, sem nem olhar para nós.

— O que você conta de novo, Ashford? — ele perguntou ao mesmo tempo em que abria o pote com o pudim que Lucy havia feito.

— Não se atreva a comer tudo o que sobrou!

Corri até ele, mas Marcus ergueu o pote no ar para me impedir de pegar.

— Eu estou com fome. Vocês já comeram a metade — reclamou.

Dei um pulo e ele passou o pudim para a outra mão.

— Vocês parecem dois animais no meio da selva brigando por comida — disse Maisy.

Marcus levou um susto, foi a minha brecha para tirar o pote da mão dele.

— Não vi que você estava aí. — Chegou mais perto dela e começou a cantar — "Maisy, a menina com a cor do céu nos olhos, e o sol nos cabelos."

Maisy não conteve um sorriso.

— Suas palavras cativam o meu coração, Marcus. Deve ser porque elas são muito profundas — ela disse olhando para ele e achando graça.

— Me dá mais um tempo, um dia eu ainda vou te surpreender — respondeu Marc.

Ele se sentou na minha cadeira e lançou a Maisy um olhar galanteador. Ela encarou-o por um breve momento e logo se levantou.

— Tenho coisas para fazer. Espero ter ajudado você, Mads — disse.

Era a primeira vez que ela me chamava pelo apelido, eu esperava que isso significasse o começo de uma amizade.

— Obrigada, Maisy — respondi.

Marc ficou olhando para ela enquanto comia os restos de comida que estavam em cima da mesa. Quando ela saiu, peguei o Grimório e o escondi rapidamente em uma pilha de livros antes que Marcus o visse. Kailo me acompanhou com os olhos e pude ver que havia cumplicidade neles. Ele sabia o que eu estava fazendo.

Eu estava curiosa para saber o que encontraria ali dentro, era como uma espécie de diário sobre os feitiços que Michael e suas primas já haviam utilizado. Quem sabe eu não encontraria alguma coisa sobre como fazer uma lâmpada estourar.

— Acho que eu gosto da Maisy, ela parece uma princesa que esqueceu que tinha que ser delicada — disse Marcus.

Eu me virei para ele. Não estava exatamente surpresa.

— A Lucy é delicada — eu disse.

— Eu gosto disso na Maisy, o fato de ela não ser delicada — respondeu.

Sentei ao lado dele, sentindo pena. Maisy seria seu par ideal, não fosse o detalhe de ser uma bruxa.

— Acho que ela não é a pessoa certa pra você — disse suavemente.

Marc olhou fixamente para mim como se eu tivesse dito algo estranho.

— Mads... Você está com ciúmes? — perguntou entre surpreso e intrigado.

— Não! — fui logo dizendo. — É só que... você já saiu com a Lyn, e a Maisy é irmã dela. Eu não vejo como isso pode dar certo.

— Nós só saímos juntos duas vezes e ambas foram um desastre. Tem alguma coisa na Maisy que me desconcerta e que me atrai — respondeu Marcus. — Eu devia ter percebido antes.

Fiquei em silêncio. Eu conhecia aquela expressão, sabia que nada do que eu dissesse o faria mudar de opinião. A tela do meu celular se iluminou e me debrucei para ler a mensagem.

Katelyn Spence: 18h28

Preciso que você devolva o meu caderno!

A decepção foi inevitável. Queria que fosse uma mensagem de Michael. Já estava sentindo falta dele. Deitei a cabeça na mesa, agora com pena de mim mesma.

— Ashford...

— Não consigo fazer isso, não consigo ficar longe dele — disse amuada.

— Não entendo o que está acontecendo entre você e Michael — disse Marcus.

— Eu sei — respondi.

— Mas eu sei como te deixar contente. Coloque um agasalho e venha comigo — replicou.

Levantei os olhos para encontrar aquele grande sorriso ao qual eu não podia dizer não.

Meia hora depois estávamos na pista de hóquei no gelo de Van Tassel. O lugar estava deserto, o brilho do gelo era tentador, exatamente como nas minhas lembranças. Eu adorava patinar. Quando estava com Derek, fazia isso o tempo todo. Eu ia ver Marcus e ele treinar e, quando terminavam, eu me juntava a eles.

Marc foi à sala de equipamentos e voltou com dois pares de patins. Eu sabia que estaríamos encrencados se alguém nos visse, mas não me importava.

Deslizei vagarosamente pelo gelo para pegar o jeito outra vez. Dei algumas voltas com passos lentos e pouco a pouco fui pegando velocidade. Marcus passou ao meu lado e começou a fazer manobras desviando de mim. Ele era bom e tinha consciência disso, e também adorava se exibir.

Comecei a patinar ao lado dele e percorremos toda a pista apostando corridas. Eu me sentia no controle, e gostava daquela sensação. Não havia decisões para tomar e nem futuros para contemplar. Só eu, o gelo e aquela sensação de liberdade.

Perdi a noção do tempo. Se não fosse pelas minhas pernas, que agora pesavam como duas pedras, teria continuado ali por horas.

— Cansada, Ashford? — perguntou Marcus.

— Minhas pernas estão me matando — respondi.

Ele me pegou pelo braço e me puxou para a saída da pista. Era gostoso deixá-lo me levar sem fazer força.

— Você está fora de forma — ele observou.

Soltou a minha mão próximo à saída e continuou patinando. Segurei no corrimão para parar e fui até as grades. Eu quase nem sentia minhas pernas, mas mesmo assim estava sorrindo. Sentei ao lado das minhas coisas e comecei a calçar os tênis.

O celular caiu da bolsa. Nada, nenhuma mensagem nova. Eu não podia reclamar, já que havia insistido para Michael me dar espaço. Mas não ter notícias dele era como uma tortura.

Eu: 20h02
Saudade.

Fiquei esperando a mensagem ser enviada, negando com a cabeça. Eu não sabia ser racional quando se tratava de Michael.

— Mads, olha, sem as mãos!

Levantei a cabeça. Marcus estava batendo asas como uma galinha e patinando mal de propósito. Comecei a rir até ele se espatifar no chão, e então caí na gargalhada.

— Você está bem? — perguntei.

Ele mostrou a língua, disfarçando a cara de dor, e ficou de pé. Aquilo não devia ser pior do que as pancadas que ele levava durante os jogos.

Uma das luzes começou a piscar e de repente apagou, deixando metade da pista no escuro. Fiquei de pé, assustada, e olhei ao meu redor. Uma silhueta entrou por uma das portas e eu já comecei a pensar numa desculpa, achando que era um funcionário da manutenção.

Pouco depois, mais algumas silhuetas apareceram. Três, cinco, oito. Todas usavam uma roupa escura e algo me impedia de ver os seus rostos. Um calafrio percorreu o meu corpo e observei a cena nervosa. Os oito indivíduos caminhavam na minha direção, soturnos como predadores. Quem eram aquelas pessoas? O que estavam fazendo?

— Mads!

A voz de Marcus soou grave e alerta. Seu corpo estava rígido, dava para ver seu nervosismo diante da situação. Corri para a pista e escorreguei de costas quando meus tênis tocaram o gelo. Marcus correu até mim e me ajudou a ficar de pé.

As silhuetas se aproximaram da pista sem dizer uma palavra, e então pude ver umas delas com mais clareza. Estava de camiseta regata e calças jeans pretas. Uma grande máscara cobria seu rosto, reconheci nela um focinho e orelhas pontudas, como se imitasse um lobo.

— Se isto é alguma brincadeira, é horripilante demais pra ser engraçada — disse Marcus em voz alta.

Ele estava com um braço ao redor dos meus ombros e eu podia sentir tensão e ansiedade na sua mão.

Ninguém respondeu. Eles entraram na pista, caminhando sobre o gelo e murmurando alguma coisa em uníssono.

— Acho que não é uma brincadeira.

O medo na minha voz era mais verdadeiro do que nunca.

— O que diabos é isto? — perguntou Marcus.

Eles estavam cada vez mais perto de nós.

— Marc...

Ele me levantou nos braços e começou a patinar para o outro extremo da pista, afastando-se daquele grupo de lunáticos mascarados. Eu me segurei nele, tentando ficar o mais imóvel possível para não fazê-lo perder o equilíbrio.

— Quando chegarmos à ponta da pista, você corre e vai buscar ajuda — disse Marcus. — Eu vou demorar um pouco para tirar os patins, não me espere.

— Eu não vou te deixar sozinho! — respondi horrorizada.

— Eu vou estar logo atrás de você. Não me espere, Ashford. É uma ordem — disse em tom grave.

— Marc, eu não vou...

Marcus curvou-se para a frente como se tivesse tropeçado em alguma coisa e nós caímos no gelo. Levantei a cabeça atordoada, Marc estava ao meu lado, com uma cara de dor. Minhas pernas estavam pesadas e uma dor indescritível tomou conta das minhas costas.

As oito pessoas fecharam o cerco à nossa volta como uma alcateia de lobos. Nenhum deles estava de patins, não entendia como conseguiam andar sem escorregar. Marcus ficou de pé e me ajudou a levantar.

— Mais um passo e eu começo a bater — ele alertou em voz alta.

Um dos homens esticou o braço até mim e Marcus o empurrou. Fiquei ao lado dele, me lembrando das aulas de defesa pessoal que tinha tido com meu tio. Fiz o possível para controlar o meu medo, e repassei na memória as manobras que ele havia me ensinado.

Senti uma mão no meu ombro e me virei. Agarrei o braço da pessoa e dobrei-o com toda a minha força. Ela soltou um gemido e aproveitei para fechar o punho e bater em cheio em seu rosto.

Quando meus dedos tocaram a máscara e, então, senti um estalo de dor.

— O que vocês querem? — perguntei furiosa.

Outro homem ainda maior me pegou pelo braço. Tentei chutar seu joelho e, quando vi que isso não ia funcionar, apliquei um golpe em sua garganta. Isso me deu alguns segundos antes de o meu agressor me imobilizar.

— Soltem ela, eu tenho dinheiro — disse Marcus desesperado.

Sua mão roçou na minha e dois dos mascarados se aproximaram e o jogaram para trás. Era como se um vento invisível o tivesse empurrado pelo gelo. Magia.

— Marcus!

Seus cabelos bagunçados foram a última coisa que vi antes de colocarem um saco preto na minha cabeça. De uma hora para outra tudo virou confusão e escuridão. Me pegaram pelos braços e me arrastaram pelo gelo enquanto eu gritava e esperneava.

— AAAASSSHHHFFFOORRRDDD!

O medo na voz de Marcus entrou como um punhal no meu peito. Tentei responder, mas meus sequestradores pronunciaram algumas palavras e comecei a perder a noção do que estava acontecendo até ficar totalmente inconsciente.

O Clube do Grim

Uma dor incomum e agonizante nos nós dos dedos e nas costas foi a primeira coisa que senti ao acordar. Também notei a escuridão ao meu redor. Um profundo e silencioso terror tomou conta de mim, paralisando-me. Eu via tudo preto e minhas mãos estavam amarradas.

Lembrei-me de tudo o que havia acontecido na pista de gelo, uma cena atrás da outra, como num filme. O grupo de pessoas mascaradas tinha me sequestrado. Eram bruxas, só podiam ser. Mas isso não explicava por que estavam me atacando, eu estava a meio caminho de me tornar uma delas.

O ar que tocava minhas mãos era frio, cheirava a grama úmida. Era possível ouvir também o crepitar de galhos no chão.

As palavras de Katelyn Spence ecoaram na minha cabeça: "Foi encontrado em um bosque nos arredores da cidade. A polícia levou alguns dias para identificá-lo, porque o corpo estava queimado". Aquelas podiam ser as mesmas pessoas que haviam queimado Christian e Diana Hathorne em um ritual.

Meu medo cresceu até abrir um buraco no meu peito e se tornar um verdadeiro pânico. Eu não queria ser queimada. Eu não queria morrer.

— Meu nome é Madison Ashford. Sou namorada do Michae...

Um golpe no estômago me deixou sem ar. Abri a boca fazendo um esforço para poder respirar.

— O que ela disse? — perguntou uma voz.

— Nada que nos interesse — respondeu outra.

Tentei voltar a falar, mas não consegui. Era difícil respirar. O saco envolvendo a minha cabeça também não ajudava.

— A morte dela fortalecerá nossa magia. Eu posso sentir — disse outra pessoa. — Ela não só pagará por suas crenças, como também contribuirá com a nossa causa.

O que ela queria dizer com as minhas crenças?

"O sangue é vida, o sangue é poder e sua força vital alimentará a nossa" — recitou uma voz. — Assim disse Bokor: sangue e fogo.

Só de escutá-los eu já sentia algo gélido percorrer o meu corpo. Sangue? Eles podiam ser vampiros? Todos haviam insistido que eles não existiam.

— Vocês têm certeza de que ela é culpada? Os jovens Hathorne eram descendentes diretos do juiz, mas não me lembro de ver o sobrenome Ashford envolvido nos julgamentos — sussurrou alguém.

Sua voz era diferente das outras, era cautelosa. Não tinha o tom frenético que as demais tinham.

— Ela aborrece os nossos, eu soube por uma fonte confiável — respondeu uma voz feminina. — Foi vista na rua carregando o *Malleus Maleficarum*.

Do que ela estava falando? Eu não aborrecia ninguém. Alguém havia colocado aquele livro na minha bolsa. O *Malleus*... sei lá o quê. Estavam me incriminando. Um chute forte antecipou minhas palavras e rolei pelo chão. Senti folhas secas estalarem debaixo do meu corpo e uma lama úmida e fedorenta cobrir minhas mãos.

Eu precisava fugir dali, tinha ouvido o suficiente para saber que eles iam me queimar viva e fazer alguma coisa com a meleca viscosa que seria o meu sangue depois.

Alguém retirou o saco preto da minha cabeça. Pestanejei várias vezes, tentando me acostumar àquela nova escuridão.

Estávamos no meio de uma clareira, eu não conhecia aquele lugar. A meia lua no céu era a única coisa que me parecia familiar.

— Eu sou uma...

Outro golpe no estômago. Me retorci na grama, sentindo-me patética. Eu desejava que alguém fosse me resgatar, meus pais, Michael... Mas a realidade era que eu estava por minha conta e não podia nada além de lutar. Eu faria tudo o que pudesse para me manter viva.

— Não é meu!

Girei para um lado evitando um novo chute e bati o pé no joelho do meu agressor, fazendo-o cair.

— Alguém colocou aquele livro nas minhas coisas, eu não tenho nada contra as bruxas — disse.

Tentei ficar de pé. Achei que poderia, até sentir alguém pisar nas minhas costas e me espremer entre sua bota e a terra.

— Claro, todos dizem a mesma coisa — respondeu uma voz.

— "Não é meu", "Não sei nada sobre as bruxas", "Sou inocente", blá-blá-blá — disse outra em tom jocoso.

Eu percebi que havia me cortado com alguma coisa, porque tinha sangue nos lábios. O gosto era diferente e estranho. Metálico. O mal-estar no meu corpo era tamanho que não sabia dizer exatamente onde doía.

— Eu sou uma de vocês...

Eu estava tão exausta que me custava falar.

— Ela está dizendo que é uma de nós — disse um.

Todos caíram na gargalhada. O som era arrepiante, era como ouvir um bando de hienas.

— Eu sou a...

Fui silenciada antes de poder terminar. Um dos sujeitos agachou-se sobre mim e me amordaçou com um pedaço de pano sujo. O gosto era horrível, repugnante.

A figura ao meu lado parecia mais esbelta que as outras. Era uma mulher que vestia calças jeans e um casaco, seu rosto e cabelos estavam cobertos pela máscara. Atrás dela, outros sete observavam a cena. E atrás deles havia uma grande tora de madeira cravada na terra.

As lágrimas inundaram meus olhos e o ar se esvaiu de meus pulmões. Eles iam me amarrar lá e atear fogo no meu corpo. Eu estava prestes a ser queimada viva.

Eu não entendia. Se eles haviam mencionado os julgamentos, então tinham que ser bruxos. Como é que não eram capazes de sentir, perceber, que eu tinha magia? Ou aqueles eram bruxos que queimavam outros bruxos?

— Vamos começar — disse uma voz.

Senti várias mãos sobre mim, carregando-me em direção à tora. Tentei enfiar meus tênis na terra e até bati minha cabeça contra a de um deles. Nada funcionou, eles eram muitos.

Um dos meus sequestradores tinha a mesma estatura que eu e estava enterrando as unhas no meu braço com uma força brutal. Era a mulher. Eu não conseguia ver a cor de seus olhos através da máscara, mas sentia seu olhar sobre mim.

Todas as máscaras eram iguais: pretas, com uma linha cor de vinho no focinho e um vidro vermelho no lugar dos olhos. Eram tão detalhadas que tinham até a textura do pelo em alto-relevo.

Fiz todo o possível para tentar escapar e fracassei miseravelmente. A última figura a me segurar certificou-se de que eu estava bem amarrada à tora e se afastou, unindo-se às outras.

— Irmãos, irmãs. Esta noite saciaremos mais uma vez nossa sede de vingança. A noite traz promessas de sangue e morte — disse uma voz masculina. — O Clube do Grim tem sua próxima vítima.

Todos uivaram em resposta. Eram gritos horrendos se comparados ao uivo de um verdadeiro lobo. Um homem alto, o mesmo que havia acabado de falar, deu um passo à frente.

— Madison Ashford não provém de uma das famílias que perseguiram os nossos em Salém, mas é igualmente culpada. Um de nossos membros assegura que ela possui uma cópia do *Malleus Maleficarum*, o martelo das bruxas — disse com desprezo na voz. — Esta garota é uma inimiga dos possuidores de magia e por isso morrerá.

Não. Alguém estava mentindo. Haviam colocado aquele maldito livro na minha bolsa. Como eles podiam acreditar que eu tinha um livro daqueles se eu andava sempre com Michael, Maisy e Lyn, e se eu mesma possuía magia.

Tentei me explicar, dizer o nome deles, mas o pano na minha boca não me deixava dizer nada inteligível.

— Morte àqueles que nos odeiam. Morte aos nossos inimigos — voltou a falar o líder. — As chamas de Bokor tomarão vida e fortalecerão nossa magia.

Todos gritaram em sinal de aprovação. Olhei ao redor, procurando alguma coisa que me ajudasse a escapar. A maioria parecia ser de homens, exceto outra mulher com cabelos loiros que sobressaíam da máscara. Um deles estava talhando o que parecia ser a cabeça de um lobo em um dos troncos. O canivete em sua mão poderia ser uma possibilidade.

O líder pegou um galho e começou a fazer várias inscrições na terra em volta de mim. A voz de Katelyn Spence voltou à minha cabeça, podia ouvi-la narrando a cena: "Foi amarrado e queimado vivo. Ouvi dizer que encontraram umas inscrições estranhas na terra e a polícia acha que foi alguma espécie de ritual".

Meu coração palpitava frenético, a promessa de morte o levava ao seu limite. Eu morreria antes mesmo de eles conseguirem atear fogo em mim.

— Nossa magia esmaga vidas e conquista mundos — disse a mesma voz feminina. — O verdadeiro poder está na magia negra como o ocaso da noite. O verdadeiro poder está no sangue derramado.

Fiz força com as mãos para me soltar. Quanto mais eu tentava, mais a corda esfolava a minha pele e destruía minhas esperanças.

— O Clube do Grim reivindica seu sangue.

Ele sacou uma adaga e, conforme falava, ia traçando uma linha ao longo do meu braço. A lâmina afiada atravessou o tecido da minha jaqueta, rasgando-a até chegar à minha pele. O corte parecia profundo e ardia como o inferno.

Todos aguardaram em silêncio, ansiosos, como se estivessem esperando alguma coisa. Só o que eu ouvia era o farfalhar das folhas no vento e os chiados de pequenos animais ocultos na noite.

O homem sacudiu a adaga sobre os símbolos na terra, deixando cair gotas do meu sangue sobre eles. Depois, aproximou-se de mim até que sua máscara estivesse a centímetros do meu rosto. Aqueles olhos vermelhos prometiam morte, como os de um sádico lobo ansioso para devorar a minha alma. Como os do Grim.

Ele levou sua mão ao meu rosto e pressionou o dedo contra a minha testa. Senti cair terra em meus olhos, conforme ele desenhava alguma marca em minha pele.

— O fogo não esquece, o fogo castiga — disse em um sussurro.

Os outros uivaram, eram sons selvagens e tenebrosos.

— O fogo não esquece, o fogo castiga — repetiu em voz alta.

— O fogo não esquece, o fogo castiga — responderam todos.

Continuaram repetindo como se fosse uma espécie de mantra até que uma labareda brotou da terra e cresceu ao redor de mim, envolvendo-me em um círculo de fogo. Gritei com o maior desespero que já havia sentido em toda a minha vida.

As oito pessoas de preto permaneceram quietas, como se presenciassem um espetáculo, e seguiram com seu cântico: "O fogo não esquece, o fogo castiga".

Eu tinha que usar magia, era a minha única salvação. O calor das chamas beijava o meu rosto e a fumaça mal me deixava respirar. Ordenei mentalmente ao fogo que se apagasse. Tentei uma e outra vez, mas não tive nenhum resultado.

As labaredas cresceram e algumas faíscas voaram em meu rosto, queimando minha pele. O sangue seco no meu lábio se tornou quente e pegajoso. Eu não conseguiria apagá-lo, não podia lutar contra tanta magia. Eu tinha que fazer algo mais simples.

Pensei nas cordas que me amarravam contra a tora e desejei com todas as forças possíveis que elas se desatassem e me soltassem.

O ar tornou-se áspero, machucando a minha garganta. Senti minha visão embaçar. Com tanta a fumaça e lágrimas, eu mal podia enxergar.

Eu não queria morrer.

Desespero, dor, raiva, tudo se fundiu em uma explosão de emoções e adrenalina. Uma sensação de poder ergueu-se dentro de mim, dando-me forças.

As chamas crepitaram e começaram a se mover de maneira estranha, como se lutassem contra si mesmas. Aves abandonaram seus esconderijos nas árvores enquanto o vento soprava furioso, fazendo os galhos chocarem uns com os outros.

— O que está acontecendo?

— A menina tem magia?

Pensei em minha família, Michael, Lucy e Marcus. Eu não podia aceitar que jamais os veria de novo, não podia.

As cordas afrouxaram até eu ficar completamente livre. Arranquei o pano que tapava a minha boca e me segurei na tora, afastando-me o máximo possível das chamas.

— Eu sou bruxa! — gritei. — Michael Darmoon fez um ritual para que eu conseguisse acessar minha magia.

Escutei vozes confusas.

— Ela disse Darmoon? — ouvi alguém dizer.

— Me tirem daqui! — gritei. — Eu sou bruxa!

Comecei a tossir, estava perdendo o pouco ar que me restava. Uma chama mais alta queimou a minha mão, senti uma dor tão intensa que achei que desmaiaria. Olhei para cima, eu só queria ver o céu estrelado entre toda aquela fumaça. Eu morreria vendo algo lindo: as estrelas e a lua.

— MADISON!

Aquele grito me arrancou da escuridão à qual eu estava me entregando.

— APAGUEM O FOGO! — gritou Michael. — Não se atrevam a continuar com isso!

Ele tinha vindo me buscar.

— Apaguem o fogo, seus psicopatas malditos! — ele continuava a gritar.

— *Fogo desintio, fogo desintio!*

Pensei escutar a voz de Maisy. As chamas foram se extinguindo pouco a pouco, cedendo em algumas partes do círculo. Eu, então, conseguia ver silhuetas se movendo do outro lado da fogueira, gritando e gesticulando. A sombra de um grande cachorro corria atrás delas. Dusk.

Esperei até haver um espaço livre entre as chamas e corri dali. Minhas pernas pesavam como blocos de cimento. Os músculos do meu corpo não tinham mais de onde tirar forças.

Afastei-me de todos, sem saber para onde ir, assustada demais para parar de correr.

Tentei recuperar o fôlego, fazendo o possível para limpar meus pulmões. Sentia a garganta doer e o ardor na minha mão era intenso. As lágrimas escorriam pelo meu rosto deixando um gosto salgado na boca.

Pensei ver uma figura entre as árvores e então parei. Quem quer que fosse, permaneceu imóvel na penumbra, escondido atrás dos galhos. Levantei os punhos no ar e abri um pouco as pernas antecipando um ataque, eu não ia deixar eles continuarem me machucando.

Nada aconteceu. Meu coração batia selvagemente contra o peito, a figura continuava me espreitando. O tempo congelou enquanto a adrenalina percorria o meu corpo e me chamava à ação. Finalmente, dei um passo à frente. Não dava para ver seu rosto com clareza, mas com certeza não usava máscara. Parecia familiar, por um instante acreditei ter visto um suéter de losangos.

— MADISON!

O chamado me assustou e espantou a pessoa atrás das árvores, fazendo-a recuar. Eu me virei no mesmo instante em que Michael se atirou sobre mim.

— Você está bem? Está machucada?

Ele me segurou contra seu peito como se eu fosse uma criança. Seu perfume era um presente dos céus. Estou nos braços de Michael, pensei. Abracei-o com força e o pouco autocontrole que me restava se desmanchou em mil pedacinhos, como se fosse um vidro estilhaçado. Já não eram só lágrimas, mas sim um choro histérico e descontrolado.

— Vai ficar tudo bem — disse Michael me balançando devagar. — Você está segura agora.

— Não, não... — disse entre soluços. — Não vai ficar tudo bem. Tentaram me matar. Tentaram me queimar viva.

Michael me beijou e segurou meu rosto nas mãos, olhando profundamente nos meus olhos.

— Você está segura. Ninguém vai te machucar de novo, nunca mais — assegurou-me. — Eu vou caçar cada uma dessas pessoas e queimá-las como se fossem fósforos.

Fechei os olhos, a imagem me fazia tremer. Michael examinou o meu corpo. Deteve-se nos meus lábios, no corte do braço e depois na queimadura da mão.

— Deixa eu ver — ele me pediu.

— Não, está ardendo muito — eu disse segurando a mão contra o peito.

Ele não insistiu. Levou os dedos ao meu rosto e passou-os delicadamente por onde as faíscas haviam me queimado.

— Eu te amo, Madison. Se alguma coisa tives... — ele não foi capaz de terminar a frase.

Seu olhar me dizia tudo. Mostrava o quanto lhe assustava a ideia de me perder.

Alguém veio correndo até nós. Meu corpo ficou tenso outra vez, mas respirei aliviada ao ver o rosto de Maisy. O cachorro preto de Michael estava com ela. Quando pousei os olhos sobre ele me lembrei das máscaras.

— O Clube do Grim — eu disse. — É esse o nome daquela seita de homicidas.

Limpei os olhos com a manga da jaqueta.

— Ela está bem? — perguntou Maisy preocupada.

— Olhe pra ela! Olhe o que fizeram com ela! — respondeu Michael furioso — Você conseguiu pegar algum deles?

Maisy negou com a cabeça.

— Eles desapareceram atrás de um nevoeiro — disse. — Foi conjurado. Não tenho dúvidas de que eram bruxas e bruxos.

— Eu vou atrás deles. Eles vão pagar por isso.

Peguei a mão de Michael para evitar que ele me deixasse. Ele parecia fora de si, como se estivesse disposto a fazer qualquer coisa para destruir as pessoas que tinham tentado me matar.

— Não. Nós temos que cuidar da Mads — disse Maisy em tom urgente. — Essas queimaduras estão feias, temos que levá-la a um hospital.

Michael me levantou nos braços e me carregou pelo bosque até seu carro. Dusk ficou ao nosso lado, as orelhas atentas e uma expressão feroz no rosto.

Maisy entrou pela porta do motorista. Michael me deitou no banco de trás e ficou ali comigo. Tirou o que sobrava da minha jaqueta e me envolveu na sua, acomodando-me em seus braços.

— Pensando melhor, a minha casa está mais perto, e eu tenho umas ervas para aliviar o ardor — disse Maisy pensativa.

— Não. Eu quero ir para o hospital — eu disse.

Ela assentiu pelo espelho retrovisor e arrancou o carro. Continuei respirando lentamente e tentando me livrar daquele desespero que não ia embora.

— O Marcus... — sussurrei ao me lembrar de como ele havia sido lançado pela pista de gelo.

— Ele está bem — disse Michael.

— Foi ele que ligou pra gente pedindo ajuda — disse Maisy. — Estava na delegacia. Vou ligar para ele e avisar que você está bem e que estamos a caminho do hospital.

Em algum momento, a adrenalina abandonou o meu corpo e foi substituída por uma imensa sensação de tranquilidade. Era estranho, como se agora nada mais pudesse me afetar. Eu só sentia um cansaço indescritível, meu corpo estava dormente.

— Você não pode dizer a verdade à polícia, pelo menos não a parte da magia. Diz que era um grupo de fanáticos fazendo um ritual que você não conseguia entender.

A voz de Maisy soava distante, suas palavras pareciam vazias e sem importância.

— Madison.

Michael levantou a minha cabeça e me examinou. Seus olhos azuis estavam estranhamente escuros, de um tom safira e não o celeste habitual.

— Ela entrou em estado de choque — disse.

Do que ele estava falando? Eu não estava em estado de choque. Só me sentia sobrecarregada demais para continuar processando tudo o que havia acontecido. A única coisa real era a queimadura na minha mão. Cada vez que a roçava em alguma coisa, sentia uma dor infernal.

Entraram comigo no hospital e um dos médicos começou a me fazer uma pergunta atrás da outra enquanto enfaixava a minha mão e depois o meu braço. Perguntas que eu não queria responder.

Assenti sem nem saber com o que estava concordando e não falei muito. O ardor em minha mão diminuiu, era um alívio. Com um pedacinho de algodão, ele cuidou também das pequenas queimaduras que eu tinha no rosto.

Eu assistia a tudo acontecer como se fosse um filme. Michael e Maisy esperavam em um canto do quarto do hospital. Ele estava sério e não tirava os olhos de mim, ela sussurrava ao celular.

Dois médicos conversavam, enquanto um deles examinava meus olhos com uma pequena lanterna e me observava.

Nada do que estava acontecendo gerou em mim qualquer tipo de reação. Isso até a porta se abrir e Marcus entrar. Estava preocupado como o tinha visto antes e tinha um dos braços enfaixados.

Eu fiquei de pé e ele veio correndo até mim e me envolveu em um abraço. Seus cabelos despenteados caíam sobre o meu rosto.

— Meu Deus, Mads. Você não sabe como eu estava desesperado — disse com lágrimas nos olhos. — Que bom que você está bem.

Passei os braços ao redor de suas costas e sorri.

— Estou tão feliz de te ver. Fiquei com medo de você ter se machucado — respondi. — Marc...

Eu não sabia mais o que dizer para expressar o quanto era bom vê-lo e saber que ele estava bem.

— Foi tudo tão rápido. De repente, você não estava mais ali. Eu não sabia o que fazer. Chamei a polícia e... e não sabia onde te procurar — disse.

— Eu estou bem — assegurei.

Não era completamente verdade, mas pelo menos eu estava viva.

— Se alguma coisa tivesse acontecido com você, eu não sei o que faria... — ele parecia realmente abalado. — Me jogaria de uma ponte ou alguma coisa do tipo.

— Marc, eu estou bem — disse com firmeza.

Ele olhou para mim e assentiu.

— Desculpa por não ter conseguido evitar que eles a levassem, desculpa — disse.

— Não. Você não tem que pedir desculpa por nada. Você fez a coisa certa em pedir ajuda — respondi.

Marcus sorriu amarelo e desviou os olhos, limpando as lágrimas disfarçadamente. Era a primeira vez que eu o via chorar.

— A polícia está esperando para conversar com você — disse um dos médicos gentilmente.

Michael veio para o meu lado e colocou a mão no meu ombro de maneira protetora. Eu podia ver que ele estava preocupado, mas não fez mais do que me olhar, encorajando-me. Maisy cruzou os braços e me lançou um olhar de advertência.

Três policiais entraram no quarto. Um deles se apresentou, abriu um bloco de papel em silêncio e aguardou de pé. Eu não tinha nenhuma vontade de reviver aquelas últimas horas. Nenhuma. O que eu queria era que as oito pessoas mascaradas fossem encontradas e trancadas numa cela para sempre, ou coisa ainda pior.

Relatei tudo o que havia acontecido desde o momento em que eles colocaram um saco preto na minha cabeça, esforçando-me para lembrar dos detalhes. Eu mencionei tudo menos o fato de eles serem bruxos. Disse que não sabia por que eles tinham me escolhido e que a única coisa que eu havia escutado era que eles se chamavam de Clube do Grim, e haviam matado Christian e Diana Hathorne.

O alívio no rosto de Maisy e Michael foi evidente. Michael segurou a minha mão o tempo todo e apertou um pouco mais quando contei que haviam começado um incêndio para me queimar.

Marcus estava pálido, sua expressão era uma mescla de horror e raiva. Até os policiais pareciam perturbados.

Eles me deram lápis e papel para que eu fizesse um desenho das máscaras, coisa que fiz com absoluta exatidão, e depois de mais algumas perguntas foram embora. Marcus os acompanhou para fora do quarto.

Eu estava sentada na maca, esperando o médico trazer uma pomada para as queimaduras, quando ouvi um par de sapatos de salto se aproximando e anunciando a minha próxima visita. Lyn me observou perplexa e em seguida olhou para Maisy e Michael.

— Onde você estava?!

— Eu vim assim que ouvi suas mensagens — respondeu Lyn à irmã.

— Foram bruxos, a Mads os viu fazendo magia. Eles estão perseguindo todo mundo cuja família era contra a bruxaria — disse Maisy.

Lyn permaneceu pensativa. Seus olhos se voltaram para mim e sua cara mudou.

— Você está péssima. Sua roupa, seu cabelo...

— Estão cobertos de cinzas e exalando um cheiro de comida defumada, eu sei — respondi mal-humorada.

— O que importa é que você está bem — interveio Michael. — E mesmo assim você continua linda.

Olhei para ele e tentei sorrir, sem muito sucesso. A expressão de Lyn me dizia que ela não era da mesma opinião. Olhava para mim como se eu fosse alguma coisa que precisava ser jogada no lixo.

— Por que iriam atrás dela? A família dela não está relacionada a Salém — comentou.

— Alguém colocou um livro na minha bolsa para me incriminar, o *Malleus* malvado — disse.

Os três se entreolharam espantados.

— O *Malleus Maleficarum*? — perguntou Michael.

Fiz que sim.

— Quem faria uma coisa dessas? Quando? Por que você não nos disse nada? — disse Maisy.

— Foi hoje à tarde. Pensei que tinha sido um de vocês — eu me defendi.

Michael estava quase soltando fumaça pela cabeça. Por um momento tive medo de que saísse correndo, gritando e perguntando pela rua quem havia tentado me matar.

Lyn enrolou o dedo em uma mecha de cabelo e notei uma pequena folha presa perto dos fios lilás.

— Por que tem uma folha no seu cabelo? — perguntei.

Ela olhou para mim sem entender, mas depois passou a mão no cabelo e arrancou a folha com um gesto de repugnância.

— O Alejandro me levou pra passear no parque. Ele acha que essa é uma boa ideia para um encontro... — respondeu entediada.

Minha mão roçou na de Michael e a recolhi com uma cara de dor. O ardor havia diminuído, mas ainda podia senti-lo quando tocava alguma coisa, mesmo estando enfaixada.

— Sinto muito que você tenha passado por isso — disse Lyn surpreendentemente. — Não sei quem são esses bruxos justiceiros, mas eles não pertencem à nossa comunidade. Nossas famílias jamais tolerariam esse comportamento.

— Temos que avisá-los, alguém tem que parar essas pessoas — disse Maisy.

— Eu não tenho tanta certeza. Quando eu disse que estava com o Michael Darmoon, eles reconheceram o sobrenome, eles conhecem vocês — respondi. — E aquele ritual não era bem uma questão de justiça, mas sim de poder. Disseram alguma coisa sobre o meu sangue, que a minha morte os tornaria mais poderosos. E falaram também sobre as chamas de Bokor.

Os três trocaram olhares sérios.

— Isso só pode ser magia negra — disse Lyn.

— Ou vodu. Bokor é o nome dado aos bruxos ou sacerdotes que praticam vodu — respondeu Maisy alarmada.

Aquilo não parecia nada bom.

— Vodu? Gente que espeta agulha em boneco? — perguntei.

— O vodu é muito mais do que isso. É uma prática antiga, tradicional, e às vezes requer sacrifícios — me explicou Michael.

O médico entrou de novo acompanhado de Marcus e me entregou uma pomada. Ele explicou de quantas em quantas horas eu devia passá-la e trocar a faixa. Depois de assinar alguns formulários, eles finalmente me liberaram para voltar para casa. Michael passou o braço em volta de mim e me levou em direção à saída, sempre olhando desconfiado para os lados. Eu achava difícil eles tentarem me atacar de novo, e estava cansada demais até para considerar essa possiblidade.

Estávamos chegando ao carro quando uma pequena sombra apareceu correndo pela rua e veio direto na minha direção, assustando-me. Kailo me olhou tão alarmado que o tomei depressa nos braços para mostrar a ele que eu estava bem.

Lucy e Alyssa apareceram logo depois. Elas pareciam cansadas e Lucy tinha os olhos marejados.

— Madi! Você está bem? O Marcus disse que você foi sequestrada e aí o Kailo enlouqueceu completamente e começou a arranhar a janela querendo sair — disse Lucy ofegante. — Nós o seguimos e ele nos trouxe até aqui.

— Nós a encontramos antes de que alguma coisa ruim acontecesse. Ela está bem, mas precisa descansar — disse Michael.

Abracei Lucy e entrei no carro. Eu precisava voltar para casa para enfim me sentir segura.

— Esse gato deve ser médium. Como ele nos encontrou?

Marcus estava impressionado. Era o único que não sabia a verdade sobre o que estava acontecendo.

— Os gatos têm um bom olfato — disse Maisy.

— Não, os cachorros é que têm — respondeu Marc.

Continuaram discutindo no caminho para casa, mas eu quase não conseguia ouvi-los. Havia pelo menos quinze ligações perdidas dos meus pais no celular, e quando retornei a chamada nossa conversa foi longa e exaustiva. Só não vieram me ver porque faltavam poucos dias para as férias de Natal e eu voltaria para casa por algumas semanas.

Férias

Michael insistiu em passar a noite na minha casa. Sua expressão séria e seu olhar intenso acabaram me convencendo. Eu esperava que ele pudesse mesmo me proteger se aquela maldita seita de mascarados me atacasse de novo.

Marcus também insistiu em ficar, apesar de estar apenas a um corredor de distância. Terminamos dormindo os quatro na sala, como se estivéssemos em um acampamento. Lucy dormiu no sofá e Marcus, Michael e eu, em colchões no chão.

Pensei que seria difícil dormir, mas apaguei assim que encostei a cabeça no travesseiro. As chamas alaranjadas, as máscaras macabras e os terríveis uivos transformaram meus sonhos em pesadelos.

Na manhã seguinte, acordei antes de todos e fui para o meu quarto para ficar um pouco sozinha. Era estranho estar de novo ali, como se nada de ruim tivesse acontecido. Em algum momento da noite anterior, eu pensei que iria morrer. Que jamais iria desfrutar das coisas mais simples da vida, como estar em meu quarto, rodeada das minhas coisas e me sentindo em casa. E, no entanto, ali estava eu. Mas eu não podia deixar de sentir que alguma coisa em mim estava diferente.

— Madison.

Michael entrou no quarto. Estava despenteado e com os olhos inchados, como se tivesse acabado de acordar.

— Você conseguiu dormir?

— Consegui — respondi.

Ele estendeu o braço para pegar na minha mão.

— Nós temos que conversar — eu disse, reunindo forças.

Michael deixou o braço cair e arregalou os olhos.

— O que aconteceu ontem não devia ter acontecido nunca. Não representa o que eu sou. Não sei por que eles foram atrás de você, eu vou encontrá-los e...

— Um deles colocou o *Malleus Maleficarum* nas minhas coisas. Um livro que eu só vi uma vez na vida e que definitivamente não tenho em minha biblioteca. Alguém preparou uma armadilha pra mim — disse.

— Eu vou descobrir quem foi e essa pessoa vai conhecer o verdadeiro inferno — respondeu Michael.

Seus olhos emanavam ira. Aquilo havia despertado um instinto selvagem dentro dele, um enorme desejo de vingança.

— Alguém, em algum lugar, quer me fazer mal. Um bruxo, bruxa ou o que quer que seja — disse incomodada. — Eu preciso poder me defender com as minhas próprias forças e com a minha magia.

Eu nunca havia me sentido tão indefesa como naquela noite. Assustada e incapaz de me proteger. Não sabia o que seria do meu futuro, se eu me tornaria uma bruxa ou voltaria a ser só a Madison de sempre. A única coisa que eu sabia com certeza é que eu não voltaria a ser uma vítima. Não ficaria esperando assustada enquanto alguém planejava me matar.

— Eu vou te proteger, e vou te ensinar a usar a sua magia — respondeu Michael com firmeza.

— Michael... o que eu sinto por você é verdadeiro, profundo e arrebatador e, se eu disser o que eu sei que preciso dizer, meu coração vai se partir.

— Então não diz — ele logo replicou.

Deu um passo à frente. Sua expressão era séria e parecia me implorar.

— Se eu não disser, estarei sendo injusta comigo, estarei colocando você acima do meu futuro e acima dos meus sentimentos — respondi.

Ele continuou me olhando fixamente. Uma sombra espreitava seus olhos, que iam se escurecendo pouco a pouco. Já não havia vestígios do meio sorriso que ele sempre usava para me persuadir.

— Você está com medo. Está deixando o medo criar uma distância entre nós — disse.

— É claro que eu estou com medo! — Fiz uma pausa, pensando no que queria dizer. — Eu quero estar com você, mas não tenho certeza se quero ser uma bruxa ou me casar dentro dos próximos anos — de repente, eu me sentia arrasada. — Se eu aceitar tudo isso e nos casarmos e tivermos filhos, eles estarão sujeitos a estas mesmas regras — sussurrei.

Eu sabia que estava me precipitando bastante, mas eu não podia fingir que aqueles pensamentos não haviam passado pela minha cabeça. Não depois de ver como o fato de serem criados dessa maneira havia afetado Lyn e até mesmo ele.

— Você está se precipitando. Você está falando em filhos sem nem ter decidido se quer ficar comigo — respondeu Michael levantando a voz.

Sua expressão era de profundo desconcerto.

— Como eu posso não pensar nisso? Seria egoísta da minha parte — respondi irritada. — O dia que eu tiver filhos, ninguém vai dizer a eles com quem devem se casar. Será uma escolha deles.

Michael passeou pelo quarto como um animal enjaulado.

— Até lá as coisas podem mudar — disse.

— Não temos como saber — respondi.

Ele me lançou um olhar desesperado.

— Você não pode estar falando sério. Não pode usar "nossos futuros filhos" como desculpa para não ficar comigo — disse, como se aquilo fosse ridículo. — Não pode!

Passei as mãos no cabelo, tentando não perder a cabeça. Como ele podia ser tão teimoso? E pior, como eu podia amá-lo tanto?

— Desde que eu conheci você, não consigo me livrar da sensação de que nós pertencemos um ao outro. E eu adoraria poder parar de pensar e simplesmente me entregar a você de uma vez por todas, mas não posso. Não sem pelo menos tomar um tempo para descobrir o que eu realmente quero — disse.

— É a mim que você quer — rebateu Michael. — Assim como a única coisa que eu quero é você.

— Você está sendo um pouco prepotente — respondi.

Ele parou à minha frente, seus olhos me atraíam como um ímã.

— O que você quer então? — perguntou.

— Em poucos dias começam as férias. Eu preciso que a gente mantenha distância um do outro durante essas duas semanas. Se for pra eu mudar a minha vida inteira por você, eu preciso estar totalmente certa de que é isso o que eu quero. Que não estou fazendo isso só por você, mas por mim.

Seus lábios estavam tão próximos dos meus que me deixavam desconcertada. Eu queria beijá-lo. Mesmo em meio a toda essa confusão de medo e emoções, eu ainda queria beijá-lo.

— Está bem, vamos manter distância durante esse tempo.

Michael se inclinou na minha direção, praticamente tocando meu lábios. Eu ia beijá-lo quando, de repente, ele deu um passo para trás e se afastou.

— Ainda faltam alguns dias para as férias...

Eu estava sendo completamente contraditória. Disse que precisava de tempo e no minuto seguinte insinuei que ele me beijasse. Talvez fosse melhor eu me entregar à bruxaria e ao demônio de uma vez.

— Tome todo o tempo que você precisar — disse ele chateado.

— Michael...

— O Marcus disse que vocês estavam patinando quando os mascarados te sequestraram — disse como quem não quer nada. — Seu amigo, sim, pode te ver durante o Natal, né?

Olhei para ele boquiaberta.

— O Marc é o meu melhor amigo, não preciso me justificar — disse.

— É claro que não — ele parou na porta. — Divirta-se nas férias, Madison.

E foi embora, largando meu coração no chão.

Eu nunca havia sido o tipo de pessoa que precisava refletir sobre as coisas. Eu geralmente sentia e agia. Mas agora era diferente, eu não podia simplesmente atirar a minha vida pelo precipício para estar com ele. Ou podia?

Quem dera o Grimório pudesse me ensinar algum feitiço para me pregar no chão e me impedir de ir atrás dele.

Os dias seguintes foram tranquilos e melancólicos. O Clube do Grim não veio atrás de mim, mas mesmo assim eu estava o tempo todo alerta. Reagia a qualquer barulhinho como se estivesse sob constante ataque.

Maisy e Lyn me ajudaram a praticar alguns feitiços e Michael levou a sério até demais a história da distância. Mal havia me dirigido a palavra durante as aulas e não tinha me enviado nenhuma mensagem de texto.

Chequei meu celular mais uma vez enquanto fazia as malas, e nada. Lucy e eu voltaríamos a Nova York aquela tarde para passar as festas de fim de ano com nossas famílias. Kailo me observava sentado na cama, provavelmente se perguntando aonde iríamos. Minha família já sabia da existência dele e achava estranho, já que eu sempre preferi os cachorros aos gatos.

A única que parecia animada para conhecê-lo era minha irmã mais nova, Celina.

Apanhei o Grimório e o guardei cuidadosamente no meio das minhas roupas. Maisy me deixou levá-lo depois de uma longa explicação sobre como era importante que ninguém, nem mesmo meus pais, o vissem. Eu me sentia segura tendo ele por perto e sabendo que ali havia feitiços que poderiam me proteger caso fosse necessário.

Olhei de relance o cachecol de Michael e decidi levá-lo comigo. Estava dobrando um suéter e me esforçando para fazê-lo caber na mala quando alguém bateu na porta de casa. Perguntei quem era e a voz de Ewan Hunter me respondeu.

— Oi, Madi. A Lucy está em casa? — perguntou.

— Ela saiu para passear com a Tani — respondi segurando a porta. — Acho que ela não vai demorar para voltar, se você quiser esperar.

Ele agradeceu e entrou na sala.

— Como você está? Como está a sua mão?

— Melhor — respondi mostrando-lhe a faixa. — Logo, logo vou poder tirar isso aqui.

— Que bom — disse Ewan.

Ele tirou o suéter de losangos, revelando uma camisa azul-celeste por baixo, e colocou-o sobre uma cadeira junto à sua maleta marrom.

— A polícia ainda não identificou os culpados?

— Não — respondi. — Nada.

— Madison. — Ele fez uma pausa e continuou com cautela. — Do que mais você se lembra sobre aquela noite? Como eram os símbolos que eles desenharam na terra?

— Não sei. Não consegui ver direito. Lembro que um dos homens os desenhou no chão com um galho e depois marcou a minha testa com terra — disse. — Por que você está perguntando?

Ewan me observou em silêncio e logo desviou os olhos.

— Eu fiz alguns estudos sobre símbolos e coisas relacionadas à bruxaria. Talvez eu possa te ajudar — respondeu.

Senti que ele queria falar mais, mas algo o impedia. Será que ele sabia a verdade sobre o que havia acontecido? Fitei-o tentando decifrá-lo.

Sua maleta caiu no chão revelando a capa de um livro. Minha magia havia feito aquilo. Cheguei mais perto para recolhê-lo e li a inscrição na lombada: *Ordem de Vörðr*.

— Não se preocupe, eu pego — ele disse se antecipando.

Apanhou o livro, guardou-o, fechou a maleta.

— O que é a Ordem de Vörðr? — perguntei como quem não quer nada.

Um silêncio tenso sucedeu minha pergunta.

— Eles eram guardiões, protetores do universo sobrenatural. Garantiam que aqueles que possuem certo poder ou vantagem sobre as pessoas normais não abusassem desse privilégio — respondeu Ewan. — A missão deles era simples: proteger os inocentes de coisas que muitos acreditam ser alheias à nossa realidade. Coisas como a magia.

A palavra ficou flutuando no ar e eu engoli em seco. Estava me perguntando se ele sabia a verdade. A expressão de Ewan era quase nula, não revelava absolutamente nada.

Nesse momento, Lucy entrou pela porta cantarolando alegremente com Titânia. A tensão se evaporou como se nunca tivesse existido e ambos a cumprimentamos com um sorriso.

— Não sabia que você viria — disse Lucy.

— Eu queria te fazer uma surpresa antes de você ir embora — respondeu Ewan. — Já estou com saudades.

Lucy ficou meio encabulada e olhou para ele com carinho.

— Mas eu ainda estou aqui — disse suavemente.

Percebi que eles precisavam de um pouco de privacidade e fui buscar minhas coisas. Eu tinha que passar na universidade e depois iria me despedir de Michael. Precisava vê-lo antes de ir para Nova York.

Quando cheguei a Van Tassel, pensei ver um uma pessoa que me era familiar sentada na escadaria da entrada. Um menino de cabelos escuros vestindo um sobretudo. Observei-o com o rabo do olho, tentando me lembrar de seu rosto, até que a imagem da última vez que o vi surgiu na minha cabeça. Era Samuel Cassidy. O que ele estava fazendo ali?

Levantou a cabeça quando me viu, mas continuei andando sem saber o que fazer. Era bem provável que não se lembrasse de mim, ele não estava em seu melhor estado mental quando nos conhecemos.

Seus olhos me acompanharam conforme eu subia os degraus.

— Você é a Madison, a garota do Michael — disse.

Parei.

— Sou.

Esperei ele dizer mais alguma coisa, mas não veio nada.

— E você é o Samuel, eu me lembro de você de quando eu estive em Salém — disse.

Aproximei-me. Ele tinha olhos azuis profundos e tristes. Seus cabelos eram tão escuros quanto os pelos de Kailo, como se fossem tingidos.

— Eu mesmo. Samuel Cassidy, o louco que estava conversando com a namorada morta — lançou.

Havia algo tão trágico em seu tom de voz que quase chegava a ser cômico. Não sabia como responder àquilo, então emendei outra pergunta.

— O que você faz aqui?

Eles esboçou um sorriso surpreendentemente encantador.

— Meus pais acham que eu preciso de uma mudança de ares, acham que isto vai botar a minha cabeça no lugar — respondeu.

— E você, o que acha? — perguntei.

— Acho que vou com a sua cara. E também acho que este lugar é uma perda de tempo e que eu estou aqui por causa de um plano disparatado da minha irmã — disse. — Foi ela quem escolheu este lugar.

Suas palavras fizeram meu coração gelar. Sua irmã? Alexa Cassidy? A ex-namorada pouco ajuizada de Michael?

— Sua irmã quer estudar aqui?

— Você faz perguntas demais — reclamou Samuel.

Deu alguns tapinhas no chão ao seu lado, convidando-me para sentar.

— Eu já ouvi algumas coisas sobre a sua irmã. Coisas ruins — eu disse.

— E é bem provável que sejam verdade. Como eu posso explicar... — Fez uma pausa e me lançou um olhar enigmático. — Minha irmã é uma perversa e brilhante psicopata. Além disso, ela é obcecada pelo seu namorado.

Olhei para ele perplexa. Aquela pontada que eu havia sentido no peito devia ser o meu coração prestes a se suicidar. Como se as coisas já não estivessem suficientemente complicadas.

— Cá entre nós, você é mais bonita — ele me olhava como se estivesse ajudando alguém a escolher um móvel. — E, ao contrário dela, você é simpática.

— Por que você está me dizendo tudo isto? — perguntei. Ele queria me assustar? Alexa o havia mandado ali?

— Só estou puxando conversa — disse dando de ombros, como se não importasse.

— Sinto muito por Cecily, sua namorada — disse delicadamente.

Samuel arregalou um pouco os olhos, surpreso. Eu queria ter dito isso desde aquela ocasião, quando percebi o quanto ele a amava.

— Você não sente mais do que eu — disse ele.

Abriu o livro que levava no colo e seu olhar se perdeu entre as páginas. Inclinei um pouco a cabeça para poder ver o que ele estava lendo. Era um exemplar de *O corvo*, de Edgar Allan Poe.

— Isso com certeza vai melhorar o seu humor — comentei com ironia. — Você não pode ler isso, não se quiser melhorar.

— "Olhando através das trevas, longamente maravilhado, perdido em dúvidas, sonhando mais sonhos que qualquer mortal atreveu-se a sonhar, mas o silêncio se quebrou..." — recitou. — Quem disse que eu quero melhorar, senhorita Madison?

A irmã não era a única que estava louca.

— Samuel.

A voz de Maisy me assustou. Ela estava vindo na nossa direção com a irmã caminhando ao lado. Lyn olhava para ele como se tivesse visto um fantasma. Aquela faísca atrevida sempre presente em seus olhos tinha desaparecido.

— O que você está fazendo aqui? — perguntou.

— Lyn Westwood, vejo que você ainda se veste como uma qualquer — disse. — Oi, Maisy.

Me contive para não rir do comentário. Aquele dia ela não estava usando uma roupa tão reveladora, só um suéter curto e calças pretas apertadas. Lyn olhou para ele machucada, mas só por um segundo, antes de sua expressão revelar indiferença.

— Você também não mudou. Parece um poeta bêbado, patético e infeliz — ela colocou ênfase nas últimas palavras.

Samuel olhou para ela com cara de tédio.

— O que você faz por aqui, Sam? — perguntou Maisy.

Dava para ver que ela estava ansiosa para mudar de assunto.

— Eu vou ser seu novo colega de classe, mal posso esperar — disse fingindo entusiasmo. — Alexa está lá dentro terminando de nos inscrever.

Maisy olhou para ele horrorizada.

— Aquela vaca está aqui?! — exclamou Lyn.

Samuel sorriu.

— Não! Existem milhões de universidades no país, podem ir a outra — ela disse com firmeza.

A reação de Lyn me deixou mais espantada do que já estava. Fiquei de pé e me preparei para fugir dali.

— Maisy, você sabe onde o Michael está? — perguntei. — Meu trem sai em algumas horas e quero me despedir.

Ela olhou para mim um pouco confusa.

— O Michael voltou ontem à noite para Danvers.

Não era possível.

— Ele foi embora? — as palavras saíram sem eu pensar.

Maisy se aproximou e abriu um leve sorriso tentando me animar.

— Sei que o meu primo agiu sem pensar e entendo que você precise de tempo. Mas o Mic é orgulhoso e você feriu os sentimentos dele — disse. — Ele não tem sido o mesmo nos últimos dias. Está tão certo do que sente por você, que não consegue deixar de se sentir traído com a sua indecisão.

— Maisy... eu amo o Michael, mas tudo isso...

— Eu entendo — ela me interrompeu. — Juro. Mas você queria tempo e agora o terá. Tome uma decisão.

Suas palavras foram duras, mas o tom era gentil. Ela tinha razão.

— Wendolyn e Maisy Westwood, vocês vieram nos dar as boas-vindas?

Virei para a entrada da universidade. Alexa Cassidy vinha descendo os degraus. Era a primeira vez que eu a via de perto. Seus cabelos chegavam até os ombros, eram de um castanho mais claro que os de Lyn, e os olhos eram de um verde intenso. Usava uma roupa escura, com meias-calças rasgadas, além de um batom vinho e anéis estranhos.

— Meu nome é Lyn — ela retrucou mal-humorada.

— A menos que você tenha alterado seu documento, continua sendo Wendolyn — respondeu Alexa.

Ela era linda, soltei um palavrão na minha cabeça.

— O que você está fazendo aqui, Alexa? — perguntou Maisy irritada.

— Não é óbvio? Vim buscar o Michael — disse sorrindo. — Meu tempo está terminando e tenho que escolher meu futuro marido.

Ela me ignorou, era como se não estivesse ali. Senti um mal-estar tão grande que tive medo de desmaiar.

— Doce ilusão — disse Lyn vindo para o meu lado. — Você já conhece a namorada dele? Madison Ashford. Diferente de você, ela não precisa de truques sujos para chamar a atenção de Michael.

Quem diria que um dia eu ficaria imensamente grata à Lyn.

— Faça-me o favor — retrucou Alexa.

Ela olhou para mim com a cara de quem acabou de encontrar um chiclete grudado no sapato: preguiça e nojo.

— Eu não sei quem diabos é você, mas o Michael e eu estamos juntos — eu disse.

Olhei para ela da forma mais desprezível que fui capaz.

— Você não é como nós — disse ela com tranquilidade.

Sua expressão me mostrava que ela não estava me levando a sério.

— Mas logo serei — retruquei.

Eu estava falando sem pensar, mas não me importava.

— Algo me diz que as coisas entre você e Michael não vão bem, do contrário ele estaria aqui com você — ela disse. — Mic e eu temos uma história, eu só tenho que lembrá-lo disso.

Ela fez um gesto para o irmão e ambos se afastaram sem dizer mais nada. Samuel era legal, Alexa, por outro lado, era odiosa. Ela não podia aparecer do nada e reivindicar Michael como seu namorado. E o pior era que, mesmo eu sendo a namorada de Michael, ela não me considerava sequer uma ameaça.

— Se o meu primo voltar com ela, eu mato você — Lyn me disse.

— Eu também — emendou Maisy.

Olhei para elas boquiaberta. Eu tinha muitas decisões para tomar em muito pouco tempo. Alexa voltou-se para mim antes de atravessar a rua e pude ver um brilho escuro em seus olhos. Aquela menina iria arruinar a minha vida.

FIM

Este livro foi composto em Adobe Garamond Pro e impresso
pela Intergraf para a Editora Planeta do Brasil em maio de 2017.